Die Geliebte aus Shanghai

Roman

Herbert Schida

Die Geliebte aus Shanghai

Roman

FSC
www.fsc.org
MIX
Papier aus ver-
antwortungsvollen
Quellen
Paper from
responsible sources
FSC® C105338

*Bibliografische Information der Deutschen Nationalbibliothek:
Die Deutsche Nationalbibliothek verzeichnet diese Publikation in
der Deutschen Nationalbibliografie; detaillierte bibliografische
Daten sind im Internet über http://dnb.de abrufbar.*

ISBN: 978-3-7528-4713-0

1

Wien, Lerchenfelder Gürtel

Das Flugzeug ist im Landeanflug. Die Donau und ihre Auenlandschaft sind gut erkennbar. Ich hatte einen angenehmen Rückflug von Shanghai nach Wien-Schwechat. Es kommt mir vor als wäre heimwärts die Zeit schneller vergangen.
Gestern habe ich vom Hotel aus kurz mit meiner Freundin Karin telefoniert. Sie konnte mir nicht sagen, ob sie einen Tag frei bekommt und mich am Flughafen abholt. Zu Hause wird meine Mutter auf mich warten und wissen wollen wie es mir ergangen ist. Ich vermute, dass sie eines meiner Lieblingsgerichte gekocht hat, weil sie glaubt, dass ich in China halb verhungert bin.

Das Flugzeug landet und rollt zum Flughafengebäude. Wir koppeln an einen der Finger und können aussteigen. Auf den Koffer muss ich nicht lange warten. Der Zoll hat kein Interesse an mir und meinem Gepäck. Er winkt mich durch. Die Glastür zur Ankunftshalle öffnet sich automatisch.

Draußen stehen im Halbkreis viele Menschen, die auf ihre Angehörigen, Freunde oder Bekannte warten. Unter ihnen entdecke ich Karin. Sie winkt mir aufgeregt zu und ich steuere mit meinem Kofferwagen in ihre Richtung.

Ich freue mich, dass sie gekommen ist. Ein flüchtiges Küsschen zur Begrüßung und gleich geht es weiter zum Taxistand.

Ich muss eine Ewigkeit fort gewesen sein, denn Karin hört nicht auf zu erzählen.

Wie es mir geht, hat sie noch nicht gefragt.

Es stehen genügend Taxis am Ausgang. In das erste steigen wir ein. Wir rücken auf der hinteren Sitzreihe eng aneinander und es kommt von ihr die Frage, die ich erwartet habe.

„Habe ich dir in Hongping gefehlt?"

Was soll ich darauf antworten? Bin ich ehrlich, müsste ich „Nein" sagen. Das wäre nicht nett und würde sie kränken. Es gibt nur eine Antwort.

„Ja".

Zufrieden sieht sie mich an.

„Ich habe dich vermisst. Die zwei Wochen kamen mir wie eine Ewigkeit vor", gesteht sie mir.

Geschmeichelt lächele ich und drücke fest ihre Hand.

„Was macht deine Fahrprüfung? Klappt es die übernächste Woche mit der Wiederholung?", will ich wissen.

„Ein bisschen muss ich noch üben. Hilfst du mir?"

„In der Woche wird es nicht gehen. Am Wochenende habe ich Zeit."

Die verbrauchte Luft im Taxi macht mich müde. Ich möchte nicht mehr reden und nur schweigend ihre Hand halten. Ich frage Karin nach ihrer Arbeit und was sie an den Feierabenden gemacht hat. Sie beginnt zu erzählen und ich döse vor mich hin.

Es gibt keinen Stau unterwegs. Der Fahrer biegt in die Straße ein, in der ich wohne. Meine Mutter steht an der Gartentür. Sie breitet ihre Arme wie eine Glucke aus, die eines ihrer verlorenen Küken wiedergefunden hat. Ich muss mich zunächst um meinen Koffer und die Taxi-Rechnung kümmern.

Wir gehen ins Haus und ich setze mich an den Küchentisch. Es riecht nach Kaiserschmarrn.
„Du wirst hungrig sein, mein Sohn!", sagt meine Mutter und geht zum Herd.
Ich hatte im Flugzeug gegessen und mir ist nicht nach Essen zumute. Ablehnen kann ich es nicht. Sie wäre gekränkt.
Ich nicke ihr lächelnd zu.
Sie bietet Karin einen Platz an meiner Seite an. Aus der Vorratskammer holt sie eine Flasche Rotwein. Es ist Zweigelt von unserem Weinbauer aus Baden. Ich öffne die Flasche und gieße ein.
„Herzlich willkommen daheim!", säuselt sie mir gerührt zu und kann vor Ergriffenheit nicht weitersprechen.
Ich stehe auf und drücke sie.
Mit Tränen in den Augen eilt meine Mutter zum Herd und kommt mit drei Tellern Kaiserschmarrn zurück.
Ich muss jetzt von meiner Reise erzählen. Ab und zu erinnert sie mich daran, das Essen nicht zu vergessen. Wie soll man gleichzeitig kauen und erzählen? Erfolgreich hatte sie es mir in der Kindheit abgewöhnt.
Mein innerer Schalk verführt mich, über besondere Essgewohnheiten der Chinesen zu sprechen. Nach der Schilderung mit den betrunkenen Garnelen ist beiden Frauen der Appetit vergangen und sie legen das Besteck zur Seite. Bewundernd sehen sie mich an und staunen, wie ich dort überleben konnte.

Nach dem Essen packe ich meinen Koffer aus. Die Mutter legt die schmutzige Wäsche in einen Korb, um sie gleich in die Waschmaschine zu stecken. Wäscheberge hasst sie, wie der Teufel das Weihwasser.

Am Boden des Koffers liegen die kleinen Geschenke. Zuerst reiche ich das gestickte Seidentuch meiner Mutter. Sie ist begeistert und legt es sich um die Schulter. Ich suche Karins Geschenk.

Ob es ihr gefällt? Ich bin mir nicht sicher. Gespannt sieht sie auf die Schachtel, in der sich die beiden Stempelsteine befinden.

„Dies ist für uns beide", bemerke ich und reiche ihr die Box. Neugierig öffnet sie den Deckel und sieht mich fragend an.

Begeistert berichte ich von dem Besuch bei dem Steinschnitzmeister und wie die Stempel verwendet werden. Ich hatte eine Schale der roten Stempelfarbe gekauft und probiere sie aus. Die Abdrücke sind mir gut gelungen. Unsere Vornamen stehen eng beieinander. Das gefällt Karin wahrscheinlich mehr als die Steine. Gekonnt verbirgt sie ihre Enttäuschung. Sie tut mir ein wenig leid.

Die wichtigsten Dinge sind besprochen und die Schmutzwäsche überschlägt sich in der Waschmaschine. Meine Mutter entschuldigt sich, weg zu müssen, da sie einen Arzttermin hat. Es ist nur ein Vorwand, um Karin und mich allein zu lassen.

Der Schweiß von der weiten Reise klebt auf der Haut und fühlt sich unangenehm an. Im Bad drehe ich das Wasser zur Wanne auf. Karin zeige ich die Geschenke, die ich für meinen Vater und Martin gekauft habe. Ich sehe es ihrem Gesicht an, dass diese Mitbringsel ihr nicht gefallen.

Das Wasser rauscht. Karin drängt, dass ich in die Wanne steige und sie nicht überlaufen lasse.

„Willst du mit mir baden?", frage ich sie.

„Was würde deine Mutter sagen, wenn sie dich und mich zusammen in der Wanne findet?"

„Sie kommt nicht vor zwei Stunden zurück. Ihr Arzt ist berühmt für seine langen Wartezeiten", beruhige ich sie.

„Trotzdem komme ich nicht mit hinein. Wenn du es wünschst, kann ich dir den Rücken schrubben?"

„Na gut!", sage ich und ziehe mich aus.

Sie begleitet mich ins Bad und sucht nach einem Waschlappen. Ich bemerke nicht, dass die Wanne bis zum Rand gefüllt ist. Erschrocken springt Karin hinzu und will das Wasser abstellen. Sie betätigt versehentlich den Hebel für die Dusche. Augenblicklich ist sie vom Kopf bis zu den Füßen nass gespritzt. Sie sieht aus, wie ein begossener Pudel.

Ich muss laut lachen.

Das ärgert sie. Wie ein Rohrspatz schimpft sie los.

„Es ist deine Schuld, dass ich nass bin!", giftet sie mich an.

„Deine Sachen bekommen wir trocken. Jetzt zieh dich aus, damit du dich nicht verkühlst", rate ich ihr.

Ein schadenfrohes Lachen muss ich mir unterdrücken.

Ich helfe ihr beim Entkleiden der nassen Sachen und hänge sie im Wäscheraum über eine Leine

Als ich zurück ins Bad komme, liegt Karin in der Wanne und hat den Schaum bis unters Kinn geschoben.

„Gestatten, gnädige Frau, dass ich einsteige!", frage ich höflich und sie lacht. Ob es wegen der Frage oder der ungewöhnlichen Situation ist, weiß ich nicht. Mir genügt es, dass sie mit mir in der Wanne ist und wir unseren Spaß haben werden.

Nachdem sich der Badeschaum verflüchtigt hat, kann ich ihren schönen Körper sehen und genieße den Anblick. Sie merkt es.

„Vergiss das Waschen nicht!", sagt sie heiter. Über das Missgeschick mit der Dusche ist sie wahrscheinlich hinweggekommen.

Ich fasse nach einem ihrer Füße und knabbere an den Zehen.

„Die chinesischen Männer sollen darauf stehen", meint sie vielsagend und es scheint ihr zu gefallen was ich tue.

„Woher weißt du das?", frage ich.

„Ich habe es in einer Illustrierten gelesen."

„In der Kaiserzeit haben sich die reichen Frauen ihre Füße bandagiert, weil es Mode war", erkläre ich ihr.

„Sowas muss arg wehtun!"

„Es müssen höllische Schmerzen sein. Bei den Mädchen ab fünf Jahren hat man damit begonnen, die Füße einzuschnüren damit sie nicht wachsen. Es bildeten sich Klumpfüße."

„Entsetzlich ist sowas!", bemerkt Karin entrüstet.

„Das ist nicht alles!", deute ich an.

„Erzähle, ich will es wissen!"

„Mit Ausnahme der großen Zehe wurden den Mädchen alle Zehen gebrochen und zur Fußsohle hingedreht. Mit feuchten Tüchern hat man sie dann eingebunden."

Karin zieht ihren Fuß an sich als könnte ich ihn im nächsten Moment verstümmeln.

„Das kann nicht wahr sein!", entgegnet sie voller Abscheu.

„Vor hundert Jahren hörte das auf und seit der Gründung der Volksrepublik China ist es verboten."

„Da werden alle Frauen Mao danken, dass diese Gräueltaten ein Ende haben."

„Sicher! Die armen Frauen konnten nicht mehr richtig laufen. Sie taten es nur, um den Männern zu gefallen."

Karin hockt wie versteinert in der Wanne.

„Was hast du?", frage ich vorsichtig.

„Mich machen die Frauen unendlich traurig, die das ertragen mussten. Sind sie gezwungen worden?"

Ich zucke mit der Schulter.

„Freiwillig wird es keine getan haben."

Ich richte mich vor ihr auf und fange an, mich einzuseifen. Sie nimmt von mir keine Notiz. Die bandagierten Füße der Chinesinnen interessieren sie mehr als ich.

Es passt mir nicht und ich bin gekränkt. Es war dumm von mir, über dieses Thema zu sprechen. Ich habe nicht damit gerechnet, dass sie sensibel darauf reagiert.

Ihre Gedanken kann ich nicht mehr einfangen. Wenn ich beginne, von etwas anderem zu erzählen, kehrt sie bald darauf zu den gebundenen Füßen zurück.

Unsere Wiedersehensfeier, in meinem Sinn, kann ich vergessen. Ich habe mir alles romantisch vorgestellt. Wir beide sind allein im Haus, haben gut gegessen und sind frisch gebadet. Es sind beste Voraussetzungen für das, was ich mir seit Tagen wünsche.

Wenn ich mich ihr nähere, spüre ich, dass sie den Abstand sucht.

Resigniert gebe ich auf.

Nach einer Weile bemerkt sie es und bemüht sich auf meine Wünsche einzugehen.

Jetzt will ich nicht mehr.

„Ich bin müde! Wir sollten unsere Wiedersehensfeier verschieben", sage ich und gähne fortwährend.

Verblüfft willigt sie ein.

Sie hat meinen Stimmungswechsel erkannt. Den Grund scheint sie nicht zu ahnen.

Ich bringe ihr die getrocknete Kleidung.

Den restlichen Wein der angefangenen Flasche in der Küche schütte ich die Kehle hinunter.

Sie sieht mich von der Seite an. Verständnislos hebt sie die Schultern.

„Macht es dir nichts aus, wenn ich dich nicht zur U-Bahn bringe?", bemerke ich kurz.

„Nein, leg dich nur hin! Der Jetlag wird dich eingeholt haben. Ich kenne mich da nicht aus."

Sie gibt mir einen Kuss auf die Wange und geht aus der Küche.

Am liebsten würde ich sie zurückrufen und sagen, dass ich gern mit ihr schlafen möchte. Irgendetwas blockiert mich.

Ist es der verletzte Stolz, dass sie meine Wünsche nicht gleich erkannt hat und darauf eingegangen ist?

Ich weiß es selber nicht.

Wütend über mich, rufe ich meinen Freund Martin an. Er ist noch in der Firma und wir verabreden uns bei ihm.

Ich ziehe mich an und suche nach dem Autoschlüssel. Er ist nicht zu finden. Es wird gut sein, dass ich nicht mit dem Auto fahre. Der Wein, den ich aus Frust getrunken habe, zeigt seine Wirkung. Daheimbleiben will ich nicht.

Zu Fuß gehe ich zur U-Bahnstation Hietzing. Ich fahre bis zur Längenfeldgasse und steige in die U6 um. Jetzt fühle ich mich in Wien angekommen. Es ist Nachmittag und viele Menschen drängen sich auf den Bahnsteigen und in den Waggons der modernen U-Bahngarnituren. In der vierten Station Thaliastraße, am Lerchenfelder Gürtel, steige ich aus und gehe den kurzen Weg bis zu Martins Wohnung. Sein Auto parkt in der Seitenstraße. Er müsste zu Hause sein.

Die Klingel funktioniert nicht. Laut klopfe ich an die Wohnungstür. Martin öffnet und schmettert mir ein „Ni Hao" als „Guten Tag" entgegen.
„Wie lange hast du daran geübt?", will ich von ihm wissen.
„Nur kurz! Ich werde bald Chinesisch können und dich auf der Baustelle besuchen. Wann bist du dort?"
„Ab Herbst soll es richtig losgehen. Bis dahin kannst du üben."
„Ein Longhair-Dictionary habe ich gefunden", meint er triumphierend.
„Was ist das? Davon habe ich noch nichts gehört."
Martin lässt mich zappeln. Er weiß, dass ich neugierig bin. Den Begriff kenne ich nicht und kann mir nichts darunter vorstellen.
„Bei einem Bier können wir weiterreden und ich zeige dir mein chinesisches Wörterbuch."

Mit seinem Auto fahren wir zwei Gassen weiter und halten vor einem Chinarestaurant.
„Warum gehen wir nicht in unser Beisl?"
„Das hier ist besser, lass dich überraschen!"
„Was soll da anders sein? Die Chinalokale in Wien sind alle gleich", bemerke ich.
„Da irrst du dich! Komm rein!"

Wir treten in einen abgedunkelten Raum und setzen uns an einen Tisch, nahe dem Fenster. Zwei Chinesinnen sind emsig damit beschäftigt, Bestecke zu putzen. Sie haben soeben erst geöffnet. Eine der Frauen begrüßt uns. Ich wundere mich, dass Martin sie umarmt und auf die Wange küsst. Er stellt mich ihr als seinen Freund vor.

Zurückhaltend lächelt sie mich an und eilt fort, um uns Bier zu bringen.

„Kommst du öfter hierher?", will ich von ihm wissen.

„Fast jeden Abend. Wie gefällt sie dir?"

„Wen meinst du?"

„Na, die Frau, die uns begrüßt hat!"

Ich sehe nochmals zu ihr hin.

„Hübsch ist sie. Kann es sein, dass sie älter ist als du?"

„Das stört mich nicht! Sieh sie dir genau an, wie anmutig sie sich bewegt als würde sie tanzen."

Einer Balletttänzerin kann sie nicht das Wasser reichen, doch eine Augenweide ist sie auf jeden Fall.

„Seit wann interessierst du dich für chinesische Kellnerinnen?", frage ich ihn.

Verträumt sieht er zur Theke, wo seine Angebetete mit dem Rücken zu uns steht.

„Schau dir nur die schönen Beine an!", schwärmt Martin weiter.

„Pass auf, dass dich nicht der Lokalbesitzer sieht, wie du seine Angestellte angaffst! Der schlitzt dir den Bauch auf."

„Sie ist keine Angestellte, sondern die Frau des Chefs."

Ich schrecke zusammen.

„Umso schlimmer! Lass die Finger von ihr, bevor du dir die ganze Hand verbrennst!"

„Es ist zu spät, ich lodere lichterloh", schwärmt Martin weiter.

„Alter, du machst mir Sorgen!", erwidere ich kopfschüttelnd.

Die Chinesin bringt unser Bier und nimmt die Essenbestellung auf. Jetzt erst sehe ich sie mir richtig an. Nur an ihren Halsfalten ist zu erkennen, dass sie älter sein könnte als wir.

Martin erzählt ihr, dass ich heute erst aus China zurück bin. Interessiert fragt sie mich, wo ich war. Als ich ihr Shanghai und Hangzhou nenne, erzählt sie begeistert, dass sie aus einem kleinen Dorf zwischen diesen beiden Städten stammt. Sie nennt mir den Namen des Ortes. Er ist mir nicht bekannt.

Ihre Stimme klingt angenehm, hochtonig und zart. Ich höre sie gern sprechen. Sie muss leider in die Küche.

„Seit wann kennst du diese Schönheit?", will ich von Martin wissen.

„Durch Zufall bin ich hierhergekommen. Wir haben uns in die Augen gesehen und da ist es passiert."

„Was ist mit ihrem Mann? Wenn der merkt, dass du seiner Frau nachstellst, sind deine Tage gezählt. Die Restaurantbesitzer sollen alle der Mafia angehören."

„Sie sagte mir, dass ich nichts zu befürchten habe. Ihr Mann hat eine Geliebte in Wien. Sie kennt sie."

„Deshalb muss er euer Verhältnis nicht tolerieren!", flüstere ich ihm zu.

„Vielleicht weiß er es. Wie du siehst lebe ich noch!"

„Du spinnst, dass du das Risiko eingehst!"

„Was tut man nicht alles für die Liebe. Je riskanter die Liebschaft ist, umso höher sind der Anreiz und die Lust."

Kopfschüttelnd nehme ich einen Schluck von meinem Bier. Martin scheint verloren.

Das Essen wird aufgetragen. Wir verlangen Stäbchen. Lächelnd räumt Martins Geliebte die Bestecke weg. Ein feiner Duft von Jasmin streift meine Nase. Es war mir bei der Begrüßung aufgefallen, dass sie ein angenehmes Parfüm verwendet. Beim Weggehen schnüffle ich ihr nach, wie ein Hirsch, der Witterung aufnimmt.

Martin hat es bemerkt.

„Gefällt es dir?", will er wissen.

„Hast du es ihr geschenkt?"

„Sie hat es sich aus Shanghai mitgebracht. Einmal im Jahr besucht sie dort ihre Eltern."

„Was ist mit ihrem Mann, fährt er mit?"

„Einer von beiden muss im Lokal sein. Sie unternehmen alles getrennt."

„Das kommt dir entgegen!", bemerke ich schmunzelnd.

„Besser kann es nicht sein", bestätigt mir Martin.

„Ist ihr Mann heute in der Küche?"

„Nein, er ist in China zu Besuch und seine Geliebte ist mit ihm gereist, sagte mir seine Frau."

„Das muss man erst einmal verkraften können."

„Wie meinst du das?", fragt Martin verwundert.

„Na, das Eheleben, wie die es führen."

„Sie haben eine andere Kultur. Früher hatten die wohlhabenden Männer Nebenfrauen und heute nehmen sie sich eine oder mehrere Geliebte. Ich finde das praktisch."

Skeptisch sehe ich zur Restaurantchefin.

Wir sind und bleiben die einzigen Gäste im Lokal. Montag scheint ein schlechter Tag fürs Geschäft zu sein.

Ich erzähle Martin kurz von der Chinareise und meinem Missgeschick mit Karin, bei mir zu Hause.

„Du bist ein blöder Kerl!", bestätigt er die eigene Annahme.

„Ich hätte niemals begonnen, von den Füßen zu erzählen, doch sie hatte danach gefragt."

„Reden ist Silber und Schweigen ist Gold. Das sagt ein altes Sprichwort. Man spricht nicht über geschmorte Mehlwürmer, wenn man eine Frau in ein Restaurant zum Essen ausführt. Genauso verhält es sich mit verstümmelten Füßen, wenn du eine Frau ins Bett bringen willst. Für die Weiber haben Füße und Schuhe eine höhere Wertigkeit als für uns. Warum quälen sie sich mit Stöckelabsätzen? Nur, um uns Männern zu gefallen!"

Betreten vertiefe ich mich in mein Bier. Ich scheine Martin leid zu tun. Er legt seine Hand auf meine Schulter und redet mir gut zu.

„Wenn du etwas gegen deinen hohen Testosteronspiegel tun willst, kann ich eine meiner Verflossenen anrufen. Die Chinesin bekommst du nicht! Sie gehört nur mir."

Ich wehre ab und meine, dass ich es ohne seine Unterstützung verkraften kann. Lächelnd sieht mich Martin an. Er ist ein echter Freund, der in jeder Notlage hilft.

Umständlich kramt er in seiner Hosentasche einen Schlüsselbund hervor.

„Wenn du willst, überlasse ich dir meinen Wohnungsschlüssel wieder für die Wochenenden. Ich habe einen zweiten."

Dankbar nehme ich ihn entgegen.

„Heute kann ich dich nicht mit nach Hause nehmen, da wird meine Lotusblüte bei mir sein. Es würde ihr nicht gefallen, wenn du da bist."

Verständnisvoll winke ich ab.

„Ich fahre gleich nach Hause. Meine Eltern warten auf mich."

Martin hält mich nicht zurück und ich gehe zur Straßenbahnhaltestelle.

Es hat mir gutgetan, mit ihm zu reden. In der Bahn merke ich, dass ich sein Geschenk noch in meiner Brusttasche habe. Es ist ein Kuvert mit einem Satz Münzen aus der Kaiserzeit. Ob die einzelnen Stücke echt sind, kann ich nicht beurteilen. Sie sehen alt aus und haben in ihrer Mitte ein Loch damit man sie auffädeln kann. In manchen Taxis habe ich an der Windschutzscheibe ähnliche Geldstücke gesehen, die dem Eigentümer Glück und Geldsegen bringen sollen.

2

Wien, Süßenbrunner Kiessee

Ich liege am Süßenbrunner Kiessee und lasse mich von der Sonne bräunen. Karin und die anderen sind noch schwimmen.

Seit Wochen zeigt sich kein Wölkchen am Himmel und die Menschen suchen sich einen Platz im Schatten oder am Wasser. Im Büro habe ich mit den Temperaturen kein Problem. Wir haben eine Klimaanlage. Es spielt keine Rolle ob es draußen schneit oder heiß ist.

Mit Karin habe ich gesprochen, ob sie mit nach China auf die Baustelle kommen würde. Sie hat gleich abgelehnt, ohne weiter darüber nachzudenken. Ich werde, wie Toni, die Zeit in Hongping solo verbringen müssen. Karin will in Wien bleiben wegen dem Job und ihren Eltern. Hotel Mama scheint nicht nur für Söhne zu gelten.

Wie wird sie die Zeit der langen Trennung verkraften?

Wir haben noch nicht darüber gesprochen. Ich bin sicher, dass sie mir treu bleibt. Mein Gefühl sagt es. Erst heute Morgen gestand sie mir, dass sie mich über alles liebt, mehr als ihre Eltern. Damit müsste ich jetzt in ihrem Leben den ersten Platz einnehmen.

Wie steht es mit meinen Gefühlen zu ihr?

In den letzten Wochen habe ich kritisch darüber nachgedacht. Sie ist hübsch, einfühlsam und nicht langweilig. Das gefällt mir am besten an ihr. Mit ihr könnte ich eine Familie gründen und zusammen alt werden. Als Konstrukteur bin ich gewohnt, rational zu denken. Der Begriff „Liebe" ist für mich nicht erklärbar. Es fällt mir schwer darüber zu reden. Deshalb schweige ich lieber, wenn sie mich fragt, ob ich sie liebe.

Leider versteht sie mich in dieser Sache nicht und glaubt, dass meine Gefühle zu ihr, nur oberflächlicher Natur sind. Ich habe mich entschlossen, ihr einen Beweis für meine Zuneigung zu liefern. Ich werde mich mit ihr verloben.

Seit Tagen trage ich mich mit diesem Gedanken und habe keinen Punkt gefunden, der dagegenspricht.

Ich bin der erste Mann in ihrem Leben, mit dem sie eine intime Beziehung eingegangen ist, sagte sie mir und ich habe es bei unserem ersten Zusammensein bemerkt. Dies ist ein triftiger Grund, sie nicht fallen zu lassen. In dieser Hinsicht denke ich altmodisch. Martin würde mich wegen dieser Ansichten auslachen. Ich bin wie ich bin. Es steht für mich fest, dass ich ihr einen Heiratsantrag mache.

Träge wälze ich mich auf der Decke in eine neue Position, damit ich keinen Sonnenbrand bekomme. Karin kommt aus dem Wasser und schmiegt sich an mich. Ihren kalten Körper empfinde ich angenehm auf meiner überhitzten Haut und ich blinzele mit den Augen.

„Ich dachte, du schläfst!", flüstert sie mir ins Ohr.

„Wo sind Martin und seine beiden Frauen?"

„Die schwimmen! Mir wurde es zu kalt im Wasser."
Karin nimmt die Sonnenschutzcreme aus ihrer Trageta-
sche und reibt sich die Arme ein.
„Möchtest du?", fragt sie besorgt.
Ohne meine Antwort abzuwarten cremt sie mir den
Rücken ein. Die Sonne bekommt keine Chance mich zu
schmoren. Es tut gut, wenn ihre schmalen Finger über
meine Haut gleiten. Hin und wieder stöhne ich lustvoll
auf und besorgt sieht sie zu den Nachbarn, ob die nichts
gehört haben.
„Es ist nett von deinem Freund Martin, dass er uns an
den Wochenenden seine Wohnung überlässt."
„Das ist bei Freunden üblich!", trumpfe ich auf.
„Ich weiß nicht, ob ich es tun würde, wenn ich eine
eigene Bleibe hätte."
„Wenn Martin nicht mit seiner Geliebten in der Wohnung ihrer Freundin wäre, würde das nicht gehen."
„Wieso trifft er sich nicht mit ihr in seinen eigenen vier
Wänden?", will Karin wissen.
„Wegen der Leute! Ihre Bekannten denken, dass sie an
den Wochenenden bei ihrer Freundin ist. Deshalb müs-
sen wir die Lady als fünftes Rad ertragen."
„Die ist nett! Ich kann mich gut mit ihr unterhalten!",
wendet Karin ein.
„Sie kommt mir vor, wie ein Hund, der überall aufpasst
und schnüffelt."
„Das musst du akzeptieren! Die Chinesen achten nun
mal auf Anstand, wie es zu Zeiten unserer Großeltern
üblich war."
Erstaunt sehe ich Karin an.
„Was weißt du davon?"
„Ich habe mit ihr darüber gesprochen und sie hat mir
gesagt, dass vieles erlaubt ist, wenn nur kein Fremder es
mitbekommt. Angeblich weiß es der Ehemann."

„Was ist, wenn es andere bemerken?", gebe ich zu bedenken.

„Dann verliert er sein Gesicht und muss handeln. Vielleicht bringt er beide um."

„Male den Teufel nicht an die Wand!", erwidere ich erschrocken.

Langsam drehe ich mich auf den Rücken. Karin reibt meine Bauchseite ein. Ich blinzele sie an. Jetzt ist der richtige Moment es ihr zu sagen.

„Ich habe mir über uns Gedanken gemacht!", beginne ich bedächtig.

„Willst du dich von mir trennen?", erwidert sie lachend.

„Möchtest du es?"

„Sei nicht dumm! Nach dem Bestehen meiner Fahrprüfung bist du der einzige Beifahrer, der keine Angst hat, mit mir zu fahren. Auf dich will ich nicht verzichten!"

„Angst habe ich, ich zeige sie nur nicht."

Ein wohlverdienter Klaps auf den Oberarm, ist das Ergebnis.

Ich halte sie mit gestreckten Armen von mir. Nicht, weil ich eine Watsche befürchte, sondern weil sie mir aufmerksam zuhören soll. Ausnahmsweise wehrt sie sich nicht und schweigt.

„Karin was hältst du davon, wenn wir vor Weihnachten heiraten?"

Ihr heiterer Gesichtsausdruck wird schlagartig ernst.

„Ist das ein Scherz?"

„Es ist mir ernst! Wenn du einverstanden bist, feiern wir noch heute Verlobung."

Enttäuscht sieht sie mich an. Sie scheint keine Lust zu haben, mich zum Mann zu nehmen.

„Es kommt für mich plötzlich!", erwidert sie abwehrend.

„Willst du nicht meine Frau werden?", frage ich enttäuscht.

„Doch, gern! Ich bin ganz außer Fassung!", entschuldigt sie sich.

„Wenn das mit der Verlobung heute zu kurzfristig ist, mache mir einen Vorschlag!"

„Können wir in einer Woche Verlobung feiern und die Eltern dazu einladen."

„Wenn du mir versprichst, dass ich nicht bei deinem Vater, um deine Hand anhalten muss, bin ich einverstanden."

„Das brauchst du nicht!", versichert sie heiter.

„Weiß es Martin?", will sie wissen.

„Ich habe mit keinem darüber gesprochen. Du hättest mir einen Korb geben können."

„Hast du das gedacht?"

„Dir ist alles zuzutrauen!"

Der Gedanke, dass ich nicht absolut sicher bin, wie sie sich entscheidet, gefällt ihr. Ich kann es ihrem Gesicht ansehen. Es strahlt selbstgefällig.

„Wo wollen wir feiern?", will sie wissen.

„Ich dachte an einen Heurigen in Floridsdorf."

„Das ist gut. Soll ich dort reservieren?"

„Gern!" erwidere ich und freue mich, dass sie mir das Organisatorische abnimmt.

Verlobungsringe habe ich vor ein paar Tagen gekauft.

Sie stecken in meiner Jackentasche.

Ich richte mich auf und neige mich zu ihr.

„Wenn du es möchtest, können wir heute Verlobung feiern!"

„Au fein!", ruft sie begeistert aus.

Martin und die beiden Chinesinnen kommen aus dem Wasser. Sie sind mächtig durchgefroren und ihre Lippen haben einen blauen Schimmer.

„Wir möchten euch für nächsten Samstag zur Verlobungsfeier beim Heurigen einladen. Könnt ihr kommen?", frage ich sie.

Martin sieht mich überrascht an.

„Damit habe ich nicht gerechnet. Natürlich sind wir dabei! Wer wird noch da sein?", will Martin wissen.

„Unsere Eltern und Gabi!"

„Dann sehe ich sie wieder! Es ist lange her, dass sie bei mir war."

„Peter und ich haben uns an diesem Abend kennengelernt", bemerkt Karin gerührt und sieht mich an.

„Wer ist Gabi?", will Martins Geliebte von ihm wissen.

„Eine Freundin von Karin!", erklärt Martin.

„Wir kommen gern mit!", sagt die Chinesin zu mir gewandt.

Ein Quäntchen Eifersucht liegt in ihren Worten.

Karin und ich brechen auf. Martin und seine beiden Frauen wollen bleiben. Es stört uns nicht.

Wir fahren mit Karins Auto in Martins Wohnung. Ich kann es nicht erwarten, ihr die Verlobungsringe zu zeigen.

Die Wohnung ist nicht aufgeräumt. Ich trage das auf dem Wohnzimmertisch liegende Geschirr in die Küche.

Karin nimmt auf der Couch Platz.

„Schließe deine Augen und öffne sie erst, wenn ich es dir sage!"

Ungern kommt sie dieser Aufforderung nach. Sie ahnt, womit ich sie überraschen will. Ich halte das Ringfutteral vor ihr Gesicht und öffne den Deckel.

„Jetzt Augen auf!", sage ich voller Spannung.

Die Ringe scheinen ihr zu gefallen, das kann ich am Leuchten ihrer Augen sehen. Ich stecke ihren, der mit einem Diamanten besetzt ist, auf den Ringfinger der linken Hand und er passt.

Ohne vorherige Anprobe bei dem Juwelier, ist das nicht selbstverständlich. Karin kann sich nicht sattsehen. Der kleine Edelstein funkelt im Licht, wie ein ganzes Universum mit Abermillionen von Sternen.

Ich will ihren Ring wieder zurückhaben und in das Etui stecken. Sie gibt ihn nicht mehr her.

„Du musst ihn dir verdienen!", sagt sie verführerisch und fängt sich an zu entkleiden. Jetzt bin ich mir sicher, dass er ihr gefällt und strenge mich an, um ihn zurück zu bekommen.

3

Wien, Heuriger

Der Heurige in der Amtsstraße ist gut besucht. Karin hat im Gastgarten einen langen Tisch mit zehn Plätzen reserviert. Alle, die eingeladen wurden, sind gekommen. Martins beide Chinesinnen und Gabi habe ich auseinandergesetzt, damit es nicht zum Zickenkrieg kommt. Die beiden Elternpaare sitzen sich gegenüber. Sie können sich gut miteinander unterhalten.

Eine dralle Kellnerin bringt uns die bestellten Getränke. Sie stellt den Wein in Literkaraffen auf den Tisch und ich schenke ein. Jeder hat sein Wunschgetränk vor sich. Ich melde mich zu Wort und gebe die Verlobung öffentlich bekannt. Wir stoßen mit unseren großen Heurigengläsern an und alle wünschen uns viel Glück.

Die beiden Väter scheinen sich gut zu verstehen. Sie unterhalten sich über Fußball. Es ist ein unendliches Thema, bei dem jeder besser weiß, wie Tore geschossen werden als die Spieler auf dem Rasen.

Worüber sich die Mütter unterhalten, bekomme ich nicht mit. Der Geräuschpegel ist stark angestiegen und kein freier Sitzplatz im Gastgarten mehr zu finden. Ausweichen können die späten Gäste nur in die Innenräume des Heurigenlokals. Bei dem schönen Wetter ist das nicht angenehm.

Karin unterhält sich mit Gabi, die neben ihr sitzt und ich habe Martin an meiner rechten Seite. Nur die beiden Chinesinnen tun mir ein wenig leid. Sie wirken wie von unserer Unterhaltung ausgespart. Ich bitte sie, mir über Hangzhou zu erzählen. Wegen des Lärms ist das kaum möglich. Man versteht sein eigenes Wort nicht mehr. Als Gastgeber bin ich bemüht, die Runde aufzulockern, indem ich mich zu jedem setze und mich mit ihnen unterhalte.

Diese Gelegenheit nutzt Gabi und setzt sich auf meinen Platz, neben Martin. Zunächst kümmert sie sich nicht um ihn und führt ihre Unterhaltung mit Karin fort. Bald schenkt sie ihm mehr Aufmerksamkeit.

Karin setzt sich zu den beiden Müttern, an der langen Tischseite.

Die Väter prosten sich ständig zu. Es geht bei ihnen noch um Fußball. Ich verstehe nicht, wie man so lange über dieses Thema reden kann. Die Chinesinnen scheinen sich zu langweilen. Ich setze mich zu ihnen. Sie hören auf, chinesisch weiter zu plaudern und ich lasse mir von ihnen erzählen, wie sie nach Österreich gekommen sind.

Beide waren ihren Männern gefolgt und leben mehrere Jahre in Wien. Die Freundin von Martins Geliebter war mit einem Österreicher liiert, der ein paar Jahre in Shanghai gearbeitet hatte und in die Heimat zurück musste. Sie war ihm gefolgt und in Wien haben sie geheiratet. Nach ein paar Jahren hat er sich eine andere genommen und von ihr getrennt. Die Eigentumswohnung konnte sie behalten. Sie hat einen guten Job bei einem Handelsunternehmen und materiell geht es ihr gut.

Bei den Vätern wird es lauter. Sie haben das Gesprächsthema gewechselt und sind vom Fußball zur Politik gekommen. Das wird nicht gut enden, denke ich mir. Ich sehe in ihre Richtung. Karins Vater ist Sozialdemokrat. Für meinen Vater kann es nichts Schlimmeres geben. Sie haben zu viel Wein getrunken und beginnen sich anzuschreien.

Unsere Mütter versuchen sie zu beruhigen. Es ist wie bei einem Schwelbrand, in dem kleine Nester auflodern. Beide sind Hitzköpfe und ich bin besorgt, dass es zu einer Schlägerei kommt. Unsere Mütter sind der gleichen Meinung und drängen ihre Männer mit ihnen nach Hause zu fahren.

Die Elternpaare sind weg und es ist still.

Aus den zehn kleinen Negerlein sind nur noch sechs geworden. Nicht alle Gewitterwolken sind über uns hinweggezogen. Gabi hat die Ablenkung durch unsere Eltern genutzt, um sich mehr mit Martin zu unterhalten. Sie lachen und scherzen. Das bringt das Blut von Martins Geliebter zum Kochen. Mit südasiatischem Temperament kämpft sie um ihren ersten Platz in seiner Gunst. Karin und ich halten uns aus dem Wortgefecht der Kontrahentinnen heraus. Fassungslos sehen wir zu. Martin steht auf, entschuldigt sich bei mir und geht. Die streitenden Frauen folgen ihm, wie eine Gänseschar. Karin und ich bleiben allein zurück.

„Warum ist Gabi mit ihnen gegangen?", frage ich.

„Sie will nicht aufgeben und der Chinesin das Feld räumen."

„Wir haben nette Eltern und Freunde, die wissen, wann sie gehen müssen", erwidere ich scherzhaft.

Herzhaft lachen wir miteinander und wiederholen manchen Wortlaut der Beschimpfungen.

„Unsere Verlobungsfeier wird allen lange in Erinnerung bleiben. Ich bin gespannt, was mein Vater sagt, wenn ich heimkomme.", bemerkt Karin.

„Lass dich nur nicht unterkriegen! Du kannst jederzeit zu mir nach Hietzing ziehen!"

Karin winkt ab.

Ich bin froh, dass sie die verpatzte Feier nicht tragisch nimmt. Ein harmonisches Ende wäre für alle Gäste angenehmer gewesen. Es war nicht unsere Schuld, dass es zu den Zerwürfnissen kam.

Der Kellnerin winke ich zu, um zu zahlen.

„Hat es den Herrschaften nicht gefallen, dass sie alle weg sind?", fragt sie neugierig.

„Sie haben sich beim Essen den Magen verdorben, bekamen Bauchweh und es wurde ihnen schlecht", sage ich im Scherz.

Erschreckt sieht sie sich um.

„Die anderen Gäste haben nicht geklagt. Ich hoffe, dass es nichts Schlimmes ist."

Ich sage zu, mich zu melden, wenn sich ihr Zustand verschlechtern sollte.

Auf ihrem Rechnungsblock addiert sie die Einzelpreise der Bestellungen und gibt mir einen großzügigen Rabatt wegen des Unwohlseins unserer davongeeilten Gäste.

Wir fahren in Martins Wohnung. Dort sind wir allein und ungestört. Wie nach einem langanhaltenden Schock kommen bei Karin jetzt Bedenken wegen der Streitereien im Buschenschank.

Das mit Gabi und Martin interessiert sie nicht sonderlich. Die Auseinandersetzung zwischen den Vätern ist ihr nicht einerlei. Ich beruhige sie, obwohl ich nicht glaube, dass die beiden Männer noch einmal zusammenkommen werden. Zu schlimme Worte sind gefallen und da nützt nicht der Umstand, dass sie betrunken waren.

Der Ring sieht wunderschön an Karins linker Hand aus. Beim Heurigen habe ich bemerkt, dass sie ihn gut sichtbar getragen hat und die Frauen ihn sich näher angesehen hatten. Eitelkeit gehört wie der Stolz und Übermut zu einer der sieben Todsünden, dem Hochmut. Solange sie sich gemäßigt verhält, stört mich ein wenig Eitelkeit an ihr nicht. Sie ist wie ein Gewürz in unserer Beziehung.

Wie ein Kind betrachtet sie ständig den Edelstein im Licht. Die Vorliebe für Schmuck habe ich vorher nicht bei ihr festgestellt. Ich bin neugierig, was ich im Laufe unseres gemeinsamen Lebens alles an ihr entdecken werde.

Wir sehen uns einen Film an. Karin darf ihn sich aussuchen. Es ist eine Komödie, lustig und fürs Herz. Ich kenne den Film und hoffe, dass sie beim Betrachten den Ärger während der Verlobungsfeier vergisst. Bisher hatte sie nicht von einem schlechten Omen gesprochen. Der Film soll alles glätten.

Ich hole aus der Küche eine Flasche Sekt, die ich Martin geschenkt hatte und suche in dem Küchenschrank nach Salzgebäck. Mit meinen Schätzen komme ich zurück und wir stoßen nochmals auf die Verlobung an.

Der Film startet und zufrieden liegen wir auf der Couch und lassen uns von dem Schnulzenfilm berieseln.

Mich interessiert Karin mehr. Zärtlich streichele ich ihre Hände und Arme. Wenn die seichte Handlung im Film kurzzeitig spannend wird, fühlt sie sich durch meine Berührung gestört. Sie knurrt leise und ich halte kurzzeitig inne. Ich habe Zeit, der Abend ist lang. Vorsichtig wage ich mich weiter vor und ehe der Film endet, bin ich am Ziel meiner Wünsche angelangt. Vom Sekt ist sie leicht beschwipst. Wir liegen auf der übergroßen Matratze im Schlafraum und der Liebesfilm trägt seine Früchte.

Es ist schön mit ihr, wie noch nie. Mir wird bewusst, wie wichtig die richtige Stimmung ist. Ich lasse mir viel Zeit und das gefällt ihr.

Sie lacht und gleichzeitig rollen Tränen über ihre Wangen. Es ist mir unerklärlich.

Mir fällt auf, dass sie sich plötzlich ruhig verhält. Wie erstarrt liegt sie auf dem Rücken. Ist sie müde und braucht eine kleine Verschnaufpause? Gebannt sieht sie über meine Schulter geradeaus zur Türöffnung. Ich drehe mich um und erkenne Martin, wie er uns zusieht. Verärgert stehe ich auf und steige in meine Jeans. Er verschwindet in die Küche.

Karin zieht sich schnell an und streicht mit den Fingern ihre Haare glatt. Ich gehe ins Wohnzimmer und setze mich zu Martin an den Esstisch. Wie abwesend sitzt er da und verspeist ein Butterbrot.

„Bist du lange hier?", will ich von ihm wissen.

„Eine Weile!", entgegnet er kurz.

„Warum hast du dich nicht bemerkbar gemacht?"

„Ich wollte euch nicht stören!"

Martin sieht traurig aus.

„Hast du Ärger mit deinen Frauen?"

„Die Chinesin bin ich los."

„Das tut mir leid für dich. Was ist passiert?"

„Ich habe Gabi zu Hause abgesetzt und wollte mit den anderen beiden in die Wohnung fahren. Da sind sie mit ausgestiegen und haben nach einem Taxi gewunken."

„Warum bist du nicht gleich hergekommen?"

„Ich wollte euch nicht den Tag verderben und bin zu Gabi gegangen."

„Sie hatte beim Heurigen ein Auge auf dich geworfen", bemerke ich.

„Meine kleine Mandelblüte ist eifersüchtig wie ein Kakadu. Sie hat „Rot" gesehen als ich mich am Tisch mit Gabi unterhalten hatte."

„Sie wird ihren Irrtum bald erkennen und ruft dich an", tröste ich ihn.

Deprimiert sitzt Martin da und trinkt ein Glas Wodka nach dem anderen.

„Hast du Hunger? Soll ich dir Essen machen?", fragt Karin.

„Nein danke! Das Butterbrot hat mir genügt. Lasst euch nicht stören. Ich bleibe hier sitzen und höre Musik."

Unmöglich könnte ich jetzt mit Karin in den Raum nebenan gehen und dort weitermachen, wo wir aufgehört haben.

Martin braucht mich jetzt und ich höre ihm zu. Seine Gefühle für die Chinesin scheinen stark zu sein. Es hat ihn jedoch nicht abgehalten, mit seiner verflossenen Freundin Gabi ins Bett zu steigen. Er hat eine sonderbare Einstellung, was treu sein angeht und ich kann die Chinesin verstehen, dass sie mit seinen Seitensprüngen nicht klarkommt.

Wir unterhalten uns über frühere Zeiten, wo wir gemeinsam in den Bergen gewandert sind. Die Ablenkung tut ihm gut. Er kommt zu sich, wie eine Pflanze, die nach der Dürre getränkt wird. Karin hört uns aufmerksam zu. Das Gespräch scheint sie zu ermüden. Sie sieht sich im Zimmer um und entdeckt eine große Schatulle. Neugierig beäugt sie diese von allen Seiten.

Martin merkt es.

„Öffne den Deckel und sieh dir ruhig alles an!", ruft er ihr zu.

Wir unterhalten uns weiter.

Karin findet die Sperre nicht und wird leicht ungeduldig.

„Ich helfe dir", sagt Martin und springt von der Couch auf. Er bewegt einen bestimmten Hebel und holt aus dem Kasten zwei Ablagefächer mit Gold- und Silberschmuck hervor.

„Das habe ich von meiner Tante geerbt", sagt er beiläufig und setzt sich zu mir.

Wie einem Kind, dem man sein Lieblingsspielzeug gibt, beschäftigt sich Karin mit den Klunkern der Tante. Sie hätte nichts Schöneres zum Zeitvertreib bekommen können.

Wir sehen ihr bei unserer Unterhaltung von der Couch aus zu. Mehrere Ringe steckt sie sich an die Finger und hält sie ins Licht. Das Geschmeide breitet sie auf der Tischdecke aus und betrachtet es.

Martin bietet ihr an, sich ein Stück von den Sachen auszusuchen. Bescheiden lehnt sie ab.

„Was würde dir gefallen?", fragt Martin.

„Der Schmuck ist schön und nicht altmodisch, wie man ihn von einer Tante erwarten würde."

„Sie war eine moderne Frau und gut angezogen. Zu den Kleidern brauchte sie die passende Halskette und Ringe. Die Auswahl ist groß."

Karin hält einen Armreif aus Weißgold in der Hand und vergleicht ihn mit dem Verlobungsring, der ebenfalls aus Weißgold ist.

„Er passt gut dazu!", sagt Martin und sieht mich an.

„Darf ich ihr den Reif schenken?", fragt er mich.

Ich nicke und wir gehen beide zu ihr an den Tisch.

Martin öffnet den Verschluss und Karin schlüpft mit der Hand hindurch. Er drückt die beiden Reifhälften zusammen. Das Scharnier und der Sicherheitsverschluss sind nicht als solche zu erkennen.

„Darf ich ihn behalten?", fragt mich Karin. Ich nicke ihr zu und wir beide bekommen zum Dank ein Busserl.

Jetzt erst sehe ich mir die Schmuckstücke an.

„Sind die wertvoll?", frage ich Martin.

„Einige Edelsteine sind echt. Die meisten sind Imitationen. Um es herauszufinden, müsste ich damit zum Dorotheum gehen und sie schätzen lassen."

Wir lassen Karin mit dem Schmuck allein und unterhalten uns weiter. Aus einem Schrankfach zieht er ein Fotoalbum hervor und wir betrachten die alten Bilder. Hierbei leistet uns Karin Gesellschaft. Fotos sieht sie sich gern an. Bei manchen Bildern lacht sie laut auf, weil wir eigenartig gekleidet sind. Wir finden es selber komisch, wie wir vor zehn Jahren ausgesehen hatten.

Martin wartet mit weiteren Alben auf und wir merken nicht, dass es Mitternacht ist. Zum Schlafen bleibt nicht mehr viel Zeit. Wir überlegen, was wir am Sonntag tun wollen. Ich bin für eine Fahrt ins Grüne und Karin möchte zum Kiessee. Martin kann oder will sich nicht für das eine oder andere entscheiden. Somit beschließe ich demokratisch, da ich der Ältere bin, in die Wachau, nach Dürnstein, zu fahren. Wie wir dorthin kommen und wann wir aufstehen müssen, überlassen wir Martin.

Karin sind bei unserer Planung die Augen vor Müdigkeit zugefallen und ich lege sie ins Bett. Mit Martin trinke ich noch ein paar Gläser Wodka und wir erzählen weiter, bis uns der Schlaf übermannt.

Die Sonne erhellt die Zimmer. Karin ist als erstes aufgestanden und bereitet das Frühstück. Der Duft von Kaffee macht uns munter. Schlaftrunken wanken wir im

Pyjama an den Tisch und stärken uns mit „Ham and Eggs".

Den Schinkenspeck hat sie in einem Tiegel angeschmort und die Eier dazugegeben. Die Dotter sind unverletzt. Hell leuchten die gelben Punkte auf dem weißen Grund, eingerahmt von den geschmorten Streifen des Schinkenspecks. Dazu gibt es Toastbrot. Nach der langen durchzechten Nacht ist ein kräftiges Frühstück der beste Muntermacher.

Wir gehen es an diesem Morgen gemütlich an und vermeiden jede Hektik. Erst am späten Vormittag kommen wir aus dem Haus.

4

Wien, Badende

Mit Martins Auto fahren wir über den Höhenrücken des Wiener Waldes nach Krems und von dort über die Donaubrücke zum anderen Ufer. Jetzt ist es nicht mehr weit bis Dürnstein.

Für mich ist die Wachau eine der schönsten Ausflugsziele von Wien. Mit meinen Eltern war ich hier und wir sind viel in dieser Gegend gewandert. Unterwegs erzähle ich Karin die Geschichte über die berühmte Burgruine, die wir besuchen wollen.

Überraschenderweise kennt Martin sie nicht.

„Im zwölften Jahrhundert soll hier der englische König Löwenherz auf dem Weg aus dem Heiligen Land durchgezogen sein. Er hatte sich bei der Eroberung von Akkon geweigert die Kriegsbeute mit dem Babenberger Herzog, Leopold V., zu teilen. Nachdem er dessen Fahne von einem der Burgtürme hinabwerfen ließ, waren sie verfeindet."

„Wieso ist der englische König durch das Land seines Widersachers gereist?", wollte Martin wissen.

„Genau weiß ich das nicht. Löwenherz wird von dem Komplott des Kaisers Heinrich VI. und dem französischen König Philipp August gehört haben. Er reiste mit kleinem Gefolge, als Pilger getarnt, auf dem Landweg durch Österreich. Entdeckt und gefangen genommen wurde er in Erdberg. Das gehört heute zu Wien-Landstraße."

„Das ist eine tolle Räubergeschichte, die du erzählst. Ging es nicht um ein hohes Lösegeld?", bemerkt Martin.

Ich glaube herauszuhören, dass er meinen Ausführungen nicht glaubt.

„Was hat der Herzog mit dem Lösegeld gemacht?", will Karin von mir wissen.

„Leopold hat damit die Wiener Stadtmauer verstärkt, die Orte Wiener-Neustadt und Friedberg gegründet. Manche sagen, dass die Wiener Münze mit diesen 23 Tonnen Silber ihren Anfang nahm."

„In den Filmen über Robin Hood kommt das Silber vor. Der Bruder von König Richard soll das Lösegeld von den englischen Untertanen erpresst haben", ergänzt Martin.

Karin ist beeindruckt von der Geschichte und woher wir das alles wissen.

Am Parkplatz, außerhalb des Ortskerns, stellt Martin das Auto ab. Wir wandern auf einem gekennzeichneten Weg den Berg hinauf. Die Wegweiser sind überflüssig. Busladungen von Touristen strömen in die gleiche Richtung. Wir lassen uns von den Menschenmassen nicht stören. Für mich gibt es überall ein lohnendes Motiv mit der Kamera. Wenn wir eine kurze Pause machen, kokettiert Karin vor der Linse. Ich schieße ein Foto nach dem anderen von ihr und Martin.

Beide scheinen sich jetzt besser zu verstehen als früher. Bisher hatte Karin seine Nähe gemieden, weil er ihr zu angeberisch erschien. Nach dem gestrigen Verlust seiner Geliebten wirkt er eher traurig. Es genügte, um ihr Helfersyndrom auszulösen und sie glaubt ihn trösten zu müssen. Stetig versucht sie ihn aufzuheitern. Ich finde es albern und kindisch. Verstärkt widme ich mich dem Fotografieren.

Oben angekommen, durchstöbern wir jeden Winkel des alten Gemäuers. Viel steht nicht mehr von der einst stolzen Burg. Die Schweden hatten sie im Dreißigjährigen Krieg gesprengt. Wir suchen uns einen schönen Platz im Schatten zum Ausruhen und sehen hinunter auf die Donau. In Bögen windet sie sich durch die bergige Landschaft.

Karin lehnt ihren Kopf an meine Schulter und hat die Augen geschlossen.

„Bist du müde?", frage ich sie.

„Nein! Es ist schön hier. Ich genieße den Duft des Staubes, den die vielen Touristen aufwirbeln."

„Dir scheint es nicht zu gefallen?"

„Wenn ich ehrlich bin, würde ich lieber im See schwimmen."

„Dort waren wir die ganzen letzten Tage. Das ist langweilig."

„Für mich nicht!", antwortet sie schnippisch und sieht herausfordernd zu Martin.

„Wärst du jetzt nicht lieber im Wasser?"

Martin windet sich. Er will neutral bleiben und keinen von uns verärgern.

„Sag deine Meinung, lieber Martin, oder fehlen dir die Worte", provoziert sie ihn.

Karin wechselt den Platz und drängt sich an ihn.

„Mach ein freundliches Gesicht! Peter will uns fotografieren."

Ich habe nicht die Absicht und fühle mich genötigt. Durch meinen Sucher der Spiegelreflexkamera versuche ich eine fotoreife Position der Beiden zu finden. Karin albert ständig herum und verwackelt mir die Aufnahmen. Irgendetwas muss sie verärgert haben, dass sie sich jetzt komisch verhält. Es wird an dem beschwerlichen Aufstieg zur Ruine liegen und der gleißenden Sonne. Dummerweise habe ich kein Mineralwasser mitgenommen und hier oben gibt es nichts zu kaufen.

Ich schlage vor, einen kürzeren Weg hinabzusteigen und lade beide in ein Café zum Eis ein. Ein besseres Ziel hätte ich nicht wählen können. Im Nu ist meine Verlobte normal und fordert mich auf, schneller bergab zu gehen.

Der Weg ist steiler als der, den wir nach oben genommen hatten.

Stolpernd und fußmüde kommen wir im Ort an. Wir müssen feststellen, dass im Café kein einziger Platz mehr frei ist. Eine große Traube von Touristen begehrt Einlass.

Martin winkt ab.

„Das tun wir uns nicht an! Wir fahren lieber nach Krems."

Karin sieht ihn zornig an.

„Das haben wir nur dir zu verdanken, weil du dich nicht entscheiden konntest!"

Verdutzt blickt Martin zu mir.

„Habe ich mich verhört? Gibt sie mir die Schuld für das Dilemma?"

Jetzt fehlt nur noch, dass er sagt: „Die blöde Kuh!" Die Stimmung wäre im Sand.

Ich versuche zu retten, was zu retten ist. In der Nähe des Parkplatzes sehe ich einen kleinen Stand mit allerlei Süßigkeiten und Getränken. Den steuern wir an und erstehen die letzte Packung Manner-Schnitten und eine Flasche Cola.

Zufrieden sieht uns Karin an. Ihre Kraftreserven scheinen aufgebraucht zu sein.

Dank der Waffeln und des Getränks schaffen wir es bis Wien und kehren, auf Wunsch von Karin, in einem Aida-Café in der Nähe der Siemensstraße ein.

Hier sind genügend freie Tische.

Karin bestellt und isst mehrere Stücke Torte. Mir wird beim Zusehen schlecht.

Anschließend will sie baden fahren. Martin hat zum Glück Badesachen im Auto. Ein Bikini von seiner chinesischen Freundin ist darunter.

Auf geht es zum Süßenbrunner Kiessee.

Wenn wir dachten, dass Dürnstein von Menschenleibern überzogen ist, trifft es für den Badeteich erst recht zu. Weit ab vom Parkplatz finden wir einen Abstellplatz fürs Auto. Es steht ungeschützt in der prallen Sonne und wird sich aufheizen.

Karin ist auffallend schweigsam. Ihr Gesicht ist weiß. Mir ahnt nichts Gutes.

Ich sehe ein Gebüsch und mache ihr den Vorschlag, dass sie sich dort ungesehen erleichtern könne. Es wirkt wie ein Auslöser. Eilig springt sie los und verschwindet hinter den Sträuchern.

Martin und ich sehen uns nur achselzuckend an.

Es ist später Nachmittag und die ersten Wasserratten verlassen den Badestrand. Die Chance, einen Liegeplatz zu bekommen steigt.

Karin kommt aus dem Gebüsch hervor.

„Sollen wir dich nach Hause fahren?", frage ich sie.

„Es geht, ich will jetzt schwimmen!"

Widersprechen traue ich mir nicht. Für sie bin ich der Verursacher des Schlamassels, der uns an diesem Tag widerfahren ist.

Vom oberen Teichrand blicken wir hinunter auf den schmalen Uferstreifen, der als Liegewiese dient. Eine schöne Stelle, die gerade geräumt wird, fällt mir ins Auge. Martin hat sie auch entdeckt. Wir eilen darauf zu, damit sich niemand dort ausbreitet. Der Weg zwischen Wasser und Liegeplätzen ist schmal und wir müssen hintereinander gehen.

Ich höre einen Schrei und sehe nach hinten. Ein großer Hund hat Karin angerempelt und sie ist vom Pfad ins Wasser gestürzt. Zwei Männer, die sich in Ufernähe befinden, helfen ihr heraus.

Ein Junge hatte einen Ball in den See geworfen und sein Hund war nachgesprungen. Karin befand sich in diesem Moment in seiner Laufrichtung.

Durchnässt erreicht sie den freien Platz. Die Mutter des Jungen kommt zu uns und entschuldigt sich. Sie hat ein großes Badetuch in den Händen und reicht es Karin.

„Das Tuch können sie als kleine Wiedergutmachung behalten", sagt sie und geht zurück zu dem Jungen mit dem Hund. Karin steht wie unter Schock und vergisst sich zu bedanken.

„Du musst deine nassen Sachen ausziehen, damit du dich nicht erkältest!", rate ich und reiche ihr den Bikini der Chinesin.

Hilflos sieht sie sich um und sucht nach einem Platz, wo sie sich umziehen kann. Die Strauchgruppen sind zu weit entfernt. Martin und ich nehmen unsere große

Liegedecke und halten sie als Sichtschutz hoch. Dahinter verborgen streift sie die nassen Sachen ab und versucht, sich in den zu kleinen Bikini hineinzuzwängen.

Die Begebenheit muss in aller Munde sein. Die Leute sehen interessiert zu uns. Karin zieht und zerrt an dem Bikini und glaubt damit, ihn dehnen zu können. Es hat keinen Zweck. Ins Wasser kann sie damit nicht gehen. Eingehüllt ins Badetuch, legt sie sich auf die Liegedecke und versucht sich zu beruhigen. Ich kann nicht weiterhelfen als ihr gut zuzureden.

Martin sucht ein paar Äste und steckt sie in den Kiesboden. Darauf breitet er Karins nasse Unterwäsche und das Kleid zum Trocknen aus.

Wir legen uns zu ihr auf die Decke und versuchen das Geschehene gedanklich nachzuvollziehen. Martin und ich haben nicht viel mitbekommen, da wir voran liefen. Für Karin ging alles viel zu schnell. Sie sagt, dass sie einen Ball über sich fliegen sah und den Rempler an ihrer Seite spürte. Im Nu lag sie im Wasser. Die Stelle war zum Glück nicht tief. Sie hätte sich bei dem Sturz wehtun können. Zwei Männern hatten sie ans Ufer getragen. Daran kann sie sich nicht erinnern.

Die Nachmittagssonne brennt unbarmherzig auf unsere Körper. Martin will ins Wasser.

„Kommst du mit?", fragt er mich.

Ich sehe zu Karin, die ruhig daliegt.

„Ich bleibe lieber bei ihr!", entgegne ich und streiche über Karins Haare.

„Geh nur mit ihm, ich komme zurecht!", sagt sie und ich folge zögernd Martin ins Wasser.

Die Abkühlung tut mir gut. Meine Gedanken sind bei Karin. Ich kann nachvollziehen, wie unwohl sie sich fühlt. Wir hätten heute besser nur zum Baden fahren sollen.

Ich konnte nicht voraussehen, wie sich der Tag gestaltet und mache mir Vorwürfe.

Das Bummerl hat heute eindeutig Karin. Sie tut mir leid. Mittags entging sie knapp einem Hitzeschlag. In Dürnstein gab es kein Eis und in Wien im Café Aida hatte sie zu viel Kuchen gegessen. Zuletzt kommt der ungewollte Fall ins Wasser. Es gibt Tage, an denen man besser im Bett bleibt.

Martin ist auf die andere Seite des Sees geschwommen. Ich steige nach dem Abkühlen gleich aus dem Wasser und lege mich zu Karin. Sie ist froh, dass ich ihre Stirn mit meinen kalten, nassen Händen ein wenig abkühle.

Ich möchte sie unterhalten und von dem Schreck mit dem Hund ablenken. Worüber soll ich mit ihr sprechen? Was interessiert sie in dieser grotesken Situation?

Mir fallen ein paar lustige Geschichten aus meiner Kindheit ein und erzähle sie. Sie lächelt dankbar und anerkennend für meine Bemühungen. Es ist nicht die Medizin, die sie jetzt braucht, wird mir bewusst.

Ich schwenke auf das Thema gemeinsame Zukunft. Ihre Aufmerksamkeit wächst. Wir sprechen über Kinder und ich sage ihr, dass ich gern drei haben möchte. Sie lächelt. In diesem Punkt scheinen sich unsere Vorstellungen zu decken.

Auf die Baustelle will sie mich nicht begleiten, das muss ich akzeptieren. Es fällt mir schwer es einzusehen. Die Trennung von ihrer Familie, auf Monate, wäre für sie nicht leicht. Bei ihren Eltern weiß ich sie in guten Händen. Alles wird für sie bleiben wie es ist. Die monatelange Trennung sieht sie nicht als Problem an.

„Im September reise ich ab! Der Termin steht zu fünfzig Prozent fest."

„Du kannst es nicht erwarten?", erwidert sie leicht gereizt.

„Ich muss es nehmen, wie es kommt!"

„Wenn sie dich in die Hölle schicken, gehst du auch?", wendet sie verärgert ein.

„Ich suche mir den Ort nicht aus! In meinem neuen Arbeitsvertrag bin ich verpflichtet, überall hinzugehen, wo die Firma mich hinschickt. Wenn es sein muss, in die Hölle!", trumpfe ich ein wenig auf.

„Für mich ist das nichts! Ich bin bodenständig und möchte nirgendwo anders leben als in Wien. Eine Ausnahme ist der Urlaub."

„Dann kannst du mich in den Ferien in China besuchen kommen!"

Sie überlegt und schüttelt mit dem Kopf.

„Das Land mag ich nicht! Ich müsste auf viele Annehmlichkeiten des täglichen Lebens verzichten."

„Wenn du im Urlaub in die südlichen Länder reist, reduzierst du ebenso deine Ansprüche."

Das Gespräch scheint sich auf eine Konfrontation hin zu bewegen. Zum Glück kommt Martin, wie ein helfender Engel. Er unterhält sich mit Karin und ich kann in Ruhe schwimmen gehen.

Die Sonne und der leichte Wind lassen die nassen Kleider von Karin schnell trocknen. Sie zieht ihren BH und den Slip an. Ins Wasser traut sie sich mit den Dessous nicht.

Die bewundernden Blicke der vorbeigehenden Männer stören sie nicht. Es scheint ihr zu gefallen. Ich nehme meine Kamera aus der Tragtasche und richte das Objektiv auf sie.

Eitel posiert sie auf der Decke, wie ein Model.

Es ist spät geworden und die Reihen der Badenden lichten sich.

Wir beschließen in eine Pizzeria am Kagraner Platz zu fahren und uns zu stärken.

Das war die beste Idee, die ich an diesem Tag hatte. Karin quittiert sie mit einem reizenden Lächeln.

Es ist später Nachmittag. Das hat den Vorteil, dass wir uns den Tisch aussuchen können. Das Restaurant ist im Keller und somit angenehm kühl. Wir bestellen eine Pizza „Hawaii" und eine feurige „Diavolo". Karin entschließt sich für ein Spaghetti Gericht und als Getränk wählt sie italienischen Rotwein.

Martin erzählt von seiner letzten Italienreise. Ich kenne diese Orte nicht und höre gelangweilt zu. Nur Karin weiß, wovon er spricht, da sie mit ihren Eltern in den Ferien dort war und entlang der italienischen Küste viele Städte besucht hatte. Das Essen kommt und ich bin abgelenkt. Die beiden vertiefen sich weiter in ihr Gespräch. Ich habe das Gefühl, dass sie mich nicht mehr wahrnehmen. Sie würden nicht bemerken, wenn ich aufstehe und weggehe.

Martin trinkt zu viel um Autofahren zu können. Ich halte mich deshalb mit dem Wein zurück und nippe nur aus meinem Glas.

Im Erzähleifer passiert Martin ein Missgeschick. Er stößt mit der Hand an Karins Glas und schüttet ihr den Rotwein über das Kleid. Betroffen sehen sie sich an. Ich wage nicht zu lachen, obwohl es komisch ist. Karin scheint zu überlegen, ob sie aufschreien soll.

Sie gibt mir als Unbeteiligten die Schuld.

Angeblich habe ich Martin abgelenkt und deshalb ist ihm das Malheur passiert. Ich widerspreche nicht, da mir die Anschuldigung zu abstrus erscheint.

Karin läuft eilig zur Toilette um sich den Fleck auszuwaschen. Als sie verschwunden ist, kann ich nicht mehr an mich halten. Das Lachen platzt aus mir heraus. Verhalten lacht Martin mit.

Der Abend ist damit gelaufen und ich bezahle. Zuerst bringe ich Karin nach Hause. Sie wohnt in dieser Gegend. Mit Martin fahre ich weiter zu unserem Stammbeisl in der Lerchenfelderstraße und wir lassen den Abend fröhlich ausklingen.
Karin war heute der Pechvogel, im wahrsten Sinne des Wortes. Jetzt können wir unserer Schadenfreude freien Lauf lassen und herzhaft über ihr Missgeschick lachen. Wir empfinden den Tag insgesamt als gut gelungen.

5

Wien, Hietzinger Villen

Mit meiner Mutter sitze ich am Frühstückstisch und wir genießen die Ruhe. Kein Auto ist zu hören, nur das Rauschen des Windes in den Bäumen und das Singen der Vögel.

Mein Vater ist, wie jeden Samstag, in seiner Firma und wir warten auf Karin, die um 9 Uhr kommen will.

Am Telefon haben wir miteinander gesprochen und überlegt, wo wir uns in Zukunft treffen können. Martins Wohnung fällt weg, da er sie jetzt selber braucht. Seinen Wohnungsschlüssel hat er von mir noch nicht zurückverlangt. Überstrapazieren möchte ich unsere Freundschaft damit nicht.

Meine Eltern habe ich gefragt, ob Karin am Wochenende eventuell bei mir schlafen könnte. Sie sind einverstanden, da wir verlobt sind und der Ruf ihres ehrbaren Hauses keinen Schaden nimmt. Meine Mutter äußerte die Idee, dass wir uns die Wohnung der Großeltern herrichten könnten. Sie meint, dass wir eine eigene

Wohnung benötigen, wenn wir Weihnachten heiraten wollen.

Die großelterliche Wohnung besteht aus einer Küche, Wohnzimmer, Bad mit WC und Schlafzimmer mit begehbarer Garderobe. Karin soll sie sich heute ansehen. Die Entscheidung, ob wir sie nehmen, will ich ihr überlassen. Ein Wort zu viel von mir würden ihre Alarmglocken läuten lassen. Sie könnte mich zu der Riege junger Männer zählen, die sich nicht entschließen können, von ihren Eltern wegzuziehen. Ich bin kein Muttersöhnchen und will es nicht sein.

Ein Auto hält vor unserer Toreinfahrt. Meine Mutter sieht aus dem Fenster und ruft mir zu: „Es ist deine Verlobte! Geh ihr entgegen!"

Mir scheint sie ist mehr interessiert, dass Karin hier einzieht als ich. Sie denkt an die Zeit, wenn ich in China bin. Mit Karin im Haus wäre jemand da, mit dem sie sich unterhalten kann. Ich glaube, dass Frauen das Gespräch mehr brauchen als Männer. Tagelang kann ich schweigen und es stört mich nicht. Bei meiner Mutter und Karin habe ich das Bedürfnis festgestellt, dass sie reden müssen.

Die Gartentür quietscht beim Öffnen.

Karin sieht zu mir.

„Darf ich hier parken?", fragt sie und stellt den Motor ab. Ich empfange sie mit weit geöffneten Armen als hätten wir uns eine Ewigkeit nicht gesehen. Ihr gefällt diese übertriebene Geste und sie schmiegt sich eng an mich. Eventuellen Rivalinnen in der Nachbarschaft zeigt sie damit, dass ich vergeben bin.

Ich gehe ihr voran ins Haus. Meine Mutter begrüßt sie in der Diele und fragt, ob sie Hunger hat. Karin verneint, da sie zu Hause mit ihren Eltern gefrühstückt hatte.

Ich nehme sie an der Hand und wir gehen in mein Zimmer.

Sie ist neugierig, wie die Wohnung der Großeltern aussieht und drängt mich, dass wir sie uns ansehen.

„Sei nicht enttäuscht, es ist eine alte Wohnung!", warne ich.

„Zeige sie mir!", fordert sie ungeduldig.

Sie schiebt mich aus meinem Zimmer in den Flur. Eine Glastür trennt den Korridor zu der spiegelbildlich angelegten zweiten Haushälfte. Der eigentliche Zugang zu der Wohnung ist parterre und von der gemeinsamen Diele erreichbar. Über den verlängerten Korridor im ersten Stock besteht ebenso die Möglichkeit dorthin zu gelangen.

Alle Zimmer im Obergeschoss haben Fenster, die nach Süden ausgerichtet sind und den schönen Blick in unseren parkähnlichen Garten ermöglichen.

Der Korridor liegt im Norden. Auf der einen Seite befinden sich die Fenster zur Straßenseite hin und auf der anderen die Türen zu den einzelnen Zimmern. Ich öffne die Zwischentür im Gang und zeige Karin zuerst die Küche. Sie ist geräumig, wie eine Wohnküche.

„Früher hatte sich das Leben hauptsächlich hier abgespielt", erkläre ich ihr.

Sie hält sich nicht lange auf und geht ins Wohnzimmer. Die Helligkeit des Raumes und der kleine Erker gefallen ihr gut. Ich gehe weiter und zeige ihr das großzügig angelegte Bad, mit der Wanne in der Mitte. Von hier gibt es eine extra Tür zum Schlafzimmer, das eine begehbare Garderobe besitzt. Davon ist Karin begeistert.

Wir haben alles angesehen. Die Räume sind sauber. Der Zahn der Zeit hat an der Tapete genagt.

Fragend sehe ich Karin an. Ob ihr die Wohnung gefällt? Da sie sich nicht spontan äußert nehme ich an, dass sie nicht ihre Erwartungen erfüllt und beginne einzulenken. „Wie du siehst, ist alles im Jugendstil eingerichtet. Wir können die Möbel herausgeben und neue kaufen", schlage ich vor.

„Gerade das gefällt mir gut. Nur zwei Dinge würde ich ändern. Zum einen müssten alle Räume neu tapeziert werden und zum anderen brauchen wir neue Geräte in der Küche."

Ich bin froh, dass sie sich für die Wohnung entscheidet und wir besprechen die weitere Vorgangsweise. Renovieren wollen wir selbst, um Geld zu sparen. Eventuell hilft uns Martin. Er ist praktisch veranlagt und hat seine Wohnung vor Jahren ohne Handwerker hergerichtet. Tapete und Farbe wollen wir gleich heute kaufen. Die neuen Geräte in der Küche haben Zeit und wir können sie in Ruhe zusammen aussuchen. Am Anfang werden wir die Küche von meinen Eltern mit nutzen.

Wir sind uns einig und gehen zu meiner Mutter. Sie ist gespannt, wie sich Karin und ich entschieden haben.

Es ist ihr anzusehen wie froh sie ist, dass wir die Wohnung nehmen. Ich sage ihr, dass Karin die Jugendstilmöbel gern behalten möchte. Am meisten freut sich meine Mutter darüber, dass Karin nach unserer Heirat für ständig einziehen wird und jemand in ihrer Nähe ist, wenn ich weg bin.

Miete brauchen wir keine zahlen. Für unsere Betriebskosten müssen wir selber aufkommen. Es ist eine große Ersparnis für uns. Wenn wir verheiratet sind und Karin wegen der Kinder zu Hause bleiben wird, muss mein Gehalt für unser Leben ausreichen. Auf extra Zuwendungen der Eltern oder Schwiegereltern will ich verzichten. Es würde mein Stolz nicht zulassen, von ihnen finanziell abhängig zu sein.

Mit Karins Auto fahren wir in ein Farben-Fachgeschäft. Ein kompetenter Verkäufer berät uns. Ich hatte auf meiner Digitalkamera die Räumlichkeiten fotografiert und die Bilder halfen dem Fachverkäufer, uns die passenden Tapeten vorzuschlagen.
Ich halte mich bei der Auswahl zurück. Unsere erste gemeinsame Wohnung soll hauptsächlich Karin gefallen. Sie zieht von zu Hause weg und soll sich in der neuen Umgebung wohlfühlen. Es gefällt ihr, selber entscheiden zu dürfen und mit sichtlicher Freude packt sie alles in den Einkaufswagen.

Zufrieden über den gelungenen Start fahren wir zurück. Meine Mutter hat Kartoffelsuppe gekocht. Ich kann mir keinen Samstag vorstellen, an dem es keine gab. Wir setzen uns zu ihr in die Küche. Sie stellt den Suppentopf auf den Tisch und gibt jedem einen Schöpflöffel voll auf den Teller.
„Es ist ein besonderer Tag", sagt sie versonnen.
„Wieso?", frage ich interessiert.
„Ich erinnere mich als mich dein Vater das erste Mal in unserem Haus besuchte. Es war an einem Samstag und meine Mutter hatte uns Kartoffelsuppe mit Frankfurter Würstchen angeboten."
„Du hast Wiener Würstchen hier hineingeschnitten", bemerke ich scherzhaft.
Erschrocken sieht sie auf ihren Teller.
„Das sind ‚Frankfurter'! Als solche habe ich sie im Laden gekauft."
Karin unterdrückt ihr Lachen.

„Lassen sie sich nicht ärgern, Frau Pichler. Peter foppt sie nur ein wenig. ‚Wiener' und ‚Frankfurter' sind gleich. Ich kann sie nicht unterscheiden."

„Auf dem Etikett steht aber ‚Frankfurter'", versucht sich meine Mutter zu rechtfertigen.

„Es tut mir leid Mama, ich wollte dich nicht ärgern. Interessieren würde mich, warum es am Samstag immer Kartoffelsuppe gibt."

„Früher wurde am Samstag großreinegemacht, vor dem Haus gefegt, die Wäsche gewaschen und gebadet. Da blieb wenig Zeit zum Kochen und manche Frauen haben die Kartoffelsuppe am Freitagabend zubereitet. Sie brauchten sie am nächsten Tag nur aufwärmen. Das hat sich generationsweise fortgesetzt."

„Dann machen wir es genauso, wenn ich selber kochen werde", meint Karin.

Zufrieden betrachtet meine Mutter ihre künftige Schwiegertochter. Ich habe den Eindruck, dass sich die beiden Frauen gut verstehen.

Ein Auto hält vor dem Haus. Es ist Martin, der uns bei der Renovierung helfen will. Ich hatte ihn vor der Einkaufsfahrt angerufen und er sagte mir spontan zu. Meine Mutter bietet ihm an, mitzuessen. Er lehnt höflich ab, da er angeblich spät gefrühstückt hat. Ich weiß, dass er kein Suppenkasperl ist.

Wir gehen ans Werk und räumen das Schlafzimmer aus. Mit diesem Raum wollen wir beginnen. Es ist schnell getan.

Das Maler- und Tapezierwerkzeug steht im Keller. Ich kenne mich damit gut aus. Alle Räume im elterlichen Teil des Hauses habe ich vor Jahren, zusammen mit meinem Vater, gestrichen. Die Wohnung der Großeltern blieb unangetastet.

Martin beginnt mit dem Weißen der Decke und ich bereite mit Karin das Tapezieren vor. Wir schneiden die Bahnen auf Länge und legen sie zur Seite. Es macht Spaß, wenn man die Arbeit gemeinsam macht. Bis zum Abend sind wir mit dem Schlafzimmer und der begehbaren Garderobe fertig. Zufrieden blicken wir auf unser Werk. Für heute reicht es. Morgen wollen wir das Wohnzimmer herrichten und nächste Woche das Bad und die Küche.

Mein Vater kommt aus seiner Firma und begutachtet unsere Arbeit. Bis auf Kleinigkeiten hat er nichts auszusetzen. Mit Lob ist er sparsam, das kenne ich. Ein paar anerkennende Worte hatte Karin von ihm erwartet. Sie blieben aus.

Um nicht in die Diskussionsfalle meines Vaters zu geraten, lade ich Karin und Martin zum Heurigen ein. Wir duschen schnell und beeilen uns wegzukommen.

Samstags sind die Heurigenlokale gut besucht und ohne vorherige Reservierung ist kein Platz zu bekommen. Wir haben Glück und dürfen uns an einem der reservierten Tische dazusetzen. Den Abend genießen wir bei gutem Wein, deftigem Essen und Musik eines Akkordeonspielers.

Martin fährt uns vorsichtig zu mir nach Hause. Es ist spät geworden und beim Heurigen war viel Wein geflossen, zu viel um Autofahren zu können. Ich rate ihm, bei uns zu bleiben und er ist einverstanden.

Meine Eltern schlafen. Leise gehen wir über den Flur in mein Zimmer. Martin hat noch Durst. Karin fallen die Augen zu. Sie legt sich auf das Bett und ist gleich eingeschlafen. Ich schiebe eine Musik-CD in den Player und stelle meine alkoholischen Schätze auf den Couchtisch. Martin wählt aus und wir beginnen mit Whisky.

Gegen Mitternacht hat uns die Müdigkeit übermannt und wir schlafen in unseren Sesseln ein.

Mein Genick schmerzt. Ich werde wach und sehe mich um. Draußen ist es hell. Karin ist nicht da. Hat sie geschlafwandelt und ist vom Hausdach gestürzt? Dumme Gedanken!
In der Küche höre ich Stimmen. Am Tisch sitzt sie mit meinen Eltern beim Frühstück.
„Komm zu uns! Was möchtest du trinken?", fragt meine Mutter. Ich schüttle den Kopf und ein stechender Schmerz hinter der Stirn lässt mich innehalten.
Karin gießt mir Kaffee ins Häferl und legt eine Aspirin-Tablette daneben. Schweigend schlucke ich die Pille.
Sie reicht mir ein Glas Wasser und lächelt mich an.
„Ihr beide habt die Nacht durchgezecht!", bemerkt sie schmunzelnd.
Mein Vater sieht über den Zeitungsrand und betrachtet mich schadenfroh.
„Nur die Starken überleben!", bemerkt er hämisch.
Die blöde Aussage könnte er sich verkneifen. Nicht jedem gelingt es, im ungeeignetsten Moment, etwas Dummes zu sagen – ihm schon.
Mir ist nicht nach Streiten zumute. Ruhe ist mir in diesem Zustand wichtig.
Die Tablette zeigt bald ihre Wirkung. Jetzt fällt mir ein, dass wir uns heute viel Arbeit vorgenommen haben. Das Wohnzimmer wollen wir malern und tapezieren.
„Vielleicht kann euch Vater bei der Arbeit helfen?", flüstert mir, gut hörbar für die anderen, meine Mutter zu. Ich antworte ihr nicht und stehe vom Tisch auf um mich im Bad frisch zu machen.
Alle Bewegungen sind langsam. Das fällt mir selber auf.

Martin schläft noch wie ein Murmeltier. Ich will ihn nicht wecken und akzeptiere wortlos die angebotene Hilfe meines Vaters.

Mich teilt er zum Streichen der Fenster ein und er nimmt sich die Decke vor. Karin assistiert ihm. Zum Glück beachten mich beide nicht. Meinen Pinsel bewege ich wie in Zeitlupe an den Fensterriegeln auf und ab. Als ich beim zweiten Fenster bin, sind sie mit der Decke fertig.

Martin stößt zu uns. Er ist genauso verkatert wie ich. Mein Vater teilt ihm die Türen zu. Wir arbeiten langsam und bedächtig. Unterhalten tun wir uns nicht. Das Denken und Sprechen ist anstrengend. Ich funktioniere wie eine Maschine und verrichte meine Arbeit wie sie mir zugewiesen wurde, nicht mehr.

Nach dem Mittagessen geht es mir besser. Die Kopfschmerzen sind verschwunden und der dumpfe Druck hinter der Stirn hat abgenommen. Meinen stabilisierten Gesundheitszustand gebe ich nicht gleich bekannt. Ich habe gesehen, dass mein Vater mit Karin gut zusammenarbeitet und sie ein perfektes Tapezierer-Team bilden. Wenn ich mit ihm in der Vergangenheit diese Arbeit verrichtet habe, kommandierte er mich herum wie einen Sklaven. Heute ist er wie ausgewechselt. Ständig höre ich „Bitte" und „Danke", ungewöhnliche Worte aus seinem Mund. Das Lachen der beiden stört mich. Der alte Herr verhält sich auffällig.

Will er sich bei Karin lieb Kind machen oder stellt er seine Eitelkeit zur Schau. Ich habe ihn noch nicht durchschaut.

Gut ist, dass er sich mit meiner Braut bestens versteht.

Nach dem Tapezieren schraubt er die Fußleisten fest und fordert uns auf, das Werk zu bewundern. Martin geht es besser. Wir besehen uns die Nahtstellen der

Bahnen und können keine Fehler in der Passgenauigkeit erkennen. Anerkennend applaudieren wir.

Martin und ich sind noch nicht mit dem Streichen der Fenster und Türen fertig und gehen an unsere Arbeit. Gestärkt durch die Lobeshymnen begibt sich das Tapezierer-Team ins Bad um dort mit der Decke zu beginnen. Im Wohnzimmer ist es still geworden und ich kann mich mit Martin über Distanz ein wenig unterhalten. Es ist meinem Freund ebenso aufgefallen, dass mein Vater aufgelöst erscheint.

„Ihn hat der Hafer gestochen! Mir würde es in seinem Alter ebenso ergehen, wenn ich mit meiner hübschen Schwiegertochter zusammenarbeiten dürfte. Ob sie sich miteinander amüsieren?", plappert Martin dahin.

„Du hast abwegige Gedanken und solltest dich schämen!", tadele ich ihn.

„Warum soll er eine Ausnahme sein und keinen Appetit auf Frischfleisch haben."

„Wenn du nicht mein Freund wärst, würde ich dich aus dem Fenster werfen!", drohe ich ihm.

Er schweigt.

Nach einer Weile fängt er erneut davon an.

„Hattest du gesehen, wie Karin mit ihm kokettiert?"

„Die arbeiten fleißig und haben keine Gedanken für solche Spielereien!"

„Warum hat sie ihr Leiberl ausgezogen?"

Es war mir nicht aufgefallen. Als Martin dies sagt, sehe ich es auf dem Tapeziertisch liegen. Ich erinnere mich, dass sie zuletzt nur ein Bikini-Oberteil trug. Grundsätzlich stört es mich nicht, wie sie im Haus herumläuft. Das dumme Gerede von Martin ärgert mich.

„Es ist heiß wie in den Tropen. Da würde ich mich am liebsten nackt machen", bemerke ich um Martin den Wind aus den Segeln zu nehmen.

„Mich kannst du nicht damit bezirzen!", ruft er mir lachend zu.

Ich höre auf zu streichen und gehe in den Gang. Vorsichtig schleiche ich zur Tür des Badezimmers und sehe unauffällig hinein. Mein Vater steht auf der Leiter und Karin reicht ihm regelmäßig die neu getränkte Farbrolle zu. Ärgerlich über mich, gehe ich zurück ins Wohnzimmer. Warum habe ich mich durch das alberne Gerede von Martin beeinflussen lassen? Schadenfroh sieht er mich an.

„Na, hast du nachgesehen?", fragt er triumphierend.

„Ich war in der Küche!", lüge ich.

Wir setzen unsere monotone Arbeit schweigsam fort. Ich frage mich, warum Martin deppert daherredet. Will er mich ärgern und sehen, ob ich eifersüchtig bin? Was hat er davon?

Fragen will ich ihn nicht. Es würde ihm zeigen, dass ich seinem Geschwätz Aufmerksamkeit schenke.

Eifersucht ist schlimm in einer Partnerschaft. Viele Fälle kenne ich, wo sie die Ursache für die Trennung geworden ist. Dieses Gefühl schiebe ich weit von mir oder blende es aus. Manche meiner früheren Freundinnen meinten, dass ich gefühlskalt bin. Es stimmt nicht.

Martin kommt zu mir ans Fenster.

„Ich möchte dich etwas fragen?", fängt er zögerlich an.

„Was?"

„Warum heiratest du Knall auf Fall vor Weihnachten?"

„Weil ich Karin liebe!"

„Wie willst du das wissen?"

„Das fühlt man!", entgegne ich überzeugt.

Martin lacht kurz auf und ist im nächsten Moment todernst.

„An deiner Stelle würde ich mit der Heirat abwarten bis dein China-Aufenthalt beendet ist."

„Wieso interessiert es dich?"

„Du bist mein Freund und ich will verhindern, dass du eine Dummheit begehst!"

„Karin ist nicht eine die fremdgeht, wenn der Mann lange weg ist."

„Sie sind alle gleich, das kannst du mir glauben."

„Du musst es wissen, wo du ständig wechselst."

„Ich kenne mich besser aus als du. Warte noch ein paar Jahre. Wenn sie dich liebt, wie du sie, bleibt sie dir treu, ohne Ehering."

Die Einmischung von Martin in meine Angelegenheiten gefällt mir nicht. Ich nehme an, dass er eifersüchtig auf Karin ist. Er denkt, dass wir Männer weniger Zeit zusammen verbringen können.

Unberechtigt ist diese Annahme nicht. Mehrere unserer Freunde haben nach ihrer Eheschließung den Kontakt zu uns abgebrochen. Wir sind davon überzeugt, dass ihre Frauen es von ihren frisch gebackenen Ehemännern verlangten.

Der letzte Strich entlang des Fensterrahmens beendet unser Gespräch über die Sinnhaftigkeit der frühen Heirat und wir sehen nach dem fleißigen Duo. Sie haben die Decken im Bad und der Küche fertiggestellt und mit dem Rollen der Wand im Bad begonnen. Bewundernd sehen wir ihnen eine Weile zu und sparen nicht mit Lob.

Meine Mutter kommt, um uns zum Abendessen abzuholen. Sie ist erstaunt wieviel wir geschafft haben.

Mein Vater erklärt ihr, was noch zu tun ist und meint, dass wir am nächsten Wochenende mit der Renovierung fertig werden. Zufrieden blicken wir auf unser Tagwerk. Es ist schön, dass wir es gemeinsam vollbracht haben.

Ich nehme Karin in die Arme und drücke sie fest an mich. Sie sträubt sich ein wenig, da wir verschwitzt und mit Farbe beschmiert sind.

„Gefällt dir unsere Wohnung?", will ich von ihr wissen.

„Besser als vorher! Jetzt ist sie ein kleiner Teil von mir, obwohl ich nur die Hilfsarbeiten verrichtet habe."

„Ohne dieses fleißige Bienchen wäre ich nicht weit gekommen!", ergänzt mein Vater.

Sie drückt dankend seinen weißbefleckten Unterarm.

Über Martins und meine Arbeit wird nicht gesprochen.

Zugegebenermaßen wirken die Türen und Fenster gegenüber den großen Decken- und Wandflächen unbedeutend. Meine Mutter hat nicht gesehen, dass sie frisch gestrichen sind.

Enttäuscht nehmen Martin und ich es zur Kenntnis. Wir lassen uns nichts anmerken.

Die Aufteilung, wer als erstes im Bad duschen darf, wird entschieden. Die Ehre kommt Karin zu und nach ihr darf sich mein Vater säubern. Aus dem Kühlschrank entnehme ich drei Dosen Bier und stelle sie auf den Tisch. Mein Vater stößt mit uns an.

„Das hat mir richtig Spaß gemacht, Jungs! Nächste Woche geht es weiter!"

„Wie bist du mit Karin klargekommen?", will ich von ihm wissen.

„Gut! Sie kann zupacken und tut was man ihr anschafft, ohne zu murren. Den Test hat sie bestanden!"

„Was meinst du damit?", erwidere ich verwundert.

„Wenn ihr erkennen wollt, ob ihr euch mit einer Frau näher einlassen könnt, müsst ihr vorher zusammen mit ihr tapezieren oder malern."

Martin lacht.

„Ich müsste Makler werden. Soviel eigene Wohnungen könnte ich nicht haben, wie ich brauchte", bemerkt er belustigt.

„Das trifft nur für die Frau zu, bei der du ernste Absichten hast. Wer gut zusammenarbeiten kann, wird schwierige Situationen im Leben gemeinsam meistern."

Jetzt wird Vater pathetisch, denke ich mir und suche eine Möglichkeit das Thema zu wechseln.

Zum Glück gibt es den Fußball. Martin kann da mitreden. Ich entziehe mich dem endlosen Fachgespräch der beiden und sehe nach Karin. Sie ist im Bad und öffnet die Verriegelung. Endlich bin ich mit ihr allein.

6

Wien, Kirche Altlerchenfeld

Es sind nur noch drei Tage bis zur Abreise nach China. Der Countdown läuft planmäßig ab. Vor mir liegt der Ablaufplan den Toni erstellt hat und den ich in einigen Punkten ergänzt habe.

Die letzten Wochen waren stressig. An den Wochenenden musste ich ins Büro. Für mich gab es keine Freizeit mehr. Obwohl ich bemüht bin, kein Workaholiker wie Toni zu sein, zwangen mich die Umstände mitzutun. Es ist ein schleichender Vorgang und ehe ich mich versah, war ich inmitten der Strömung. Sie riss mich mit.

Auf der Strecke blieben die Familie und Freunde. Für sie hatte ich keine Zeit.

An den Wochenenden kam Karin in unsere schön hergerichtete Wohnung. Sie fühlte sich einsam, wenn ich nicht da war. Beschweren tat sie sich nicht. Wenn ich spätabends nach Hause kam, versuchte ich mich nur ihr zu widmen. Es gelang mir nicht. Ich schlief am Tisch ein, wenn sie mir etwas erzählen wollte.

Ich weiß, dass dies eine schwierige und unbefriedigende Situation für sie ist. Ändern kann ich es leider nicht.

Wie ein Zahnrad in einem Getriebe muss ich ohne Ausfälle funktionieren. Ich hinterfrage kritisch, ob es das ist, was ich im Innersten anstrebe. Arbeite ich, um zu leben oder lebe ich, um zu arbeiten? Das Letzte trifft für mich jetzt zu. In der Zukunft möchte ich es anders machen. Meine Familie und Freunde sollen die zentrale Rolle in meinem Leben spielen und die Arbeit erst an zweiter Stelle kommen. Bis es soweit ist, muss ich mir eine Position schaffen, die es mir ermöglicht, zu leben wie ich es mir vorstelle. Die Baustelle in China wird mich beruflich weiterbringen und nach dieser Zeit werde ich es ruhiger angehen.

Ich überfliege die Checkliste auf meinem Schreibtisch. Die wichtigen Punkte sind abgehakt. Es ist ein angenehmes Gefühl, gut in der Zeit zu liegen und das letzte Wochenende vor der Abreise frei zu haben. Ich habe es für Karin eingeplant. Sie weiß nichts davon, es soll eine Überraschung für sie werden.
Heute ist Freitag, da trifft sie sich wie in den letzten Wochen regelmäßig mit ihrer Freundin Gabi. Sie gehen zusammen shoppen oder ins Kino. Morgen früh bin ich mit ihr zum gemeinsamen Frühstück bei meiner Mutter verabredet. Beide wissen noch nicht, dass ich nicht mehr ins Büro muss. Wir werden in ein Einkaufszentrum fahren. Ich brauche dies und jenes für die Reise und für Karin finden wir ein schönes Kleidungsstück.

Toni reißt mich aus meinen Gedanken.
„Ich habe gehört, dass deine neue Workstation in unserem Büro in Peking eingetroffen ist. Soll sie gleich auf die Baustelle geliefert werden?"
„Nein! Es ist besser sie erst anzuliefern, wenn ich dort bin."

„Du glaubst, die Chinesen nehmen dir dein Spielzeug weg?", witzelt er.

„Das nicht, doch sie drehen gern an Knöpfen, die sie nicht berühren sollten."

Wir müssen beide lachen und stellen uns vor, wie sich eine Traube von jungen Technikern das Wunderding ansieht und daran herumspielen.

„Ich fahre jetzt nach Hause. Brauchst du noch etwas von mir?", fragt Toni.

„Nein! Die Checkliste bin ich nochmals durchgegangen und alles Wichtige ist erledigt."

„Prima! Wir sehen uns am Montag am Flughafen und vergiss nicht deinen Koffer!", rät er mir.

„Der steht als letzter Punkt auf meiner Liste."

Toni macht ein verdutztes Gesicht und sieht auf den vor mir liegenden Papierbogen.

Ich lache.

„So zerstreut bin ich nicht, dass ich das Privatgepäck vergesse und in meine Checkliste eintragen muss."

Er kratzt sich verlegen am Kopf.

„Mir ist es vor langer Zeit passiert."

„Das gibt es nicht, erzähl!", entgegne ich überrascht.

„Später, jetzt muss ich nach Hause. Meine Frau und die Tochter warten auf mich zum Abendessen."

Toni steht auf und geht grußlos aus dem Büro.

Die fertig gepackten Firmen-Koffer liegen auf dem Boden. Ich sehe nochmals darüber und verschließe sie. Wenn ich etwas vergessen habe, kann ich sie am Montagfrüh öffnen. Der Flug ist erst am Nachmittag. Das Ticket und Geld sind in der Schreibtischlade verschlossen. Nur ein paar Gastgeschenke muss ich noch aus dem Lager holen. Toni hat es mir erst heute Mittag gesagt und da war niemand mehr in der Ausgabe.

Mir fällt ein, dass ich Martins Wohnungsschlüssel in der Tasche habe. Ich brauche ihn nicht mehr und werde ihn heute Abend zurückgeben.

Am Telefon ist Martin nicht erreichbar. Ich beschließe, gleich vom Büro aus bei ihm zu Hause vorbeizufahren. In seiner Wohnung werde ich ihn treffen. Wir können eventuell in unser Stammbeisl zum Abendessen gehen.

Ich mache mich auf den Weg und gehe zur U-Bahn. Es ist unverkennbar Freitag. Massen von Menschen hetzen wild umher. Am Gürtel staut sich der Autoverkehr in beiden Richtungen und ich bin froh, dass ich mit der U-Bahn unterwegs bin. Am Straßenrand in der Lerchen-felderstraße entdecke ich Martins Auto. Er müsste zu Hause sein. Warum ist er nicht ans Telefon gegangen?

Ich drücke auf den Klingelknopf neben der Tür. Nichts ist zu hören. Entweder funktioniert die Klingel nicht oder sie ist abgeschaltet.

Mit dem Schlüssel öffne ich die Wohnungstür und spit-ze die Ohren. Leise Geräusche kann ich aus dem Schlafzimmer hören. Eine seiner Freundinnen wird bei ihm sein, denke ich und will gehen.

Was mache ich mit dem Schlüssel, damit er ihn findet?

Ich schleiche mich leise ins Wohnzimmer und lege den Schlüssel auf den Couchtisch. Aus dem Schlafzimmer höre ich eindeutige Geräusche. Martin wird mit seiner chinesischen Mandelblüte Frieden schließen oder er hat eine neue Flamme. Überall liegen Kleidungsstücke her-um, die darauf hindeuten, dass beide es eilig hatten ins Bett zu kommen. Das T-Shirt am Boden fällt mir auf. Ein solches habe ich Karin vor ein paar Wochen ge-schenkt.

Auf dem Tisch sehe ich die Schatulle von Martins verstorbener Tante und ihr gesamter Schmuck liegt ausgebreitet darauf. Mein Blick fällt auf die anderen Kleidungsstücke auf dem Boden. Ich kenne sie.

Erschrocken weiche ich zurück und will schnell verschwinden. Meine Beine sind schwer wie Blei. Ich brauche Gewissheit und gehe zum Türbogen des Schlafraums. Wie versteinert stehe ich da und starre auf das Bett.

Ein greller Schrei löst mich aus meiner Ohnmacht. Karin hat mich entdeckt und kreischt.

Ich renne aus der Wohnung und laufe die Lerchenfelderstraße in Richtung Innenstadt. Es ist für mich unfassbar, was ich gesehen habe. Befinde ich mich in einem bösen Traum?

Die Leute, die mir entgegenkommen, sehen mich verwundert an. Ich führe Selbstgespräche, laufe davon wie auf der Flucht.

In der Altlerchenfelder Kirche setze ich mich auf die hintere Bank und versuche meine Gedanken zu ordnen. Der Duft von Weihrauch und Kerzen tut mir gut. Er beruhigt meine Sinne und ich versuche, das Geschehen zu ordnen. Mir ist als bin ich im falschen Film gelandet. Nichts passt zusammen. Ich kneife mich in den Oberschenkel und spüre Schmerz. Was ich gesehen habe war kein Traum.

Nach geraumer Zeit finde ich die Fassung. Ich gehe nach draußen und winke einem Taxi. Es bringt mich nach Hause.

Meine Mutter steht in der Küche und sieht mich verwundert an.

„Ist was mit dir, mein Junge?", fragt sie.

Ich versuche meinen Frust zu verbergen. Sie hat meine innere Stimmung erkannt.

„Mit Karin ist es aus!", sage ich nüchtern und hole aus der Speisekammer eine Flasche Rotwein.

„Damit macht man keine Scherze!", tadelt sie mich.

„Es ist kein Spaß, sondern todernst."

„Habt ihr euch gestritten?"

„Nein! Ich habe sie soeben mit Martin im Bett erwischt."

Entsetzt hält sich die Mutter die Hand vor den Mund.

„Das kann nicht sein! Sie ist ein anständiges Mädchen. Nie würde ich ihr das zutrauen."

„Ich begreife es nicht!", gestehe ich und schenke uns beiden ein Glas Wein ein.

Wie benommen holt meine Mutter das vorbereitete Abendbrot aus dem Kühlschrank. Liebevoll hat sie belegte Baguette-Scheiben auf einem Teller sternförmig angeordnet. Auf den Käse- und Wurstscheiben sind Weintrauben aufgespießt.

Ich kann nichts essen. Mir ist der Appetit vergangen.

Wir sitzen zusammen am Tisch und ich erzähle ihr, was passiert ist.

Fassungslos hört sie mir zu.

Nachdem ich fertig bin, bleibt sie stumm. Ihr fehlen die Worte.

Ich spreche dem Wein gut zu und spüre, wie mich der Alkohol in eine andere Bewusstseinsebene hebt. Das Dasein als Gehörnter lässt sich im Alkoholrausch besser ertragen. Mir ist nicht klar, was mich an der Sache am meisten ärgert.

Auf meinem Zimmer trinke ich weiter und versuche, meine Gedanken zu ordnen. Es gelingt mir nicht. Über Kopfhörer dröhne ich mich zu. Es ist eine harte, aggressive Popmusik, die ich nur selten höre. Sie lässt mich abschalten und einschlafen.

Das Wochenende habe ich frei. Zu Hause will ich nicht bleiben. Ich fahre ins Büro. Der Pförtner trägt meinen Namen in die Eingangsliste ein und wünscht mir einen schönen Tag. Die Gänge zu den Büros sind leer. Alles wirkt wie ausgestorben. Mein Blick fällt auf die Koffer mit den Kleinmaterialien für die Baustelle und die Checkliste auf dem Schreibtisch. Lust habe ich keine, nochmals alles zu kontrollieren. Ich bin abreisebereit und die Vorbereitungen sind abgeschlossen. Am liebsten würde ich jetzt gleich zum Flughafen fahren und nach China fliegen. Nichts hält mich mehr in Wien.

Ich schalte den Computer ein und warte darauf, dass er hochfährt. Meine Gedanken schweifen ab, zu dem gestrigen Abend.

Das Telefon läutet. Meine Mutter ist am anderen Ende der Leitung und sagt mir, dass Karin angerufen hat und mich sprechen möchte.

„Es ist aus zwischen uns! Sie soll mir gestohlen bleiben!", erwidere ich wütend.

„Das musst du ihr selber sagen! Sie wird es erneut versuchen, dich zu erreichen."

„Hebe den Hörer nicht ab, wenn sie es ist! Am Display kannst du sehen, wer anruft."

„Ich kenne mich mit der komplizierten Technik nicht aus. Wenn sie sich erneut meldet, sage ich ihr, dass du sie nicht sprechen willst. Servus, mein Junge!"

Mein Computer ist hochgefahren. Ich öffne eine Stückliste und kontrolliere die Positionen.

Das Telefon läutet. Verärgert, wegen der Störung, melde ich mich mit: „Bestattungsinstitut Pichler!"

Am anderen Ende der Leitung ist es still.

„Ich möchte Toni sprechen, ist er in der Nähe?", fragt der Projektleiter, Herr Schulze.

„Der ist zu Hause. Er kommt dieses Wochenende nicht ins Büro."

„Ich habe gestern Abend mit ihm gesprochen und wir sind um zehn Uhr im Büro verabredet. Wenn er auftaucht, sage ihm bitte, dass ich eine Stunde später kommen werde."

„Ich richte es ihm aus."

„Danke! Im Übrigen müssen Nebenjobs im Personalbüro angemeldet und genehmigt werden. Servus!"

„Blöd gelaufen!", denke ich mir und hoffe, dass Heinz den Spaß versteht. Wir haben Samstag und da ist normalerweise niemand im Büro telefonisch zu erreichen.

Toni kommt durch die Tür gehastet.

„Servus! Was machst du hier?", begrüßt er mich sichtlich überrascht.

„Ich wollte nochmals eine Stückliste kontrollieren. Bis Mittag bin ich weg. Was ist mit dir? Hattest du nicht vor, bei deiner Familie zu sein?"

„Ich bin mit Heinz hier verabredet. Er fliegt heute Abend nach Peking und will noch ein paar Dinge mit mir besprechen."

„Ich soll dir sagen, dass er sich um eine Stunde verspätet", teile ich Toni mit.

Das Telefon läutet. Es ist Karin.

Aufgeregt redet sie auf mich ein und zwischendurch höre ich ihr Schluchzen. Sie entschuldigt sich für das, was passiert ist und dass wir in Ruhe darüber sprechen müssen. Es ist alles anders als es den Anschein hat, beteuert sie in einem fort.

Ich sage kein Wort. Sie redet wie ein Wasserfall. Ich überlege, ob ich mir das Geschwätz anhören und darauf antworten soll oder ohne ein Wort zu sagen den Telefonhörer auflege. Innerlich fange ich an zu kochen und beende abrupt ihren Monolog.

„Gibt es Ärger?", fragt Toni, der das Telefonat mitbekam.

„Mit Karin ist es aus!"

„Was heißt das im Klartext?", fragt er verwundert.

„Ich habe sie gestern Abend in flagranti erwischt."

„Das tut mir leid für dich! Ich dachte, ihr seid ein perfektes Paar."

„Ich bin am Boden!"

„Wird es deine Arbeit beeinflussen?", fragt Toni kritisch.

„Keineswegs! Je mehr ich zu tun habe, umso besser. Es lenkt mich ab."

„Wie ist es dazu gekommen?"

„In den letzten Wochen hatte ich wenig Zeit für sie. Gleich steigt sie mit meinem Freund ins Bett."

Toni rauft sich die Haare. Das tut er, wenn Dinge nicht in seinem Sinn verlaufen.

„Es ist meine Schuld, dass ich dich zu hart gefordert habe! Ich konnte nicht ahnen, dass es ein solches Ende nimmt."

„Du kannst nichts dafür!", beruhige ich ihn.

„Es ist ein großes Problem, unsere Arbeit mit der Familie in Einklang zu bringen."

„Wie hast du es gelöst? Du bist mehrere Monate nicht daheim gewesen."

„Bei mir ist alles ein wenig anders. Du kennst meine Frau. Sie ist gehbehindert. Das war nach einem Unfall mit dem Motorrad."

„Ich wusste nicht, dass du Motorrad fährst!"

„Tue ich nicht! Mein Freund hatte eines und meine Frau war seine Freundin. Sie sind in einer Kurve gegen einen Baum gefahren. Er war gleich tot und sie hatte sich mehrere Knochen gebrochen."

„Das ist eine traurige Geschichte!"

„Im Krankenhaus hat sie mir gesagt, dass sie schwanger ist und nicht will, dass ihr Kind unehelich zur Welt kommt. Sie hat mich gefragt, ob ich sie heirate. Ich habe gleich ‚Ja' gesagt."

„So schnell!"

„Ja, weil das Kind von meinem Freund ist und zum anderen würde ich eine bessere Frau nicht finden."

„Es war keine Liebesheirat?"

„Nein, wir trafen ein Arrangement auf Gegenseitigkeit."

„Ihr habt nur die eine Tochter? Willst du keine eigenen Kinder haben?"

„Es hat nicht geklappt! Die Ärzte haben herausgefunden, dass es an mir liegt, wegen einer blöden Krankheit mit sieben Jahren, die nicht richtig behandelt wurde. Das Mädchen von meinem Freund ist jetzt meine größte Freude, wie ein Erinnerungsgeschenk von ihm."

„Und deiner Frau genügt das eine Kind?"

„Sie ist damit zufrieden."

Es freut mich, dass Toni offen mit mir über seine privaten Angelegenheiten spricht. Es zeigt, dass er mir vertraut.

Heinz wird bald kommen. Ich will ihm nicht über den Weg laufen und verabschiede mich von Toni. Er klopft mir auf die Schulter und sagt: "Was uns nicht umbringt, macht uns stark."

Es soll als Trost gedacht sein.

7

Hangzhou, Shangri-La Hotel

Ich stehe in der Abfertigungshalle des Flughafens Schwechat, nur mit privatem Gepäck. Es ist genügend Zeit bis zum Einchecken. Meine Aufregung ist bedeutend geringer als beim ersten Flug nach Shanghai. Vorsorglich habe ich Tabletten gegen Flugangst eingesteckt und hoffe, sie nicht zu brauchen. Es ist viel los an den Schaltern. Lange Warteschlangen haben sich gebildet.
Alles kam anders als geplant. Toni und ich hatten Tickets für Montagabend nach Peking gebucht. Von dort war der Anschlussflug nach Hangzhou vorgesehen. Ein Auto des Kunden soll uns vom Airport abholen und auf die Baustelle bringen.
Am Samstag, nach dem Mittagessen, rief mich Toni an und informierte mich, dass er mit unserem Projektleiter früher fliegen muss. Sie haben am Sonntag in Peking einen Besprechungstermin, bei dem er teilnehmen soll. Abergläubisch wie ich bin, vermute ich, dass eine höhere Gewalt ihre Finger im Spiel hat, die uns nicht zusammen reisen lässt.

Zum Glück nahm er alle Koffer mit dem Kleinmaterial selber mit. Ich muss mich nur um meine privaten Dinge kümmern.

Endlich erreiche ich den Abfertigungsschalter. Meinen Koffer stelle ich auf das Förderband und die Klebebänder mit dem Strichcode werden angebracht. Ich frage, ob ich einen Gangplatz ab der fünften Reihe bekommen kann. Das Fräulein lächelt mich an.
Sie reicht mir die Bordkarte mit dem Reisepass und ich bedanke mich.
Mit dem kleinen Trolley ziehe ich weiter und gehe direkt zur Passkontrolle. Es erwartet mich erneut eine Warteschlange. Nichts hasse ich mehr als diese Art von Reptilien, bei denen man sich am Schwanzstück einreihen muss. Ich blicke nach hinten, um festzustellen, wie weit sie reicht.
In der Eingangshalle erblicke ich Karin. Beim zweiten Hinsehen ist sie weg. Verwundert schüttele ich den Kopf. Ist es eine Fata Morgana?
Der Beamte verlangt meinen Reisepass, wirft einen kurzen Blick darauf und winkt mich durch. Jetzt bin ich in dem Bereich, wo ich zollfrei einkaufen kann.
Wie lange wird mich der Geist von Karin verfolgen? Sie wusste, wann ich abreise. Ich bin überzeugt, dass sie niemals zum Flughafen kommt.
In den letzten Tagen hatte sie wiederholt versucht, mich telefonisch zu erreichen. Wenn sie am Hörer war, habe ich gleich aufgelegt. Meine Mutter war da nicht konsequent. Sie hörte sich ihre Beteuerungen an und erzählte mir, was Karin gesagt hatte. Es trieb mir die Wutfalten auf die Stirn. Ich will nichts mehr von ihr hören. Das Kapitel ist für mich abgeschlossen.

Mehrere Packungen Manner-Schnitten und Mozart-Kugeln kaufe ich in einem der Läden. Ich kann sie verschenken oder selber essen. Die Auslagen in den unterschiedlichen Geschäften sind von hohem Niveau, wie die Preise.

Ich muss ein zweites Mal durch eine Passkontrolle. Mein Visum wird angesehen. Der Check dauert nicht lange und ich schlendere einen weiten Gang entlang, bis zu meinem Abflug-Gate.

Es folgt der Personencheck. Ich komme mir wie ein Schauspieler in einem Krimi vor. Meine Arme strecke ich übertrieben weit nach oben und werde von einem Mann mit einem Detektor in der Hand nach Waffen abgesucht. Mein Handgepäck läuft durch einen Scanner. Auf dem Monitor sehe ich ein Bild mit den Umrissen der Gegenstände, die in dem Trolley sind. Alles ist gut erkennbar.

Es gibt keine Beanstandungen und ich darf weitergehen. Jetzt heißt es nochmals warten.

Endlich ist es soweit, dass wir über die Fahrgastbrücke zum Flugzeug gelangen. Auf der Bordkarte ist mein Sitzplatz vermerkt. Von weitem sehe ich, dass ihn noch niemand versehentlich in Beschlag genommen hat. Mühsam dringe ich bis zu ihm vor. Ich verstaue mein Handgepäck und mache es mir auf dem Fensterplatz bequem. Wenn ich Glück habe, ist dieser Platz nicht vergeben und ich kann beliebig zum Gangplatz wechseln.

Der Tipp von Toni, nach einem Platz ab der fünften Reihe zu fragen, war gut. Gleich hinter der Zwischenwand in der ersten Reihe, sitzen zwei Mütter mit ihren Babys. Sie sind laut und nerven. Wenn eines mit Schreien aufhört, beginnt das nächste damit. An Schlaf wird bei einem solchen Konzert nicht zu denken sein. Mehr als zehn Stunden soll der Flug dauern und die Nacht ist mit einer Zeitverschiebung von sechs Stunden zu überwinden.

Zunächst können die Kleinen von ihren Müttern mit Trinkflaschen beruhigt werden. Sobald wir die Flugreisehöhe erreichen, beginnen die Stewardessen das Essen auszuteilen.

Ich freue mich auf das Dinner und den guten österreichischen Wein, den es an Bord der AUA-Maschine gibt. Zuerst werden Getränke serviert.

Draußen ist es hell und ich erkenne auf dem Monitor vor mir, wo sich das Flugzeug gerade befindet. In einer Stunde müssten wir an Moskau vorbeifliegen.

Endlich ist das Essen da. Es duftet ausgezeichnet, wie in einem guten Restaurant. Bestellt habe ich Faschiertes Laiberl mit Erbsengemüse und Erdäpfelpüree.

Die Handhabung des modern designten Bestecks ist bei dem engen Raum eine Kunst. Nicht die Beengtheit ist für mich das Problem, sondern mehr die Form des Messers und im Besonderen die Gabel. Sie ähnelt einem Göffel, einer Kombination von Gabel und Löffel. Sie ist abgeflacht, dass man damit unmöglich die Vorsuppe essen könnte. Beim Versuch, die Hackfleischstücke mit der Gabel aufzuspießen, zerfallen diese, weil die Zinken zu breit und kurz sind.

Hilflos sehe ich zu meinem Gangnachbar hinüber, der wie ein wahrer Künstler die Gabel zum Mund führt. Er bemerkt meine Aufmerksamkeit und lächelt mir triumphierend zu.

Wie ein Tourist sieht der 60-jährige Mann nicht aus. Die reisen leger und nicht im Anzug und Krawatte. Er muss ein Vielflieger sein, um diese Fertigkeiten zu erlangen. Neidvoll schiele ich zu ihm und versuche mein Bestes.

Als der Herr gerade sein Dessert, Pudding mit Erdbeer-soße, sichtlich genießt, passiert das Unfassbare. Kurz vor der Mundöffnung fällt der Pudding mit der unnatür-lich rot aussehenden Erdbeersoße auf seine schöne Krawatte und gleitet weiter auf das weiße Hemd. Der Mann stößt einen nicht stubenreinen Fluch aus. Er scheint von sich und der Welt enttäuscht zu sein und bewegt sich eilig zur Toilette.

Als er zurückkommt hat sich der kleine Fleck, nach der Behandlung mit Wasser, zu einem großen entwickelt. Die Lebensmittelfarbe der Erdbeeren war ergiebig und intensiv. Bei diesem Malheur verstummen die beiden laut schnatternden Chinesinnen hinter mir. Sie sehen den Mann mitleidig an und schweigen für einen Augen-blick.

Ich sehe mir einen Gegenwartsfilm über das Bordkino an und hoffe ein wenig schlummern zu können. Die Babys sind zum Glück weit weg von mir und ihr Schrei-en wird von dem monotonen Turbinengeräusch über-tönt.

Die Stewardess bringt mir ein kleines Fläschchen Wach-auer Veltliner und ich fühle während des Films, wie mich die Müdigkeit einholt. Nichts wird den flugverkür-zenden Schlaf stören können.

Vorsichtig kippe ich meinen Sitz nach hinten. Nicht zu weit. Die beiden plappernden Chinesinnen sollen mich nicht mit ihrer feuchten Aussprache besprühen können.

Mein innerer Schlafschalter funktioniert nicht. Ich fange an Schäfchen zu zählen. Ich habe keinen Erfolg. Der Grund ist, dass sich die beiden Frauen zu laut unterhal-ten. Geräuschstöpsel habe ich keine. Findig helfe ich mir mit einem Zellstofftaschentuch. Es lindert die Phonzahl doch ist es zum Einschlummern noch zu laut.

Ich hoffe, dass die beiden Frauen bald müde werden oder ihnen der Gesprächsstoff ausgeht. Die Unterhaltung hört sich an als ob sich zwei kleine Hunde ständig ankläffen. Das ist lästiger als Babyschreien!

Ich drehe mich um und sage ihnen im freundlichen Ton, dass sie bitte still sein mögen. Sie scheinen mich nicht zu verstehen. Ich setze eine grimmige Miene auf, doch die beeindruckt sie nicht. Die beiden jungen Frauen nehmen meinen bösen Gesichtsausdruck nicht wahr. Sie behandeln mich als wäre ich Luft für sie.

Bis Peking dauert das Getratsche und ich konnte nicht schlafen. Worüber kann man sich zehn Stunden lang durchgehend unterhalten? Das ist und bleibt mir ein Rätsel.

Übermüdet und schlecht gelaunt steige ich am Pekinger Airport aus dem Flugzeug und begebe mich zu dem Inlandterminal für den Anschlussflug nach Hangzhou.

Nach einer Wartezeit von vier Stunden starten wir pünktlich und landen zwei Stunden später in der Hauptstadt der Provinz Zhejiang.

Der neue Flughafen von Hangzhou liegt weit außerhalb der Stadt. Auf meinen Koffer muss ich nicht lange warten und komme gut durch die Kontrollen. Im Ankunftsbereich stehen viele Menschen. Männer halten Schilder mit Namen hoch. Von diesen muss eines mir gelten. Aufmerksam sehe ich mich um. Ein Schild mit meinem Namen oder dem der Firma kann ich nicht erkennen.

Der Fahrer wird sich verspätet haben, denke ich mir und schiebe meinen Gepäckwagen in Richtung Wechselschalter. Dort tausche ich 200 USD in Renminbi. Um den Fahrer nicht zu verpassen, bleibe ich in der Nähe des Personenausgangs. Eine halbe Stunde stehe ich da und kein Chinese macht Anstalten, mich zu suchen.

Was soll ich jetzt tun?

Es vergeht eine Stunde.

Ich fühle mich verloren in einem fremden Land, dessen Sprache ich nicht verstehe. Eine Telefonnummer von der Baustelle habe ich nicht. Nur Toni in Peking kann ich anrufen und ihn fragen, was passiert ist. Ich muss zu einem Hotel kommen, in dem ich mich mit Englisch verständigen kann.

Hinweisschilder weisen mich zu dem Taxistand und mir wird von einem Ordner das vorderste Fahrzeug zugewiesen. Der Fahrer fragt mich auf Chinesisch, wo ich hinwill. Ich sage ihm den Namen des Hotels, in dem ich mit Heinz während des Meetings gewohnt habe. Dort gibt es eine Rezeption und jemand, der Englisch spricht. Heftig nickt der Fahrer mit dem Kopf und ich bin zufrieden, dass er mich versteht.

Wir kommen auf die Autobahn. Sie verbindet die beiden Städte Ningbo an der Ostküste und Hangzhou am Kaiserkanal. Bekümmert sehe ich auf das Taximeter und hoffe, dass mich der Fahrer auf dem kürzesten Weg zu dem Hotel bringt. Endlich erreichen wir die Stadt.

Wo wir uns befinden, kann ich nicht sagen.

Die Hochhäuser sehen sich alle ähnlich. Während meines Aufenthalts vor ein paar Monaten hatte ich keine Zeit, mir die Stadt anzusehen.

Wir kommen an einen See. Ich frage den Fahrer, ob es der Westsee ist. Er nickt nur, ohne mich verstanden zu haben.

Wo bringt er mich hin?

Wir fahren am Ufer entlang. Die Skyline liegt hinter uns. Mein Protest hilft nichts. Stur fährt er weiter. Mir wird mulmig im Magen. Was ist, wenn er in eine Seitengasse einbiegt und mich ausraubt? Die Chance zu entkommen ist gering.

Das Taxi schwenkt rechts ab in eine Garteneinfahrt. Vor mir steht ein großes Gebäude im englischen Stil. Der Fahrer hält vor dem Eingangsportal und verlangt sein Geld. Ich sage ihm, dass ich nicht hierher, sondern in ein anderes Hotel will. Es hat keinen Sinn, ihm den Irrtum klarzumachen. Wenn ich den Hotelnamen nenne, zeigt er auf die Hoteltür. Ich erkenne, dass ich mit ihm nicht an mein eigentliches Ziel kommen werde und es ist mir gleich, von welchem Hotel ich Toni anrufe.

Der Betrag der Taxirechnung ist geringer als ich erwartet habe. Der Fahrer gibt mir das Restgeld heraus und weigert sich Trinkgeld anzunehmen. Zwei Hoteldiener kommen angelaufen. Der eine öffnet mir die Autotür und der zweite trägt meinen Koffer in die Eingangshalle zur Rezeption. Ich folge dem Kofferträger.

Hinter dem Empfangstresen stehen zwei junge Damen und begrüßen mich. Ich frage, ob ich telefonieren kann. Sie nicken und eine der Damen begleitet mich zu dem Serviceraum. Von der Telefonzelle versuche ich Toni zu erreichen.

Nach abermaliger Weiterleitung innerhalb unseres Büros in Peking, ist Toni am Apparat.

„Wo bist du?", fragt er kurz.

„In Hangzhou! Der Fahrer hat mich am Airport nicht abgeholt. Ich bin mit dem Taxi in ein Hotel gefahren, um zu telefonieren."

„Das hast du richtig gemacht. Es war eventuell mein Fehler. Als ich für morgen ein großes Auto bestellt habe, vergaß ich darauf hinzuweisen, dass wir getrennt anreisen. Sie glauben, wir kommen zusammen."

„Soll ich mit dem Taxi bis zur Baustelle fahren?"

„Nein, das ist zu teuer. Am besten du bleibst im Hotel bis morgen früh und ich hole dich nach 10 Uhr dort ab. Ist es das Hotel, in welchem du mit Heinz während des Meetings warst?"

„Das habe ich dem Taxifahrer genannt. Er hat mich zu einem anderen gefahren."

„Wie heißt es?"

Suchend blicke ich mich um. Da entdecke ich einen Notizblock mit dem aufgedruckten Hotelnamen „Shangri-La". Ich buchstabiere ihn Toni.

„Bleib dort! Es ist eines der besten Hotels in der Stadt."

„Kennst du es?"

„Während der Vertragsverhandlungen waren wir im Shangri-La Hotel fünf Wochen lang untergebracht. Sage an der Rezeption unseren Firmennamen. Du bekommst das Zimmer für einen ermäßigten Preis."

„Wie läuft es bei dir?", frage ich ihn, obwohl ich nicht weiß, worum es in seinem Meeting geht.

„Zäh! Davon mehr, wenn wir uns sehen. Servus bis …"

Toni hat aufgelegt. Er muss es eilig gehabt haben.

Ich gehe zur Rezeption.

„Ist alles okay? Haben sie reserviert?", fragt mich die Empfangsdame.

„Nein! Ich möchte ein Zimmer bis morgen früh. Ich bin von der Firma NILE."

Ihr Gesicht hellt sich auf. Sie tippt meine Passdaten in den Computer.

„Sie sind das erste Mal bei uns. Ich gebe ihnen ein Zimmer mit Blick zum See. Raucher oder Nichtraucher?"

„Nichtraucher!"

„Zahlen sie mit Kreditkarte?"

Ich reiche ihr meine Firmen-Visakarte.

Das Formular mit den eingetragenen Daten kommt aus dem Drucker. Ich unterschreibe und erhalte meinen elektronischen Schlüssel. Kurz erklärt sie mir, wo ich frühstücken kann und wünscht mir einen guten Aufenthalt.

Ich suche mein Zimmer auf. Es liegt im zweiten Stock mit einem wunderbaren Blick zum Westsee. Die Ausstattung ist gehobener Standard mit King-Size-Doppelbett, Schreibtisch, Minibar, zwei Sessel und einem flachen Tisch. Ein kurzer Blick ins Bad bestätigt meinen guten, ersten Eindruck. Auf dem kleinen Tisch steht eine Schale mit Äpfeln, Birnen und einer Banane zum freien Verzehr. Ein Teller mit Obstbesteck und Stoffserviette liegen daneben.

Jemand klopft an die Zimmertür. Ich öffne und der Boy bringt meinen schweren Koffer. Er verweigert meinen Dollarschein als Trinkgeld nicht, bedankt sich mit den wenigen englischen Wörtern, die er kennt und verschwindet gleich.

Es ist früher Nachmittag und das schönste Wetter, das man sich denken kann. Schnell mache ich mich frisch und esse einen der Äpfel. Ich eile mit meiner Kamera an das Seeufer, um ein paar Fotos zu schießen. Auf der Fahrt hierher habe ich große Wasserflächen, bedeckt mit Lotusblättern, gesehen. Die möchte ich fotografieren.

Die Uferpromenade ist belebt. Viele Pärchen, Alte und Junge, sowie kleine Gruppen bevölkern die Uferzone. Sie hören Musik, tanzen, machen Tai-Chi und unterhalten sich in den schattigen Pavillons oder auf den zahlreichen kleinen Rasenflächen zwischen dem Wald und dem See. Überall ist Lotus zu sehen. Die großen Blätter bedecken die Wasserfläche bis hin zu einer kleinen In-

sel, die über eine anmutig gewölbte Brücke erreichbar
ist. Zu dieser Insel will ich wandern.

Bald wird mir bewusst, dass ich zu Fuß nicht weit
kommen werde und gehe zurück zum Hotel. Dort leihe
ich mir ein Fahrrad aus. Die Empfangsdame übergibt
mir eine Wegekarte und beschreibt mir die besten Rad-
wege. Voller Elan besteige ich den Drahtesel. Er ist
einfach ausgestattet. Eine Schaltung hat er nicht. Die
Vorderbremse und der Rücktritt funktionieren. Das ist
mir das Wichtigste. Bis zum Ufer schiebe ich das Rad
und an einer nicht belebten Stelle schwinge ich mich in
den Sattel. Nach kurzer Zeit beherrsche ich das Vehikel
und bin im Nu über einen langen Damm zum anderen
Ufer des Sees geradelt.

Entlang der Uferpromenade kehre ich im weiten Bogen
zurück zum Hotel. Ich war nur wenige Stunden unterwegs und fühle mich erschöpft. Ob es an der Schwüle
liegt oder an meiner Übermüdung durch den langen
Flug, kann ich nicht sagen. Zumindest sehne ich mich
nach Schlaf.

Im Restaurant stärke ich mich mit einer Pizza und sorge
mit zwei Bier für eine angenehme Bettschwere.

Die Nacht ist ruhig, obwohl die Verkehrsstraße zwischen Hotel und Ufer stark befahren ist.

Ausgeruht, mit mir und der Welt zufrieden, gehe ich in
den Frühstücksraum, dem Coffee Garden.

Ein reichhaltiges Buffet ist aufgebaut, wie ich es nie
zuvor gesehen habe. Ich laufe an der Buffetfront entlang und inspiziere die Speisen als wäre ich der Chef-
koch oder ein Mitarbeiter einer Sterne-Vergabe-
Agentur. Eine junge Kellnerin fragt mich wo ich gern
sitzen möchte. Ohne meine Antwort abzuwarten geht

sie voraus zu einem Tisch mit Blick zum Park. Es ist ein schöner Platz und ich bestelle Kaffee.

In der Veranda sitze ich wie im Freien, beobachte die Vögel und die Spaziergänger am See. Es ist kühl an diesem Morgen und ein frischer Luftzug strömt durch das gekippte Oberfenster. Ich sehe nach einer Kurbel oder Stange, mit der man das Fenster schließen kann. Es ist nichts zu erkennen. Mein Kaffee kommt. Ich bedanke mich und frage die Kellnerin, ob sie das Oberlicht schließen könnte.

Sie zieht ihre Schuhe aus und steigt auf einen Stuhl. Nachdem sie die Balance erreicht hat, streckt sie ihre Arme nach oben als wollte sie mit ihren Händen die Decke erreichen. Sie tut mir leid, wie sie sich die Gliedmaßen ausrenkt. Ich biete ihr an zu helfen, da ich größer bin. Sie lehnt höflich ab und ich sehe ihr zu, wie sie sich weiter abmüht. Diese Aufmerksamkeit scheint ihr zu gefallen. Elegant bewegt sie sich in ihrem engen geschlitzten Rock auf dem Stuhl, wie eine Tänzerin, im Rhythmus der leisen chinesischen Musik aus der Raumtonanlage. Es scheint ihr nicht mehr darum zu gehen das Oberfenster schnell zu schließen, sondern sie versucht alles, damit ich meine Augen nicht von ihr lasse. Diese Bewegungen müssen gut einstudiert sein. Sie wirken perfekt. Erst als sich eine Kollegin neben meinen Tisch stellt und ihr zusieht, schiebt sie das Fenster in den Rahmen und verriegelt es ordnungsgemäß.

Ich nicke ihr anerkennend für die akrobatische Leistung zu und sie lächelt zurück.

Am Frühstücksbuffet gustiere ich und entscheide mich, mit Fisch zu beginnen. Mehr als die Hälfte der Speisen sind auf die Bedürfnisse der Asiaten abgestimmt. Was appetitlich aussieht, gebe ich auf den Teller. Meine

Kellnerin muss denken, dass ich ein Vielfraß oder ausgehungert bin.

Anschließend beende ich das Frühstück mit Käse, einem echten Roquefort Schimmelkäse. Chinesen machen um ihn einen großen Bogen und rümpfen abwertend die Nase. Das Angebot an Käse aus der Schweiz und Frankreich ist groß, nur der österreichische Bergkäse fehlt.

Auf „Ham and Eggs" verzichte ich bei der großen Auswahl an anderen Leckereien. Es wäre zu profan und vergleichbar mit einem Gang zu McDonalds nach einem Dinner im Hotel Imperial in Wien.

Genussvoll schlürfe ich meinen Kaffee und sehe mir die Gäste genauer an. Zeit habe ich genügend. Das Flugzeug mit Toni wird erst gegen 10 Uhr landen. Er braucht eine halbe Stunde um hier im Hotel zu sein. Gemütlich kann ich alles angehen.

Die Gäste sind mehrheitlich Japaner. Ich vermute es, da sie alle das gleiche grellgelbe Tuch mit einer Schelle an einem der Ecken um den Hals tragen und massiv in Gruppen auftreten. Es ist eine größere Reisegruppe und das Tuch vergleichbar mit den Glocken bei den Kühen auf der Alm.

Mein Platz in der Veranda ist ideal zum Beobachten. Im Rücken habe ich die Wand und von meinem Sitz aus kann ich das ganze Restaurant, sowie das Buffet gut übersehen.

Die Langnasen, wie ich, sitzen einzeln oder mit chinesischer Begleitung an den kleinen runden Tischen. Es ist ihnen anzusehen, dass sie geschäftlich unterwegs sind.

Meine langbeinige Kellnerin kommt zu mir und fragt, ob sie Kaffee nachschenken darf. Ich genieße es, wie zu Hause verwöhnt zu werden.

Wie wird es meiner Mutter gehen? Ob sie die Sache mit Karin überwunden hat?

Ich hatte nicht den Eindruck, dass sie zu hundert Prozent hinter mir steht. Mehrmals versuchte sie mich zu beeinflussen und hatte gemeint, dass ich Karin eine zweite Chance geben soll. Der Gedanke daran verdirbt mir die Stimmung. Ich will nicht mehr an sie denken. Im Gehirn gibt es Lecks, durch die trübe Gedanken hindurchsickern.

Die Kellnerin mit ihren schlanken Beinen kann meinen Gemütsumschwung nicht verstehen. Zwei Stunden bleiben mir, bis Toni eintreffen wird. Ich beschließe zu der nahegelegenen Insel im Westsee zu laufen und den Hügel zu besteigen. Die Anstrengung des Spaziergangs soll meine Gedanken an Karin vertreiben.

Es ist kühl und schwül an diesem Morgen. Ich überquere die vielbefahrene Beishan Straße und gehe zum Ufer. Hier liegt ein nostalgisches Touristenschiff, das die Fahrgäste zu den entlegenen Inseln auf dem See bringt.

Ein Mann nötigt mich einzusteigen. Höflich lehne ich ab und gehe links am Ufer weiter bis zu einer Brücke der Gushan Straße.

Bald erreiche ich den Fuß des weit sichtbaren Hügels. Gestern war ich hier. Ich bin den Steg nicht hinaufgegangen, weil es mir zu heiß war.

In der Früh ist es angenehm kühl. Der Nebel bedeckt um diese Zeit schleierartig das Wasser und lässt die Sonnenstrahlen nicht durchkommen. Der kurze Aufstieg ist leicht zu bewältigen. Ich bin nicht der erste hier oben. Ein paar ältere Männer sehen mich verwundert an und widmen sich dem Mahjong-Spiel. Es ist ein schöner Platz hier oben, ideal zum Relaxen.

An einigen Stellen auf dem See hat sich der Nebel gehoben und das reflektierende Licht auf der Wasseroberfläche glitzert wie ein Teppich mit Diamanten besät. Es ist ein phantastischer Anblick, an dem ich mich nicht satt sehen kann.

Vor mir stehen Hocker aus Granit. Ich wähle mir einen passenden Stein aus und setze mich. Mit zugekniffenen Augenlidern blinzele ich auf den See. Ein alter Mann gesellt sich zu mir und fragt in einwandfreiem Englisch, woher ich komme.

„Where are you come from?"

Verwundert sehe ich ihn an. Bisher bin ich nur von Jugendlichen angesprochen worden, die ihre Englischkenntnisse unter Beweis stellen wollten.

„Aodili", ist meine kurze Antwort.

Mein Blick gleitet über den See. Ich möchte jetzt nicht gestört werden. Entspannt sehe ich auf die sich öffnenden Nebelschwaden.

Der alte Mann steht hinter mir und summt den Donauwalzer.

„Ist das nicht wunderbar?", fragt er mich in Deutsch, im Wiener Dialekt.

Verwundert sehe ich ihn an.

„Sie sprechen Deutsch?"

„Ja, besser als Englisch!", erwidert er bescheiden.

Meine Neugier ist geweckt.

„Wo haben sie es gelernt?"

„Von Doktor Langnase!"

Jetzt bin ich überzeugt, dass er scherzt und es die Retourkutsche für meine anfänglich abweisende Art ist.

„Ich bin eine Langnase", gebe ich lachend zu.

„Es war sein Name, alle nannten ihn so", versucht er mich aufzuklären.

Mir erscheint die Sache mysteriös und ich will mehr von ihm wissen.

„Können sie mir sagen, wer der Doktor Langnase war?"

„Was wollen sie wissen?"

„Wie ist sein richtiger Name und woher kommt er?"

„Er stammt aus Wien und hat mehrere Namen gehabt. Die meisten nannten ihn Langnase, andere Luo Sheng-Te oder Luo Dai-Fu."

„Mit den chinesischen Namen kann ich nichts anfangen. Wie hat man ihn in Wien genannt?"

„Ich glaube Rosenfeld, Jakob Rosenfeld, hieß er!"

„Was ist er von Beruf?"

„Arzt."

„Lebt er in Hangzhou?"

„Nein, er ist lange nicht mehr hier! 1950 ist er zurück nach Österreich, zu seiner Familie."

Der Name Rosenfeld lässt auf einen jüdischen Landsmann schließen. Ob er vor den Nazis fliehen musste.

„Wie haben sie ihn kennengelernt?"

„Das ist eine lange Geschichte. Wollen sie die wissen?"

„Erzählen sie bitte!", dränge ich den alten Mann.

„Ich bin 1925 in Nanjing geboren. Als die Japaner die Stadt 1937 bombardierten, konnten wir uns in die Schutzzone der Siemens-Niederlassung retten. Herr John Rabe der Siemens Chef, half vielen von uns vor den Zugriffen der Japaner und wir flohen später nach Shanghai. Bei einem Bombenangriff wurde meine Mutter auf der Straße schwer verletzt. Sie lag da und blutete. Ich rief um Hilfe. Niemand kümmerte sich um uns. Da war ein fremder Mann, der meine Mutter liegen sah und auf uns zukam. Er war Arzt und trug sie in ein Krankenhaus, das sich in der Nähe befand. Nach vier Wochen ist sie an ihren Verletzungen gestorben. Der Arzt erlaubte mir, bei ihm zu bleiben. 1950 reiste er zurück nach Österreich und ich habe mit dem Medizinstudium begonnen."

„Haben sie später von ihm gehört?"

„Leider nicht! Ich habe keine Post von ihm bekommen. Er wird nicht mehr leben."

Die Geschichte von dem Mann berührt mich. Ich zweifle nicht an der Glaubwürdigkeit seiner Worte und verspreche ihm, bei meinem nächsten Wienaufenthalt, mich nach dem Arzt zu erkundigen.

Es ist Zeit zu gehen. Ich frage den Mann nach seinem Namen und wo ich ihn finden kann. Er schreibt ihn auf einen kleinen Zettel. Ich erkenne zwei chinesische Schriftzeichen und das Wort „Burli".

Verwundert frage ich ihn, ob das sein Name ist.

„Doktor Langnase hat mich so gerufen. Sie können mich jeden Morgen auf diesem Hügel antreffen oder in dem Tao-Kloster am Hang zum Seeufer."

Mit dem Finger zeigt er zu dem westseitigen Berghang.

Rechts vom Shangri-La Hotel erkenne ich eine ockerfarbene Mauer mit kleinen Hallen und geschwungenen Dächern. Das muss das Kloster sein.

Ich reiche ihm meine Visitenkarte und wir verabschieden uns mit Handschlag.

Berührt von der sonderbaren Begegnung eile ich zurück zum Hotel. Ich habe mich verspätet und sehe Toni an der Rezeption. Er ist gerade erst angekommen und will mich auf dem Zimmer anrufen.

Freudig begrüße ich ihn. Er geht mit mir auf mein Zimmer und ich packe den Koffer. Ich erzähle ihm von der Begegnung mit dem alten Mann. Er ist skeptisch und glaubt, dass es ein Spinner ist, der sich alles ausgedacht hat.

Damit ist das Thema abgeschlossen und ich lasse ihn berichten, wie es ihm in Peking ergangen ist.

Im Meeting wurde ein neues Projekt verhandelt, das ein Folgeauftrag werden könnte. Die Ausschreibung soll in den nächsten Wochen erfolgen.

Toni drängt mich zur Eile. Er ist verwundert, dass ich nicht gepackt und den Koffer an der Rezeption deponiert habe. Warum er es eilig hat, kann ich nicht verstehen.

Unterwegs sagt er es mir. Unsere Rechner und das übrige Equipment sind auf der Baustelle eingetroffen. Alles ist neu und muss ausgepackt und angeschlossen werden. Jetzt fiebert er dem entgegen wie ein Kind, dass es nicht erwarten kann, wenn das Christkind zu Weihnachten die Geschenke bringt.

Von Hangzhou fahren wir in Richtung Jian. Zur Mittagszeit erreichen wir das Camp.

Madame Hu erwartet uns. Sie gibt mir die Schlüssel für unsere Wohnungen. Ich bekomme das gleiche Apartment, wie während des Meetings. Es liegt im obersten Stock. Unter mir wohnt Toni und im ersten Stock unser Bauleiter zusammen mit seiner Frau. Zunächst tragen wir die privaten Koffer in die Unterkünfte und die Koffer mit den Kleinteilen ins Büro.

Der Bauleiter hatte ganze Arbeit geleistet. Die beiden Räume sind nicht wiederzuerkennen. Möbel, Telefone, Faxgerät und Drucker stehen darin. In dem ersten Raum, der vom Gang aus erreichbar ist, hat sich der Bauleiter eingerichtet. An den Wänden hängen Montagezeichnungen für unsere Anlagenteile. Der zweite Raum ist für Toni und mich vorgesehen. Kartons mit den verpackten CAD-Arbeitsstationen stehen am Boden. Es sieht aus, wie in einer Gerümpel-Kammer. Toni krempelt die Ärmel auf und beginnt Ordnung zu schaffen. Er lässt sich nicht überreden, mit mir in die Kantine zu gehen.

Im Moment scheint im gesamten Bürogebäude niemand zu sein, da Mittagszeit ist. Ich bin hungrig und entschließe mich ohne Toni essen zu gehen. Den Weg zur Kantine kenne ich. Am Eingang zu dem Gästespeiseraum steht die Serviererin, die mir im Umgang mit den Essstäbchen während des Meetings geholfen hatte. Sie scheint sich echt zu freuen, mich wiederzusehen.

„Hallo!", sagt sie freundlich lächelnd.

„Ni Hao", erwidere ich und sehe an ihr vorbei in den Raum.

Niemand außer mir ist da.

Sie bemerkt mein enttäuschtes Gesicht und hebt bedauernd die Schulter. Gleich rennt sie davon, um aus der Küche mein Essen zu holen.

Ich überlege ob ich mir, wie Toni, das Mittagessen abgewöhnen sollte. Solange ich im Büro arbeite ist es kein Problem hierher zu kommen. Anders ist es, wenn ich bei der Inbetriebnahme auf der Baustelle bin. Es vergeht zu viel Zeit für die Fahrt.

Die Bedienung kommt mit einem Tablett, auf dem verschiedene Schüsseln und Schalen mit köstlich duftenden Speisen stehen. Sicherheitshalber hat sie Messer und Gabel mitgebracht.

Meine Fertigkeiten, mit Essstäbchen umzugehen, haben sich seit meinem letzten Aufenthalt verbessert. Ich habe in den China-Restaurants in Wien nicht mehr mit Besteck gegessen. Geschickt fasse ich mit den Stäbchen nach einer Erbse und stecke sie in den Mund.

Sie lacht auf.

Ich probiere es weiter mit zwei Erbsen und es gelingt mir. Anerkennend nickt sie mir zu.

Sie ist ein liebes Ding, unbekümmert wie ein Kind. Wahrscheinlich kommt sie aus einer entlegenen Siedlung im Tal in der es kein Fernsehen, Wasser aus der Leitung und Strom aus der Steckdose gibt.

Nach dem Essen gehe ich ins Büro. Unser Bauleiter Oskar unterhält sich mit Toni. Er ist ein alter Hase wie man sagt, nicht nur an Jahren, sondern an Erfahrung auf Baustellen. Dies ist sein letzter Job vor der Pensionierung. Zuvor war er im Norden Chinas und ist direkt von dort hierher übersiedelt. Ihm obliegt die ordnungsgemäße Montage unserer Anlagen.

Als Inbetriebsetzer beginnen Toni und ich mit den Arbeiten vor Ort, nachdem die Montagearbeiten abgeschlossen sind. Dies ist für die einzelnen Bauphasen unterschiedlich und läuft nach einem detaillierten Zeitplan ab. Bisher gibt es keine Verspätungen und die Qualität der durchgeführten Arbeiten, wie dem Schweißen von großen Aluminiumrohren, stimmt. Wenn der Bauleiter die Leistungen abgenommen und protokolliert hat, beginnen wir mit unserer Arbeit bei den Schaltschränken. Es bleibt genügend Zeit sich auf die Inbetriebnahme mit den vielen Tests vorzubereiten.

Auf der Baustelle sehe ich ob das, was ich mir ausgedacht habe und in die Zeichnungen einfließen ließ, funktioniert. Geringfügige Änderungen wird es geben und diese werde ich in dem aktuellen Zeichnungssatz mit meiner neuen CAD-Arbeitsstation festhalten.

Toni hat die Kartons mit den Computern geöffnet und auf mich gewartet, dass wir sie gemeinsam aufstellen und anschließen.

Es dauert nicht lange und voller Freude erleben wir das automatische Hochfahren der beiden Rechner.

Die Arbeitsstationen sind für uns die wichtigsten Arbeitsgeräte. Ohne Computer geht nichts mehr.

Lars, der Gesamtbauleiter, besucht uns und gratuliert zum erfolgreichen Start. Er hat eine Flasche Sekt bei sich, die er mit einem lauten Knall öffnet. Gläser haben wir nicht. Mit Plastikbechern können wir aushelfen. Wir sprechen über die Arbeit.

Eine unvorhergesehene Schwierigkeit hat sich ergeben. Für die Montage der Schaltschränke und andere hochkomplizierte Anlagenteile hat der Kunde große Teams an Absolventen von Ingenieurschulen aus Shanghai und Hangzhou zusammengestellt. Sie sprechen Englisch, doch es fehlen ihnen viele Fachbegriffe. Sie haben den Wunsch geäußert, dass wir sie beim Erlernen des Fachenglischs unterstützen. In einem leerstehenden Großraumbüro wurden ein Schulungsraum und ein Sprachkabinett mit Einzelkabinen eingerichtet. Es geht darum, einen Stundenplan für den Unterricht aufzustellen.

Oskar schüttelt gleich mit dem Kopf und was Toni denkt, kann ich an seinem Gesicht ablesen. Sie sehen ein, dass man helfen muss, Zeit haben sie keine. Lars sieht mich an.

„Was ist mit dir?", fragt er verzweifelt.

Am liebsten wäre ich unsichtbar geworden. Ich habe keine Erfahrung auf einer Baustelle und weiß nicht, wieviel Zeit neben der eigentlichen Arbeit übrig ist. Lieber würde ich abwarten und sehen was auf mich zukommt. Ich will mich nicht sofort festlegen.

Er sieht mich an und wartet auf eine Antwort.

„Das kann ich nicht entscheiden. Es kommt auf Toni an, was er mir an Extras zuteilt."

Alle sehen zu Toni. Er muss sich äußern. Von der Notwendigkeit des Unterrichts sind wir überzeugt. Keiner will den Lehrer spielen. Toni entschließt sich zum Bauernopfer und schiebt mich an die Front.

Lars ist froh über die schnelle Entscheidung.

„In vierzehn Tagen soll es losgehen. Wenn du willst, zeige ich dir vorher den Raum, in dem der Unterricht stattfindet", bietet mir Lars an.

Es ist mir nicht klar, was ich tun muss. In der Montagsbesprechung soll ich es erfahren. Bei dieser Zusammenkunft sind alle Bauleiter und die Montagechefs des Kunden anwesend.

Als Lars geht, erzählt Oskar was in den letzten Wochen auf der Baustelle passiert ist. Es gibt nicht nur Gutes zu berichten. Bei dem Transport auf dem Schiff und der Straße sind verschiedene Anlagenteile beschädigt worden und es ist zu überlegen, wie sie vor Ort repariert werden können. Ebenso gibt es Probleme mit den Schweißern. Sie haben nicht die Qualifikation, wie er sie benötigt. Zum Glück gibt es genügend Arbeitskräfte und Oskar sucht sich die Besten für sein Team aus. Jeder musste eine Probenaht schweißen und Oskar entschied, ob er bleiben darf oder nicht.

Es sind die kleinen Dinge, die zum großen Problem werden können. In der Praxis zeigt sich das deutlich. Es ist anders als die Arbeit am Computer im Büro. Auf einer Baustelle kommt es auf das gute Zusammenspiel der verschiedenen Gewerke an.

Morgen früh will Oskar mit uns auf die Baustelle fahren und alles zeigen, was bisher fertiggestellt wurde. Ich bin gespannt darauf.

Oskar verabschiedet sich. Es ist Feierabend und er muss zu seiner Frau, zum Abendessen. Toni macht keine Anstalten sich vom Computer zu entfernen. Ich schlage ihm vor, zu Maria auf ein Bier zu gehen. Damit ist er einverstanden und lässt sich aus dem Büro weglocken.

Das Bistro von Maria ist mir vertraut, obwohl ich nur wenige Male da war. Wir bestellen Steak und Bier. Bekannte Monteure von anderen Firmen prosten uns zu. Toni kennt die meisten und wechselt mit ihnen ein paar Worte. Sie wünschen uns einen guten Aufenthalt und lassen uns erst einmal in Ruhe essen.
Toni ist unruhig. Er scheint mit seinen Gedanken bei der Arbeit zu sein. Nach dem zweiten Bier drängt es ihn zurück ins Büro.
Mir bleibt nichts anderes übrig als ihm zu folgen. Wären wir in Hangzhou am Westsee, würde ich am Ufer spazieren gehen. Hier ist alles trist und schmutzig. Ich folge Toni ins Büro und versuche meine Mutter in Wien zu erreichen.
Sie ist gleich am Telefon.
„Wie geht es dir mein Junge?", ist ihre erste Frage und die weiteren folgen, ohne dass ich dazwischen geantwortet habe. Ich spüre, dass ich ihr fehle und sie sich Sorgen um meine Gesundheit macht. Sie hatte gestern mit meinem Anruf gerechnet. Mir war das Telefonat vom Hotel aus nach Wien zu teuer.
Es ist schön ihre Stimme zu hören. Ich fühle mich momentan ein wenig einsam und verlassen. Es liegt an dem Kulturschock, den ich erst verkraften muss.
Bei meinem ersten Aufenthalt erging es mir ähnlich. Am dritten Tag war alles vorbei. Dieser Gedanke beruhigt mich. Ich versinke nicht in Selbstmitleid. Durchtauchen ist meine Devise und das wird funktionieren.

8

Hongping, Bergstraße

Oskar will mit Toni und mir heute Vormittag zur Baustelle fahren. Ich bin gespannt, wie weit die Arbeiten vorangekommen sind. Toni und ich stärken uns beim Frühstück in der Kantine. Es gibt Reisschleim, der in einer großen Schüssel serviert wird. Er ist dünn, dass man ihn trinken könnte. Auf einem Teller liegen für jeden zwei Germknödel mit einer süßen Fülle und zwei Eier. Toni rümpft die Nase. Das Essen ist nicht nach seinem Geschmack.

Er wartet bis die Servierin Teigstangen bringt, die in Fett gesiedet wurden.

„Heute Abend müssen wir zu Mama Hong gehen. Ihr Essen schmeckt am besten. Kennst du ihr Lokal?"

„Nein, bisher war ich nur in Marias Bistro."

„Du wirst sehen, sie ist ein Geheimtipp", schwärmt Toni.

Ich reiße die Germknödel in kleine Stücke und tunke sie in den Reisschleim. In dieser Kombination ist beides genießbar. Toni hat mit seinen vor Fett triefenden Teigstangen mehr Schwierigkeiten. Ich sehe ihm an, wie er sie mit Widerwillen verzehrt. Ein hart gekochtes Ei bildet den Abschluss. Es riecht nicht mehr frisch und ich gebe meines Toni, der unbefriedigt von dem Frühstückstisch aufsteht.

„Wenn es morgen nichts Besseres gibt, komme ich nicht mehr her! Ich mache mir selber mein Frühstück", sagt er enttäuscht.

„An den Reisschleim und die Knödel kann ich mich gewöhnen. Es ist nicht zu vergleichen mit einem Frühstück bei Mutter oder im Shangri-La Hotel."

„Wenn du dir Brot und Marmelade kaufst, kommst du billiger weg!", gibt Toni zu bedenken.

„Vielleicht wechseln sie mit den Speisen in den nächsten Tagen?"

„Als ich im letzten Jahr hier war, gab es gebackene süße Reisbällchen und in ein Blatt eingewickelter, gekochter Reis, der mit fettem Schinkenspeck gewürzt ist. Mehr kannst du zum Frühstück in der Kantine nicht erwarten", ergänzt Toni.

Ich werde mich überraschen lassen.

Die Entscheidung mein Essen selber herzurichten, bleibt als Alternative. Es geht mir nicht ums Sparen. Ich sitze gern in Gesellschaft beim Frühstück.

Oskar wartet ungeduldig auf uns. Wir bleiben nicht lange im Büro und fahren mit ihm zur Baustelle. Die Betonstraße führt in ein enges Tal.

Von den Hängen fließen kleine Rinnsale in einen Bach. Er sieht harmlos aus, obwohl er sich in einem breiten Flussbett befindet. Große Felsbrocken auf dem Kiesbett lassen vermuten, dass er zur Regenzeit stark anschwellen kann.

Die steilen Hänge sind mit Bambus bewachsen. Das feuchtwarme Klima ist ideal für diese Baumart. Am Straßenrand sehe ich Bauern, die mit einer Hippe in der Hand zum Holzfällen unterwegs sind.

Nach einer halben Stunde erreichen wir eine Staumauer. In der Nähe führt ein Tunnel in das Innere des Berges. Mehrere hundert Meter geht es geradeaus in den dunklen Schlund. Weit vorn ist ein heller Punkt zu sehen. Wir kommen näher und vor uns tut sich eine gigantische Höhle auf.

Es ist zu erkennen, dass der Hohlraum aus dem Felsen gesprengt wurde. Er hat eine Länge von 200 Metern und ist ungefähr 20 Meter breit.

Oskar parkt das Auto an der Seite des Tunnels und wir steigen aus. Es ist feucht und kühl. Meine Augen gewöhnen sich nur langsam an die Dunkelheit. Wir laufen geradeaus bis zu einem Geländer.

Vor mir tut sich eine gewaltige Grube auf, die mehr als 50 Meter tief ist. Am Grund sind Arbeiter zu sehen, die Bewehrungen für Betonfundamente vorbereiten. Weiter entfernt ist zu erkennen, dass die Betonarbeiten stufenweise fertiggestellt sind. Im letzten Viertel haben sie die Ebene erreicht, auf der wir stehen. Überall sind starke Scheinwerfer angebracht, die den gesamten Bauplatz hell ausleuchten.

„Wo sind unsere Schaltschränke?", will ich von Oskar wissen.

„Am anderen Ende der Halle, wo die Betonarbeiten beendet sind."

Ich sehe mich um. Der tiefe Schlund reicht bis zu den Felswänden.

„Wie kommen wir dorthin?"

„An der Seite ist ein Steg."

Ich kann nichts erkennen. Mit meiner Taschenlampe leuchte ich in die Richtung, die Oskar andeutet. Jetzt entdecke ich ihn. Normale Bewehrungseisen sind in den Felsen getrieben und darauf liegen einfache Bretter.

„Da kann niemand entlang gehen!", erwidere ich entsetzt.

Oskar lacht und deutet mir an, ihm zu folgen. Wir erreichen den Steg. Von nahem sieht er noch gefährlicher aus als von weitem. Ein Blick nach unten und die Höhenangst lässt mich erschauern.

„Gibt es einen anderen Weg, da hinüber zu gelangen?", will ich wissen.

„Ja, doch der ist zu weit!", erklärt Oskar.

„Mich kriegen da keine zehn Ochsen hinüber!", protestiere ich.

„Stell dich nicht an wie eine alte Jungfer!", erwidert Toni unwirsch.

Er steigt als erster auf die Bretter und hält sich an dem provisorischen Eisengeländer fest. Mir wird übel, wie bei meinem ersten Flug. In meiner Ausweistasche finde ich eine Reisetablette und schlucke sie ohne Wasser zum nachspülen. Oskar und Toni stehen auf den Stegbrettern und sehen zu den in der Tiefe werkenden Betonarbeitern hinab. Der Abgrund scheint ihnen nichts auszumachen. Vom anderen Ende kommt uns ein Mann entgegen. Bedrohlich biegen sich die Bretter unter seinem Gewicht.

Voller Grauen sehe ich zu ihm hin.

Nichts Schlimmes passiert. Die Konstruktion stürzt nicht ein als er sich an Oskar und Toni vorbeibewegt.

Vorsichtig stelle ich meinen rechten Fuß auf die Bretter und ziehe den Linken nach. Die Tablette wirkt und meine Übelkeit ist verflogen. In kleinen Schritten taste ich mich vor, bis zu meinen beiden Kollegen. Sie diskutieren angeregt über die tief liegenden Grubenarbeiten.

„Hast du deine Höhenangst überwunden?", fragt Toni mich beiläufig. Ich nicke und wir gehen langsam weiter zu dem hell erleuchteten Plateau am Ende des Stegs.

Eine Gruppe Chinesen wartet auf Toni. Ich kenne sie aus dem Meeting. Sie hatten die Vorprüfungen nach der Montage der Schaltschränke beendet und wollen mit den Tests und Einstellungen fortfahren. Bei Toni laufen alle Fäden zusammen.

Die Verständigung mit manchen Chinesen ist schwierig und es bedarf vieler Erklärungen. Das kostet Zeit und Nerven.

Toni lässt sich kurz von ihnen berichten, wie der Stand der Inbetriebsetzungsarbeiten ist. Oskar führt uns kreuz und quer durch die Anlage und wir verschaffen uns einen allgemeinen Überblick.

Mittags fahren wir mit Oskar zurück ins Büro. Toni bereitet die Unterlagen für die Tests vor und ich helfe ihm. Der Umfang und die Komplexität sind gewaltig. Ich hatte es mir anders vorgestellt. Alles muss dokumentiert und Formulare müssen ausgedruckt werden. Die Vorlagen hierfür hat Toni in seinem Computer. Teilweise kann er sie von seinen früheren Baustellen übernehmen.

Spät am Abend gehen wir ausgehungert zu Mama Hong ins Restaurant. Ich bin von dem Ambiente enttäuscht. Am liebsten würde ich umkehren. Drei kleine Tische stehen im Gästeraum und um die herum sind einfache Holzschemel als Sitzgelegenheit angeordnet.

„Willst du hierbleiben?", frage ich Toni und sehe ihn skeptisch an.

„Lass dich nicht durch Äußerlichkeiten beeinflussen! Die Einrichtung ist ein Dreck, ihr Essen große Spitze. Nirgendwo in China habe ich köstlicher gegessen als hier."

„Was soll da besser sein?", entgegne ich abwertend.

„Du wirst sehen! Heute hat sie für uns geschmortes Schweinebauchfleisch, ‚Dompu Pork', gemacht. Das ist lecker. Ich habe es gestern bei Maria bestellt."

„Was hat Maria mit ihr zu tun?"

„Mama Hong ist ihre Mutter und für die Zubereitung dieses Gerichts benötigt man mehr als fünf Stunden. Das Gericht muss einen Tag vorher bestellt werden."

„Was soll daran gut sein. Bauchfleisch ist mir zu fett!"

„Koste es! Du brauchst nur das Magere davon essen. Das schmeckt wie reine Sünde."

Ich bin verwundert, dass Toni über eine Speise derart schwärmen kann. Bisher glaubte ich, dass ihm der Geschmack nicht wichtig ist und er nur satt werden und preiswert essen will.

„Es sind keine weiteren Gäste hier!", gebe ich warnend zu bedenken.

„Was meinst du damit?"

„Mir hat der Dolmetscher gesagt, dass man nur in Restaurants gehen soll, wo viele Gäste sind, damit man sich keine Magenbeschwerden holt."

Toni winkt ab.

Als wir beide auf das Essen warten, kommen zwei Kanadier ins Lokal.

Toni kennt sie. Es gibt ein großes Hallo. Die beiden Männer sind die Inbetriebsetzer für die Steuerungsanlage unseres kanadischen Sublieferanten.

Toni lädt sie an unseren Tisch ein und fragt nach dem Flug und wie es ihnen geht. Er kennt sie von mehreren Besprechungen.
Der Jüngere von den Kanadiern muss in meinem Alter sein.

Mama Hong bringt uns geschmortes Bauchfleisch und fragt die neuen Gäste was sie essen möchten.
Neugierig sehen sie in unsere Fleischschüsseln. Der Duft ist verführerisch. Begeistert entscheiden sie sich für das Gleiche. Sie brauchen nicht lange warten. Die Wirtin hat eine große Menge auf Vorrat gekocht.
Das Fett und die Schwarte löse ich von den Stücken und esse nur das durchwachsene Magere. Als Beilage gibt es Germknödel und Gemüse. Es ist ein unbeschreiblicher Hochgenuss, vergleichbar mit Stelzen im Prater.

Mit den beiden Kanadiern werden wir in den nächsten Monaten eng zusammenarbeiten. Toni fängt gleich an, mit ihnen über die kommenden Aufgaben zu sprechen. Ich würde lieber Privates von ihnen erfahren. Stören will ich das Gespräch nicht und genieße mein Bauchfleisch.

Nach dem Essen beschließen wir noch ein Bier in Marias Bistro, oder wie manche sagen, der Bambusbar, zu trinken. Dort ist es viel gemütlicher als bei Mama Hong. Es ist nicht weit bis zu Maria.

Wir setzen uns an einen Tisch, an dem andere Ausländer sitzen. Es sind Monteure und Inbetriebsetzer, die von ihren Zulieferfirmen hierher entsandt wurden. Es gelingt mir, mich mit dem jungen Kanadier zu unterhalten. Er ist ledig und erst seit kurzer Zeit in seiner Firma. Nach der Anlernphase soll er im nächsten Jahr die Inbetriebsetzungsarbeiten selbständig weiterführen. Es geht ihm diesbezüglich wie mir.

Aus einer Mini-CD-Anlage ertönen Schlager. Ein Franzose wechselt die CDs wie ein Diskjockey. Er hatte die Anlage und Musikscheiben Maria geschenkt. Vorher gab es nur chinesische Musik aus dem Radio bei ihr.
Die beiden Kanadier sind trinkfest. Eine Runde Bier und Whisky lösen die andere ab. Ich weiß nicht mehr, wer die Getränke bestellt und versuche mitzuhalten. Es ist keine gute Idee.

<< 9 >>

Hongping, Staumauer

Nach zwei Wochen habe ich mich an das Leben auf der Baustelle gewöhnt.

Die Arbeit geht gut voran und die Mitarbeiter des Kunden die uns assistieren, sind zufrieden. Sie berichten ihren Vorgesetzten detailliert, was an jedem Tag getan wurde und was unsere nächsten Schritte sind. Toni, der an solche Arbeitsbedingungen gewöhnt ist, bringt das nicht aus der Ruhe. Wenn ihm einer im Weg steht, kann es passieren, dass er ihn aus Versehen anrempelt. Er arbeitet schnell und braucht entsprechenden Freiraum. Die Chinesen nehmen ihm das nicht übel. Sie schätzen seinen Eifer und wissen, dass die Arbeit niemand besser machen kann als er.

Der Rhythmus ist an jedem Tag der Gleiche. Von Montag bis Samstag fahren wir 8 Uhr vom Büro aus in die Kaverne und am Nachmittag um 17 Uhr geht es zurück ins Büro. Die Mittagspause lassen wir ausfallen und nach anfänglichen Schwierigkeiten gewöhnten sich die Chinesen daran.

Ich nehme mir genügend Früchte mit, um den Hunger nicht zu übergehen.

Abends im Büro bereiten wir die Arbeiten für den nächsten Tag vor und telefonieren mit den Fachabteilungen in Wien, wenn technische Fragen abzuklären sind.

Ich frühstücke mit den Kanadiern in der Kantine und das Abendessen nehmen wir gemeinsam bei Mama Hong ein. In der Bambusbar bei Maria beschließen wir den Abend.

Ein Tag ist wie der andere. Möglichkeiten für Zerstreuung gibt es nicht.

Die Sonntage halte ich mir absichtlich frei. Toni versucht mich an diesen Tagen in seine Arbeit einzubinden. Das geht mir zu weit. Ich weigere mich. Nach anfänglicher Verstimmung akzeptiert er es. Er lässt mich an den Sonntagen in Ruhe. Ich durchstreife mit meiner Kamera die nähere Umgebung und finde genügend lohnende Motive.

James, der junge Kanadier, begleitet mich, wenn er nicht über das Wochenende nach Hangzhou fährt. Er fotografiert ebenso gern wie ich. Wir haben beide Spiegelreflexkameras der gleichen Marke und das verbindet. Er bestürmt mich, ihn an einem Wochenende nach Hangzhou zu begleiten. Ich verspreche ihm, das nächste Mal mitzufahren.

Jeden Dienstagabend unterrichte ich die Techniker des Kunden im Fachenglisch. Ich kenne einige persönlich. Sie gehören zu den jungen chinesischen Absolventen die Toni im Weg stehen, wie er sagt. Ich finde sie zurückhaltend und freundlich. Es ist ihr Recht, Fragen zu stellen und wenn Toni das nervt, ist es seine Sache damit umzugehen.

Sie tun mir leid. Bei den Tests spricht Toni mit mir Deutsch und die Chinesen spitzen die Ohren. Sie verstehen uns nicht und glauben, es liegt an ihren schlechten Englischkenntnissen. Manche der Fachbegriffe übernehmen sie aus dem Deutschen und was herauskommt ist eine Mixtur aus beiden Sprachen.

Unter den Schülern sind mehrheitlich junge Leute, Absolventen der Universitäten von Hangzhou und Shanghai. Ihr Umgangsenglisch ist bei manchen besser als meines. Ein Mädel fällt mir auf, die englische Romane liest. Sie heißt Meiling. Mit ihr unterhalte ich mich am Ende des Unterrichts, wenn ich Zeit habe.

Heute hat sie mir ihre Freundin vorgestellt. Sie leben beide in einer Wohnbaracke im Kundencamp. Private Kontakte von uns Ausländern zu den Chinesen gibt es nicht. Wahrscheinlich wird das nicht gern gesehen. Die beiden Camps sind durch die Hauptstraße getrennt. Zusätzlich werden sie von hohen Steinmauern umschlossen, angeblich zum Schutz gegen Diebesgesindel. Wenn man die vergitterten Fenster der Häuser an der Straße sieht, muss die Angst vor Einbrüchen groß sein.

Meiling fragt mich, ob ich heute Abend Zeit habe.

„Wozu?", erwidere ich erstaunt.

„Meine Freundin und ich möchten gern mit dir Tischtennis spielen."

„Ich weiß nicht wie das geht!", untertreibe ich maßlos. In der Schule habe ich lange Zeit bei Meisterschaften mitgespielt und mehrere Siegerpokale erhalten. Das verschweige ich ihr. Es liegt viele Jahre zurück und seitdem habe ich keinen Pingpongschläger mehr in der Hand gehalten.

Über das Firmentelefon informiere ich Toni, dass ich heute nicht mit zum Essen gehen werde. Er fragt nicht, warum ich verhindert bin. Ich habe ihn wahrscheinlich bei der Arbeit gestört.

In der Nähe des Kantinengebäudes befindet sich ein Anbau, der wie ein Lager aussieht. Meiling und ihre Freundin gehen voran. Wir kommen in einen Raum, in dem drei Tischtennisplatten stehen. Die Mädels nehmen aus einem Schränkchen zwei Schläger und fangen an, miteinander zu üben.

Ich setze mich auf einen Schemel und sehe ihnen zu. Beide geben ein hübsches Bild ab. Sie spielen konzentriert miteinander und ich habe den Eindruck, dass sie alles um sich herum vergessen. Meiling ist die Größere und hat, von hinten gesehen, Ähnlichkeit mit Karin. Sie ist schlank und bewegt sich elegant wie eine Gazelle.

Lange Zeit habe ich meine frühere Freundin aus meinen Gedanken verdrängen können. Jetzt ist sie da. Der hin und her springende Ball wirkt wie hypnotisierend auf mich. Ich springe von meinem Schemel auf und renne nach draußen.

Schnell bin ich hinter der Mauer des Ausländercamps verschwunden.

Toni ist verwundert, dass ich auftauche und wir zusammen essen gehen können. Er hat noch eine Weile zu tun. Ich rufe meine Mutter an. Ihre Stimme bringt mein Gemüt zur Ruhe. Sie scheint zu erkennen, dass irgendetwas mit mir nicht stimmt. Ich erzähle ihr von dem

Vorfall und dass ich von Karin noch nicht losgekommen bin.

„Es dauert seine Zeit", tröstet sie mich.

„Wie lange noch?", schreie ich ins Telefon.

Sie schweigt.

„Soll ich mich nach ihr erkundigen, wie es ihr geht?", fragt sie.

„Nur das nicht! Es ist und bleibt aus zwischen uns."

„Da kann ich dir nicht weiterhelfen! Versuche dich zu zerstreuen! Es dauert seine Zeit, sie zu vergessen."

Wir beenden unser Gespräch.

Mein Hass gegenüber Karin besteht wie am Anfang. Die vergangene Zeit reicht nicht aus, um Gras über die Sache wachsen zu lassen. Sie hat mich nicht nur betrogen, sondern mir meinen besten Freund weggenommen. Ihm gebe ich die geringste Schuld, da ich ihn kenne und weiß, dass ihm Treue in einer Beziehung nichts bedeutet. Alle Freundinnen, die ich vor Karin hatte, waren ehemalige Verflossene von ihm. Er kennt keine Eifersucht und es hat ihn nicht gestört, wenn er seine ehemaligen Bräute in meinen Armen wiedergesehen hat. Ob ich überreagiert habe?

Zweifel kommen mir. Ich erkenne, dass ich eifersüchtig bin. Ob es damit zu tun hat, dass mir Karin viel bedeutet hatte oder ist es nur gekränkte Eitelkeit?

Ich bin überzeugt, dass ich richtig entschieden habe, den Stab über ihr zu brechen. Die Entfernung von zu Hause erleichtert es mir damit fertig zu werden. Erst zu Weihnachten werde ich nach Wien kommen und bis dahin habe ich Karins Untreue verkraftet. Sie wird mir nichts mehr bedeuten und meine Gefühle zu ihr werden wie im Sande verweht sein.

Mit Martin will ich mich aussprechen. Er hat mir die Augen geöffnet und Recht behalten als er mir sagte, dass eine Heirat zu früh wäre. Hat er Karin verführt um mir das zu beweisen?

Wir kennen uns seit unserer Kindheit und diese Zeit ist nicht wegzuwischen. Ich werde ihn noch vor den Feiertagen besuchen und mich mit ihm aussöhnen.

10

Hangzhou, Westsee mit Boot

Das kommende Wochenende will ich mit James in Hangzhou verbringen. Toni passt es nicht, dass ich ihn am Samstag und Sonntag im Büro nicht unterstütze. Er hat es mir nicht direkt gesagt, doch ich habe es gefühlt. Die meisten Techniker, die ohne Familie auf den Baustellen leben, benötigen an den Wochenenden einen Tapetenwechsel. Toni bildet da eine Ausnahme. Es scheint für ihn nicht zu gelten. Ich bin an dem Punkt angelangt wo ich einen brauche.
James hat für uns in Hangzhou zwei Zimmer in einem Hotel in der Innenstadt telefonisch bestellt. Er übernachtete dort öfter mit anderen Kollegen. Die Aussicht, ein ganzes Wochenende lang aus dem Camp herauszukommen, beflügelt mich.

Mit dem Linienbus fahren wir früh nach Hangzhou. Wir benötigen eine Stunde länger als mit dem PKW. In jedem kleinen Ort und an größeren Straßenkreuzungen hält der Fahrer an und es steigen Leute zu. Sie sind bepackt mit allerlei Gemüse und Früchten, die sie auf dem Markt verkaufen wollen. Aus manchen der Tragtaschen stinkt es nach Fisch oder verfaulten Eiern. Als wir aus dem Bus aussteigen riecht unsere Kleidung unangenehm.

Mit einem Taxi fahren wir zu unserem Hotel.
Es ist in der Innenstadt und macht auf den ersten Blick einen guten Eindruck. An der Rezeption erhalten wir die Schlüssel. Ich bin verwundert über den günstigen Preis.
„Meine Firma hat gute Konditionen hier!", raunt mir James zu.
Alles geht auf seine Firmenkreditkarte.
„Wie wollen wir es mit dem Bezahlen machen?", will ich von ihm wissen.
„Ich lade dich für das Wochenende ein. Es kostet dich nichts!"
„Das kann ich nicht annehmen! Lass uns alle Ausgaben am Ende teilen!", schlage ich ihm vor.
Nach längerem hin und her, ist er damit einverstanden.
Unsere Zimmer liegen nebeneinander. Vor meiner Tür frage ich ihn was er vorhat.
„Lass dich überraschen! In einer halben Stunde sehen wir uns in der Lobby!"
Nicht zu wissen, was geschieht, kann ich nicht ausstehen.
Ich öffne die Tür und trete in mein Zimmer. Alles ist hell und sauber. Inmitten des Raums steht ein großes Doppelbett und am Rande neue, moderne Möbel. Ich sehe mir das Bad an. Wie habe ich das vermisst. Mir bleibt noch genügend Zeit, mich zu duschen und ein frisches Hemd anzuziehen. Ich komme mir vor, wie im Vorhof zum Paradies.

In der Lobby sehe ich von weitem James, wie er sich mit zwei jungen Frauen unterhält. Sie lachen und scherzen als würden sie sich gut kennen.

James stellt mir die beiden Damen vor.

„Das sind unsere Reiseführerinnen. Sie stehen uns den ganzen Tag zur Verfügung. Dies ist Ella und das ist Lily."

Mit einer Handbewegung weist er zu mir und sagt: „Dies ist mein Freund Peter. Ein berühmter Fotograf aus Österreich."

Was erzählt James für einen Unsinn, denke ich mir.

Wollten wir nicht fotografieren?

Wozu sind die Mädels?

Er muss meine Gedanken erraten haben und erklärt mir den Sachverhalt.

„Das ist meine Überraschung. Ella und Lily sind Studentinnen an der hiesigen Universität und sie verdienen sich als Model oder Mannequin ein bisschen Geld für ihr Studium."

„Model sind sie?", erwidere ich erstaunt.

Jetzt sehe ich sie mir genauer an. Sie erkennen meinen prüfenden Blick und drehen sich vor mir in eine fotogene Position.

„Wir wollen Motive im Ort fotografieren und nicht diese Modepüppchen", raune ich James zu.

„Es wird nicht schaden, wenn sie ab und zu mit aufs Bild kommen. Dort wo wir hingehen, bilden sie den richtigen Kontrast."

„Ich lasse mich überraschen!", erwidere ich skeptisch.

Wir ziehen zu viert los. Vor dem Hotel winken wir nach einem großen Taxi. James sitzt neben dem Fahrer und ich muss mich zwischen die beiden Püppchen auf den Rücksitz setzen. Auf einer Karte zeigt James dem Taxifahrer, wo er hinfahren soll und Ella bestätigt das Fahrziel auf Chinesisch.

Mir wird heiß zwischen den Damen, obwohl die Klimaanlage im Auto auf Hochtouren läuft. Sie versuchen mich in ein Gespräch zu verwickeln und fragen mich aus. Da ich nur kurz antworte, beginnen sie von sich zu erzählen. Mir ist das lieber und ich nicke als würde ich alles verstehen, was sie sagen.

Durch das Fenster erkenne ich den Westsee. Auf der Uferstraße fahren wir weiter stadtauswärts. Ich kann mir nicht vorstellen, was wir weit außerhalb von Hangzhou fotografieren könnten.

Ich frage Ella nach dem Fahrziel. Sie verrät es mir nicht und tut als würde sie mich nicht verstehen. Lily schweigt ebenso. Mir kommt die ganze Sache nicht geheuer vor. Was hat James vor? Die Straße führt durch ein hügeliges Waldgebiet.

Schweißgebadet steige ich nach einer knappen Stunde aus dem Taxi. Wir stehen auf einem Platz, von dem aus ein Weg zu einer Tempelanlage führt. Auf einer Tafel lese ich „Lingyin-monastery". Es ist das Kloster der „Seelenzuflucht". Im vierten Jahrhundert wurde es von einem indischen Mönch gegründet. Er hat diesen Ort angeblich ausgewählt, weil er ihn an einen der heiligen Berge in seiner Heimat erinnerte.

Ein breiter Weg führt zu der Tempelanlage mit den drei großen Hallen. In den Felswänden sind viele Buddha-Figuren zu sehen. Sie stehen in Nischen. Ich bin begeistert. Jetzt verstehe ich, warum James die beiden Model arrangiert hat. Sie bilden einen besonderen Farbkontrast zu den grauen Steinfiguren. Die Schwierigkeit besteht darin, auf den Fotos die übrigen Besucher auszugrenzen. Viele Menschen kommen zu diesem Ort. Es sind nicht nur Touristen, sondern wahrhaft Gläubige, die Kerzen anzünden und in den Hallen vor den Figuren knien und innig beten.

Beeindruckt von der Schönheit und Würde dieses Ortes wähle ich meine Motive diskret aus. Die Professionalität von Lily und Ella kommt mir zugute. Sie verstehen es, sich unauffällig in Position zu bringen. Es ist eine Freude mit ihnen zu arbeiten. In ihren Umhängetaschen haben sie Ersatzkleider, die sie wechseln. Sie kennen die besten Plätze zum Fotografieren.

Mir fällt auf, dass James mehr Lily als Model bevorzugt. Ich frage ihn, warum er das tut.

„Bei meinem letzten Besuch in Hangzhou habe ich Ella in der Kunstschule kennengelernt. Sie stand dort Aktmodell und ich habe sie gefragt, ob sie sich von mir fotografieren lassen würde. Sie war einverstanden und ich habe alle meine Filme verbraucht."

„Die Bilder hast du mir nicht gezeigt."

„Die Filme sind noch nicht entwickelt."

„Ich kenne das Problem", bestätige ich.

„Vielleicht finden wir in Hangzhou einen Fotografen, wo wir die Fotos machen lassen können."

„Fragen wir die Mädels! Sie haben mit Künstlern zu tun und wissen, wer die besten Bilder macht."

James winkt Ella zu sich und fragt sie. Sie kennt mehrere Fotostudios. Welches davon gut ist, weiß sie nicht.

Bis zum Nachmittag halten wir uns in der Tempelanlage auf. Zufrieden fahren wir mit dem Taxi zurück in die Innenstadt. Wir besuchen die Fotofachgeschäfte und stellen fest, dass die Qualität und Preise unterschiedlich sind. Von den fünf Studios kommen zwei in die engere Wahl. James und ich lassen jeweils mehrere unserer

Filme dort und es wird uns zugesichert, dass wir die Fotos morgen früh abholen können.

Es ist spät geworden.

„Wir müssen jetzt nach Hause!", sagt Ella zu James und sieht auf ihre Uhr.

„Erst wenn wir das Geschäftliche erledigt haben. Ihr seid von 10 bis 17 Uhr, das sind 2 mal 7 Stunden im Einsatz. Es macht 140 Renminbi für jede. Ist das richtig?"

Ella nickt ihm bestätigend zu. James nimmt aus seinem Portemonnaie zwei Einhundert- und zwei Fünfziger-Scheine und gibt sie Ella. Sie will das Restgeld James geben. Er winkt höflich ab. Die Hälfte des Geldes reicht sie Lily, die es sofort in ihren Ausschnitt steckt.

„Vielen Dank für das Posieren vor der Kamera. Ihr ward toll!", sagt James.

„Es hat Spaß gemacht und ist leichter als das Aktsitzen in der Kunstschule."

„Dabei musst du dich nicht anstrengen", erwidere ich.

„Probiere es aus, stundenlang unbeweglich dazusitzen oder zu stehen. Mir tun dann alle Glieder weh."

Lily verabschiedet sich von James.

Mir tut es leid, dass wir nach dem schönen Tag klanglos auseinandergehen wollen. Ich schlage vor, in einem westlichen Restaurant gemeinsam zu essen. James weist darauf hin, dass es in unserem Hotelrestaurant echtes amerikanisches Steak gibt und sie sich das nicht entgehen lassen sollen.

Ella und Lily sprechen kurz miteinander und entschließen sich uns zu folgen. Mir erscheinen die beiden jetzt viel lockerer. Ihr kurzzeitiges Arbeitsverhältnis mit uns ist beendet. Sie brauchen nicht als Fremdenführer oder Model weiter agieren.

Wir fahren in unser Hotel. Im Restaurant sind wir die einzigen Gäste. James beruhigt uns, dass trotz der Leere das Essen gut schmeckt.

Lange müssen wir nicht auf die Steaks warten. Die Mädels haben noch nie welche gegessen. Ungeschickt gehen sie mit dem Besteck um. Ähnlich muss es aussehen, wenn ich mit Stäbchen hantiere.

James zeigt Lily wie man das Steak ansticht und ein Stück abschneidet. Entsetzt sieht sie auf ihren Teller. Das Fleisch ist innen roh und blutig. Sie lässt das Besteck fallen und sieht hilfesuchend zu Ella. Die ist ebenso überrascht und wagt nicht, ihr Fleischstück anzuschneiden. Ich winke dem Ober und bitte ihn, die Steaks der Damen nochmals auf den Grill zu legen. Er fragt: „Well done?". Ich nicke ihm zu. Er nimmt unsere Teller mit.

James will seinen nicht hergeben. Er mag das Steak innen blutig. Der Ober erklärt ihm, seine und meine Portion nur warm zu halten, damit wir gemeinsam essen können.

Die Aufregung bei den Frauen ist groß. Sie können nicht verstehen, wie man blutiges Fleisch verzehren kann.

Als nach einer viertel Stunde das Essen nochmals aufgetragen wird, gehen beide skeptisch vor. James schneidet das Steak von Lily in der Mitte durch und sie ist überzeugt, dass es jetzt gut durchgebraten ist. Das Misstrauen ist groß. Jeden Bissen spülen sie mit einem Schluck Bier hinunter. Sie werden sich in Zukunft nie mehr für Steak entscheiden und der chinesischen Küche treu bleiben.

Die süßen Nachspeisen können die Mädels versöhnen. Vom Bier und Wein stark angeheitert, plaudern sie wie Wasserfälle in der Regenzeit. Wir hören ihnen geduldig zu und erfahren viel von dem Studentenleben und der lockeren Einstellung zu Männern. James ist angetan davon. Ich sehe es ihm an, dass er es nicht erwarten kann, mit einer von den beiden aufs Zimmer zu gehen.

Als sich die Gelegenheit ergibt, fragt er direkt, ob sie beide bis morgen bleiben möchten.

„Wir können gemeinsam frühstücken und anschließend in die Studios fahren und die Bilder abholen!", schlägt er vor. Begeistert über die Aussicht, die Fotos zu sehen, stimmen sie zu. Ich bin nicht gefragt worden, ob ich damit einverstanden bin. James lässt den beiden Frauen die Wahl, mit wem sie die Nacht verbringen wollen. Eilig winkt er dem Ober und unterschreibt die Rechnung.

Wir gehen schwankend zum Aufzug und fahren in den fünften Stock. Erst als wir unsere Zimmertüren aufschließen, entscheiden sich die Frauen, wem sie folgen. Ella hat sich für mich entschieden. Ich bin neugierig und frage sie warum?

„James kenne ich", ist ihre nüchterne und aufrichtige Antwort.

Ich überlege, was sie von mir erwartet und sich von dem gemeinsamen Abend vorstellt. Bisher war ich zurückhaltend und will es bleiben. Wir kennen uns erst ein paar Stunden und das ist mir zu wenig, um gleich miteinander zu schlafen.

Sie spürt es und bietet mir an, dass ich von ihr Aktfotos machen darf. Freudig willige ich ein. Es ist für mich Neuland und ich bin aufgeregt. Aus der Fototasche nehme ich meine Kamera und lege einen neuen Film ein. Ich spüre wie die Finger zittern. Hoffentlich merkt sie es nicht.

Als ich mit den Vorbereitungen fertig bin, stellt sie sich vor den geschlossenen Fenstervorhang und fängt an sich langsam auszuziehen. In verschiedenen Posen hält sie kurz inne, damit ich ein Foto schießen kann. Sie ist richtig professionell.

Nach dem Strip geht sie zur Minibar und nimmt eine Flasche Sekt heraus. Ich will ihr beim Öffnen helfen. Sie wehrt ab. Sektgläser sind keine da, nur zwei Weingläser. Sie gießt sie bis zum Rand voll und reicht mir eines davon. Wir stoßen an und sie schlendert ins Bad. Die Tür lässt sie weit geöffnet.

Sie beginnt mit ihrer Abendtoilette und bewegt sich frei als wäre ich nicht da.

Als sie die Zähne putzt, muss ich den Film wechseln. Meine Aufregung ist nicht weniger geworden. Ich zwinge mich zur Ruhe und atme tief durch. Der zweite Film ist eingelegt und ich gehe ins Bad. Sie steht in der Badewanne und duscht sich bedächtig. Ob ihre langsamen Bewegungen vom hohen Alkoholspiegel herrühren, kann ich nicht sagen. Sie lässt mir absichtlich mehr Zeit für die Kameraeinstellungen.

In ein Badetuch gehüllt, legt sie sich aufs Bett und nimmt verschiedene laszive Stellungen ein. Meine Kamera klickt in einem fort und bald ist der zweite Film belichtet. Es macht ihr sichtlich Spaß, mich zu beobachten, wie ich aufgeregt den Film wechsle. Pausenlos prostet sie mir zu.

Die Sektflasche ist leer und sie scheint nicht genug zu haben. Im Kühlschrank ist nur Dessertwein. Ich öffne die Flasche und schenke ihr ein. Ihre Kehle ist wie ein schwarzes Loch, das alles in sich verschlingt. Mit ausgestreckten Armen und Beinen liegt sie auf dem großen Bett und verlangt, dass ich zu ihr komme.

„Ich bin verschwitzt und dusche mich schnell!", flüstere ich ihr zu.

„Komm, wie du bist. Es stört mich nicht!", lallt sie.

Es ist unübersehbar, dass sie nicht mehr nüchtern ist. Ich gehe ins Bad und dusche mich. Mir kommt der Gedanke, den Mülleimer neben ihr Bett zu stellen, damit sie nicht den Teppichboden beschmutzt, wenn ihr in der Nacht schlecht wird.

Größere Sorge macht mir, dass ich kein Kondom habe. Bei ihrem sorglosen Umgang mit anderen Männern habe ich ein ungutes Gefühl.

Erwartungsvoll komme ich aus dem Bad. Es ist still im Raum. Ella liegt zusammengekauert auf dem Bett und schläft. Ich mache ein paar Fotos und decke sie zu. Vorsichtig lege ich mich neben sie und schlafe zufrieden ein.

Die Morgensonne scheint durch die großen Fensterscheiben in mein Zimmer. Ich wache auf und sehe nach Ella. Sie liegt auf der Seite und schläft tief.

Nach dem Gang ins Bad, ziehe ich mich an. Ich bin absichtlich nicht leise. Der Hunger plagt mich und ich möchte frühstücken. Ella tut nicht als wollte sie munter werden. Ich fotografiere sie und ziehe ihr die Decke weg. Ruhig bleibt sie liegen. Erst als ich ihr sanft mit der Hand über den Kopf streiche, öffnet sie blinzelnd die Augen.

„Lass mich schlafen!", murmelt sie verärgert.

„Es ist spät und ich bin hungrig!"

„Geh ohne mich! Ich bleib liegen."

„Deine Freundin Lily und James warten auf uns."

Ella setzt sich im Bett auf und bemerkt verwundert, dass sie nackt ist.

„Was ist passiert?", fragt sie unsicher.

„Nichts weswegen du besorgt sein müsstest!"
„Ich kann mich an nichts mehr erinnern! Ich weiß nur, dass ich dir in dein Zimmer gefolgt bin."
Sie greift sich an den Kopf und klagt über Schädelweh. Ich hole ihr eine Aspirin-Tablette aus meiner Notapotheke und reiche ihr ein Glas Mineralwasser. Im Bad hält sie sich nicht lange auf und wir können gehen.

James und Lily warten geraume Zeit im Restaurant. An der Stirnseite des Raums ist ein Frühstücksbuffet aufgebaut, das keine Wünsche offenlässt.
Ich frage Ella, ob ich ihr vom Buffet ein paar Leckerbissen mitbringen kann. Sie hat keinen Hunger und möchte nur ein Glas Orangensaft.
James sieht mich schmunzelnd an.
„Du musst mächtig gewütet haben, wie Ella aussieht!"
Ich schweige und hole mir mein Frühstück und den Saft.
Ein Gespräch will nicht richtig in Gang kommen. Ella ist verkatert und Lily hat ihren Moralischen, wie James mir sagt.
Wir besprechen, wie wir den Sonntag ohne Frauen verbringen wollen. James kennt viele Sehenswürdigkeiten in Hangzhou und die eine oder andere wollen wir uns ansehen.

Nach dem Frühstück fahren wir gemeinsam mit einem Taxi vom Hotel zu den beiden Fotostudios und holen unsere Farbbilder ab. Sie sind ausgezeichnet geworden. Beide Models bestätigen mir, dass meine Bilder besser sind als die von James. Sie meinen, dass man erkennen kann, dass ich ein Profi bin und James nur ein Amateur. Er hat die Kritik nicht mitbekommen und ich habe ihm nichts gesagt.

Als Dankeschön für die gemeinsamen Stunden schenken wir ihnen einige Fotos, auf denen sie zu sehen sind. Wir hätten ihnen keine größere Freude machen können. Als wir uns verabschieden fragt mich Ella, was in der Nacht zwischen uns passiert ist. Ihr ist der Gedanke unerträglich, dass sie sich an nichts mehr erinnern kann. Ich verrate ihr nicht, dass nichts zwischen uns war.

Ella will wissen, ob wir uns bald wiedersehen. Ich lasse es offen und sage, dass ich mich bei ihr telefonisch melden werde, wenn ich nach Hangzhou komme. Es tröstet sie nur wenig und traurig gibt sie mir einen flüchtigen Kuss.

James und ich fahren mit dem Taxi zum Westsee und lassen die beiden zurück. Wir hätten sie fragen können, ob sie bis zum Nachmittag bei uns bleiben wollen. Die Ruhe ist uns jetzt wichtiger.

Am Seeufer gibt es schöne Fotomotive. Ich brauche nicht lange zu suchen. In Gedanken sehe ich Ella und stelle mir vor, wie sie sich vor den alten Bäumen und Pavillons platziert und sich auf dezente Art mit ins Bild bringt. Sie ist eine bewundernswerte junge Frau, die nicht meinem früheren Bild von einer Chinesin entspricht. Ihr Studium der Medizin und Psychologie wird sie stark geprägt haben. Sie sagte mir, dass sie nach dem Abschluss der Allgemeinmedizin die gleiche Zeit für das Studium der traditionellen chinesischen Medizin aufbringen will.

James scheint jetzt mehr an Lily zu denken als an das Fotografieren. Wie abwesend schlendern wir auf dem Su-Damm entlang, der nach einem berühmten Dichter aus der Song-Dynastie benannt ist und den See in zwei Hälften teilt. Als ich im Shangri-La Hotel übernachtete, war ich mit dem Fahrrad hier entlanggefahren und habe fotografiert.

Auf einer der Brücken steht ein Brautpaar und lässt sich in verschiedenen Posen ablichten. Uns erlauben sie ein paar Fotos zu machen. Die Braut ist in ein Kleid aus Seide gehüllt, das mehr verrät als es bedeckt. Der Wind bläht das Unterteil auf und die Braut hat ständig damit zu tun, es an den Körper zu pressen.

Ich erinnere mich an ein Foto mit Marilyn Monroe, wie sie über einem Schacht steht und das Gebläse ihr Kleid hochwirbelt.

Mir gefällt es was ich sehe und die Braut scheint mein Interesse zu teilen.

Zum Leidwesen der engagierten Fotografen lässt sie ihr Kleid des Öfteren los und es flattert wie ein Wimpel im Wind. Stolz und selbstbewusst sieht sie mich an und ich nutze die Situation schamlos aus und fotografiere.

Übermütig sende ich ihr zum Abschied ein heimliches Handibussi und sie lächelt mir zu. Ich glaube, dass die anderen nichts von dem kleinen Flirt mitbekommen haben. Ein jeder ist auf sein eigenes Tun konzentriert, damit die Hochzeitsfotos perfekt gelingen.

Schweigend gehen James und ich weiter. Der leichte Windzug über dem Wasser ist angenehm und macht die Gedanken frei. Karin kommt mir in den Sinn, erstmals ohne inneren Groll und aufsteigende Wut. Ende des Jahres könnte sie in einem ebenso schönen, weißen Brautkleid neben mir stehen. Diese Chance hat sie vertan. Hatte ich sie vernachlässigt oder war es der Schmuck von Martins Tante, der sie leichtsinnig werden ließ. Die Schatulle stand auf dem Tisch und die Ketten und Ringe lagen daneben. Hat Martin sie damit geködert?

Ich muss an die chinesische Hochzeitsgesellschaft denken. Korrekt war mein Verhalten soeben nicht als ich die hübsche Braut in dem Seidenkleid fotografierte. Ich habe erkannt, dass sie gefallsüchtig ist und ihre Aufmerksamkeit auf meine Kamera gelenkt. Wo beginnt die Verführung? Während der Tat oder bei dem ersten Gedanken daran?

Mit James spreche ich darüber. Er wundert sich über mich.

„Aus dir spricht der Katholik, der einen Mord begangen hat, wenn er nur kurz an diese Möglichkeit denkt."

„Übertreibe nicht! Ich war lange nicht mehr in der Kirche."

„Das ändert nichts an den Fakten!"

„Mit Ella könnte ich darüber reden. Sie studiert Psychologie und kennt sich aus", überlege ich laut.

„Mach nichts komplizierter als es ist. Die Gedanken sind zum Glück frei und für das was man denkt, kann keiner bestraft werden. Dein Augenspiel mit der hübschen Braut habe ich bemerkt. Wenn es dir ein schlechtes Gewissen bereitet, gehe zurück und entschuldige dich bei dem Bräutigam."

James bleibt stehen und sieht den Weg zurück. Das Brautpaar steht noch auf der Brücke und müht sich um brauchbare Fotos.

„Das werde ich nicht tun! Wem nützt es, wenn der Bräutigam ausrastet und mich verprügelt."

„Du bist stärker als er und kannst dich erfolgreich wehren. Frauen entscheiden sich für den kräftigeren Typ und du hast nach dem Sieg die Braut am Hals."

Seine Darstellung ist grotesk, dass wir beide darüber lachen müssen.

Ständig fängt er davon an, dass ich einen guten chinesischen Ehemann für die Lady in Weiß abgeben würde.

Am Ende des Damms befindet sich ein Bistro. Wir sind noch satt vom reichhaltigen Frühstück und wollen hier nur eine Kleinigkeit zu Mittag essen. Reis mit Gemüse ist das Richtige. Ein gekühltes Kokosnuss-Getränk aus der Dose löscht unseren Durst.

„Was hältst du von den Chinesinnen?", will James von mir wissen.

Ich denke er spielt auf die letzte Nacht an und möchte gern hören, wie mir Ella im Bett gefallen hat.

„Ich glaube, du weißt mehr über sie! Ich kenne sie nicht!"

„Ist Ella nicht eine Wucht?", fragt er neugierig.

„Sie ist ein tolles Mädchen!"

„Ja, ich denke gern an sie."

„Warum hat sie nicht gestern Abend dein Zimmer ausgewählt?", will ich wissen.

„Sie ist für Abwechslung. Ich kann mich täuschen. Bei den Chinesinnen weiß ich nie woran ich bin. Sie sind mir ein Rätsel mit sieben Siegeln."

„Mir auch!", entgegne ich lachend.

„Was machst du, wenn du dich in eine verliebst?", will James wissen.

„Dann habe ich ein Problem!", erwidere ich.

„Es gibt eine im Camp, die mich seit langem interessiert. Alle meine Bemühungen bringen mich nicht weiter bei ihr."

„Du musst stärkere Geschütze auffahren und sie mit Geschenken verwöhnen", rate ich ihm.

„Das habe ich versucht. Ich hatte keinen Erfolg."

„Was hat sie für Hobbys?"

James überlegt eine Weile.

„Sie fotografiert gern, sagte sie mir."

„Dann werden wir sie zu unserer nächsten Fotosafari einladen."

„Das ist keine schlechte Idee. Wir könnten am kommenden Sonntag zusammen in den Bambusgarten bei Jian fahren. Ich war vor drei Wochen dort und habe viele schöne Motive entdeckt."

Mir passt es gut. Unmöglich könnte ich das gesamte Wochenende frei nehmen und mit James nach Hangzhou fahren. Toni würde ausflippen.

Ich sage James fest zu, am Sonntag in den Bambusgarten mitzukommen.

Bis zur Abfahrt des Busses haben wir noch ein paar Stunden Zeit. Ich möchte jetzt zurück ins Hotel, mein schönes Zimmer genießen und duschen. James ist einverstanden. Er wirkt geistesabwesend und wird nachdenken, wie er seine Chinesin aus dem Camp überreden kann, am Sonntag mit uns zu kommen. Ob er ein Schürzenjäger oder ein ewig Suchender ist kann ich nicht einschätzen. Es ist seine Sache und nur er muss damit klarkommen.

11

Hongping, Baustelle

Nach dem Englischunterricht kommt Meiling auf mich zu und fragt, ob sie mit mir reden kann. Ich bin einverstanden. Die anderen verlassen lärmend den Raum und ich setze mich zu ihr an den Tisch.

„Entschuldige, für das was am letzten Dienstag passiert ist. Ich war mit meiner Freundin in unser Tischtennisspiel vertieft, dass ich nicht bemerkt habe, wie du dich langweilst."

Den wahren Grund für mein plötzliches Verschwinden verschweige ich ihr. Es passt mir, dass sie die Ursache bei sich sucht.

„Es ist gut! Ich bin dir nicht böse, wenn du mir heute das Spielen beibringst", sage ich.

Ihre Augen strahlen.

„Meine Freundin wartet im Tischtennisraum auf uns und ich verspreche dir, dich nicht aus den Augen zu lassen."

Ich packe meine Unterlagen in die Computertasche und wir ziehen gemeinsam los.

Bald erreichen wir den Trainingsraum. Wir treffen dort ihre Freundin Jin. Meiling sagt, dass ich zuerst mit ihr üben soll. Wenn es nicht klappt, will sie mir zeigen wie ich es richtig machen muss.

Meine Bälle landen überall, nur nicht auf der gegnerischen Plattenseite. Geduldig erklärt mir Meiling worauf es ankommt. Sie umfasst mein Handgelenk und zeigt mir wie ich den Schläger halten muss.

Jin sammelt die von mir verschossenen Bälle aus allen Ecken des Raums auf. Ihr ist anzusehen, dass sie keine Freude daran hat.

In meiner Rolle als blutiger Anfänger gefalle ich mir. Meiling steht schräg hinter mir und führt meine Hand. Krampfhaft umfasst sie das Handgelenk. Es ist heiß im Raum und wir schwitzen. Ihr Deodorant riecht dezent und unaufdringlich. Meine Gedanken schweifen vom Spielen ab. Ich empfinde ihre Nähe als angenehm. Geduldig versucht sie mir die Grundzüge des Ballspiels beizubringen. Mit ihrer Hilfe landen jetzt ein paar Bälle auf der gegnerischen Platte und nicht im Netz oder abgeschlagen im Raum.

Wenn ein Ball gut platziert ist, spielt ihre Freundin ihn vorsichtig zurück.

Die Hitze ist unerträglich. Eine Klimaanlage gibt es nicht. Der Schweiß tritt aus meinen Poren ohne, dass ich mich anstrenge. Bei Meiling sehe ich glänzende Perlen auf der Stirn.

Wir machen eine kurze Pause und setzen uns auf die Bank. Meiling reicht mir ihr kleines Handtuch damit ich mir das Gesicht abwischen kann. Ich gebe es ihr zurück und sie verwendet es für sich.

Ein verschwitztes Handtuch von einem anderen zu benutzen, dazu muss man sich mögen, denke ich mir und blicke ihr in die Augen. Außer Anstrengung und Verzweiflung kann ich nichts erkennen.

Ihrer Freundin ergeht es nicht anders. Gelangweilt sitzt sie am Ende der Bank und hofft, dass ich das Spielen bald aufgebe.

Es kommen vier junge Männer in den Raum und beginnen auf der äußeren Tischtennisplatte im Doppel zu spielen.

Neidvoll sehen die Frauen ihnen zu. Ich bin der Klotz am Bein und sie scheinen sich zu schämen, mit mir weiter zu üben.

Meiling überwindet sich. Sie fordert mich auf, mit ihr ein paar Bälle zu wechseln. Die Männer unterbrechen ihr Spiel und sehen uns neugierig zu. Bald haben sie erkannt, dass ich kein Könner bin und verspotten uns. Die Frauen kontern mit bissigen Worten, die ich nicht verstehe.

Um die Situation nicht eskalieren zu lassen, verbessere ich mein Spiel. Ich werde treffsicher und pariere bald jeden Ball. Die Männer sind still. Sie können nicht fassen, dass ich besser werde. Einer bietet sich an, gegen mich zu spielen. Meiling erklärt mir, dass er der beste Tischtennisspieler im Camp ist.

Das Match beginnt.

Mein Gegner ist gut und ich habe damit zu tun, seine geschnittenen Bälle anzunehmen und zurückzugeben. Wir steigern uns beide.

Obwohl ich viele Jahre nicht mehr gespielt habe, kommt es mir vor als wäre mein letztes Match erst gestern gewesen.

Am Ende unseres Spiels habe ich nach einer Verlängerung gewonnen. Verwundert sehen mich alle an als wäre ich ein Geist aus der Flasche. Ich setze mich zu Meiling auf die Bank und sie reicht mir wortlos ihr Handtuch.

Jetzt strahlen ihre Augen und ich sehe Bewunderung und Freude darin.

„Das war heute nicht das erste Mal, dass du einen Schläger in der Hand hältst!", sagt sie mit prüfendem Blick.

Vielsagend lächle ich.

„Seit fünf Jahren habe ich nicht mehr gespielt!"

Sie pufft mich in die Seite und fordert mich auf, gegen sie anzutreten. Ich zeige mich nicht schwach und lasse sie viel laufen. Nach unserem Match sinkt sie erschöpft auf die Bank.

„Ich kann nicht mehr!", gibt sie zu.

Den beiden Frauen reicht es. Wir gehen nach draußen und genießen den kühlen Hauch des Windes, der von den Bergen weht.

„Hast du am Wochenende Zeit, dass wir uns sehen?", fragt mich Meiling.

„Es tut mir leid. Am Samstag muss ich den ganzen Tag arbeiten und am Sonntag bin ich verabredet."

Enttäuscht senkt sie den Blick und fragt nicht weiter. Sie reicht mir die Hand zum Abschied.

„Dann treffe ich dich erst am Dienstag im Unterricht."

„Bedauerst du es?", frage ich sie.

„Ja!"

Eilig läuft sie mit ihrer Freundin davon und ich sehe ihr nach.

Ich muss an Ella denken und stelle fest, dass Meiling noch schöner und anmutiger ist als sie. Ich fühle mich zu ihr hingezogen. Mir ist als würde ich sie viele Jahre kennen.

Leicht erschöpft schlendere ich zu Mama Hong, um zu Abend zu essen. Dort treffe ich James, der heute spät von der Baustelle zurückkam. Während ich speise, erzählt er mir von seinen Vorbereitungen für den Ausflug am Sonntag. Ich höre ihm nicht zu.

Meine Gedanken sind bei Meiling und unserem Tischtennisspiel. Ich bin im Zweifel, ob ich durch meine Untertreibung bei ihr gepunktet habe oder nicht. Wenn ihr meine Täuschung zuwider wäre, hätte sie mich nicht gefragt, ob wir uns am Wochenende sehen können. Wie stellt sie sich ein Treffen mit mir vor? Was erwartet sie davon?

James drängt, dass ich schneller esse, damit wir noch ein Weilchen mit den anderen in der Bambusbar zusammensitzen können.

Alle Plätze sind dort belegt. Toni und die anderen sind hier. Maria holt für uns zwei Schemel und stellt sie zu den Tischen. Die Bierdosen finden unaufgefordert ihren Weg zu den Durstigen. Der Franzose hat sie uns spendiert und will wissen, was wir am Wochenende in Hangzhou erlebt haben.

James lässt sich nicht lange nötigen und erzählt von Lily, die ihm in der Nacht die Sinne geraubt hat. Das will der Franzose hören und nötigt James, mehr in Details zu gehen. Als der Kanadier nichts mehr zu berichten weiß, soll ich weitererzählen.

„Ich habe zu viel an der Bar getrunken, dass mir der Film gerissen ist", gebe ich bekannt.

James, der mich vor dem Ausfragen schützen will, bestätigt was ich sagte. Enttäuscht lässt der Franzose von uns ab und legt eine neue CD in das Abspielgerät.

Toni sagt mir, dass er am späten Nachmittag von Lars erfahren hat, dass wir beide morgen früh zur Fahrprüfung nach Jian sollen.

„Ich habe einen österreichischen Führerschein!", erwidere ich verwundert.

„Der gilt hier nicht. Wenn du mit dem Jeep zur Baustelle fahren willst, brauchst du einen Chinesischen!"

Der Franzose mischt sich in unser Gespräch.

„Habt keine Angst vor der Prüfung. Als ich dort war, musste ich mit unserem Auto um den Häuserblock fahren und habe gleich das Dokument bekommen."

„Gibt es eine theoretische Prüfung?", will ich wissen.

„Bei mir war das nicht! Es kann sich geändert haben."

Die Unsicherheit, was sich bei der Prüfung abspielen könnte, bereitet mir Bauchschmerzen. In diesem Fall trete ich unvorbereitet an. In der Schule und später in der Höheren Technischen Lehranstalt hatte ich Prüfungsangst und das scheint sich weiter fortzusetzen.

Toni schiebt meine Bedenken beiseite und lädt mich auf einen Whisky ein.

„Du wirst sehen, dass alles leicht sein wird. Mach dir keinen Kopf. Ich hörte, dass bisher kein Expert durchfiel."

Ich rufe Maria und zahle meine Zeche. Mehr will ich nicht trinken. Die Prüfer könnten morgen früh meine Fahne bemerken.

Die Nacht schlafe ich erwartungsgemäß schlecht. Jedes Geräusch weckt mich auf und die Träume verstärken meine Angst. Zum Frühstück brauche ich nicht in die Kantine. Ich habe keinen Hunger. Nüchtern gehe ich ins Büro. Toni ist noch nicht da. Ich rufe meine Mutter an. Sie erkennt meine Stimme und fragt verschlafen, was passiert ist.

„Nichts Mama, ich wollte dich nur hören!"

„Sag mein Junge, was ist los?"

„Ich muss gleich zur Polizei!"

„Hast du was angestellt?"

„Nein Mama, ich muss zur Führerscheinprüfung!"

Das Plumpsen des Steins, von ihrem sorgenvollen Herzen kann ich hören.

„Dann ist alles gut, mein Junge, und mach dir keine Sorgen. Du schaffst es!"

Wir verabschieden uns.

Ich ärgere mich, dass ich sie angerufen und aus dem Schlaf gerissen habe. Was geschehen ist, ist passiert und ich kann es nicht rückgängig machen.

Toni kommt gutgelaunt ins Büro.

„Hoffentlich dauert es in Jian nicht zu lange. Es sind viele Tests vorzubereiten, da zählt jede Minute."

„Wir liegen gut in der Zeit", versuche ich ihn zu beruhigen.

„Du weißt nicht, was alles auf uns zukommen kann!", weist er mich barsch in die Schranken.

Ärger mit ihm will ich heute früh vermeiden. Es reicht mir das mulmige Gefühl in der Magengegend.

Auf dem Hof ist eine Hupe zu hören. Toni sieht nach draußen und sagt, dass wir fahren müssen.

Bis Jian ist es nicht weit. Es ist die Kreisstadt des Gebietes, zu dem die Baustelle gehört.

Der Dolmetscher begleitet uns in die Stadt.

Wir fahren nicht zu einem Bürogebäude, sondern in ein Hotel. Dort werden wir in einen Besprechungsraum geführt, in dem mehrere uniformierte Beamte sitzen.

Der Mann mit den meisten Sternen auf den Schulterklappen fordert uns höflich auf, ihm gegenüber Platz zu nehmen.

Er spricht nur Chinesisch und der Dolmetscher übersetzt. Es erscheint alles förmlich und feierlich als würden sie uns die chinesische Staatsbürgerschaft verleihen wollen.

Ein anderer Beamter verteilt mehrere Formulare. Es sind nur chinesische Schriftzeichen darauf zu sehen. Verwundert sehe ich zu dem Dolmetscher, der zwischen Toni und mir sitzt. Er erklärt uns, dass dies die Prüfungsfragen sind und wir in den rechteckigen Feldern die richtigen Antworten ankreuzen sollen.

Es ist wie ein Lotteriespiel, bei dem man sein Kreuzchen macht, ohne zu wissen ob es die richtige Zahl ist, die bei der Ziehung gewinnt.

Der Dolmetscher übersetzt uns die Fragen und will von uns wissen, welche Antworten wir auswählen würden. Er nickt und trägt das Kreuz in dem Viereck ein, wo er es für richtig erachtet.

Die Formulare werden eingesammelt und die Antworten geprüft. Sie stimmen. Der hochrangige Beamte sagt uns, dass wir keine praktische Fahrprüfung machen müssen, da unser österreichischer Führerschein älter als fünf Jahre ist. Ich frage den Dolmetscher, was passiert, wenn ich mit meinem Auto in einen Unfall verwickelt bin.

„Dann bist du schuld!", antwortet er prompt.

„Und wenn ich den Unfall nicht verursacht habe?", wende ich ein.

„Das spielt keine Rolle! Als reicher Ausländer kannst du leichter die Strafe zahlen als die Einheimischen."

Ich bin mir nicht sicher, ob er das ernst meint.

Uns wird mitgeteilt, dass wir die Prüfung erfolgreich bestanden haben. Eifrig ist der Formular-Beamte damit befasst, unsere Dokumente auszustellen und sein Chef überreicht sie uns, wie eine Visitenkarte mit beiden Händen. Der Führerschein ist zeitlich begrenzt gültig und muss jedes Jahr verlängert werden. Eine weitere Prüfung ist nicht erforderlich.

Ich stelle fest, dass die ganze Aufregung und meine Bauchschmerzen umsonst waren.

Ich will den Dolmetscher auf einen Drink im Hotel einladen. Toni drängt, zurück zu fahren. Er hat das Gefühl, dass ihm die Zeit wegläuft. Dies ist seine Angst.

Oskar lächelt uns zu als wir ins Büro kommen.

„Alles geschafft?", fragt er grinsend.

Wir erzählen ihm, wie die Prüfung abgelaufen ist und er berichtet, wie es ihm erging als er vor fünf Jahren auf einer anderen chinesischen Baustelle den Führerschein machen musste. Dort gab es zu wenig Fahrzeuge für die Monteure, Inbetriebsetzer und Bauleiter. Er hatte von der Firma einen Jeep zu seiner persönlichen Verfügung bekommen und musste die Kollegen überall hin kutschieren.

Freudig kündigt er mir an, dass ich ihn ab heute jeden Tag mit seinem Fahrzeug zur Baustelle fahren darf.

Ich verstehe es als Scherz.

Im Laufe der nächsten Tage merke ich, dass Oskar lieber auf dem Beifahrersitz Platz nimmt. Es ist kein Wunder bei den Straßen in dieser Bergregion. Sie sind eng und schlechter zu befahren als mancher Gebirgspass in den Alpen. Für mich ergibt sich der Vorteil, dass ich an den Sonntagen den Jeep privat nutzen darf, wenn Oskar ihn nicht zu Einkäufen mit seiner Frau benötigt. Am kommenden Wochenende hat er einen solchen Einkauf angemeldet und ich muss mit James per Taxi zu dem Bambusmuseum fahren.

12

Hongping, Bambusgarten

Gleich nach dem Frühstück gehen James und ich zu der Kreuzung, wo die Taxis stehen. Obwohl es Sonntag ist, merke ich nichts davon. Die kleinen Geschäfte haben geöffnet und am Straßenrand stehen viele Stände, an denen Gemüse und Früchte angeboten werden. Mir erscheint das Treiben auf den Straßen reger als in der Woche, da viele Arbeiter nicht auf der Baustelle sind und die Zeit auf dem Markt verbringen.

„Wo ist deine chinesische Freundin?", will ich von James wissen.

„Gedulde dich, sie wird bald hier sein!", erwidert er nervös.

Von weitem hat er sie erkannt und streckt den Arm hoch, damit sie ihn sieht.

Ich bin nicht wenig erstaunt, wer da kommt.

Es ist Meiling mit ihrer Freundin.

Die Betroffenheit liegt auf beiden Seiten. James merkt es und fragt: „Kennt ihr euch?"

„Sie sind meine Englischschülerinnen", erwidere ich stotternd.

„Dann brauche ich dich nicht vorzustellen."

Wir wählen ein Taxi aus.

„Will deine Freundin mitkommen?", fragt James Meiling.

„Wäre es ein Problem für dich?", entgegnet sie.

„Ich denke nur, dass es bei dem kleinen Taxi zu eng auf dem Rücksitz wird."

„Du nimmst den größten Platz ein. Wir sind dünn", erwidert Meiling lachend.

Ich setze mich auf den Beifahrersitz und sehe schadenfroh nach hinten, wie James an der Außenseite der Sitzbank Platz nimmt. Die Freundin von Meiling sitzt in der Mitte und entfernt von ihm seine Angebetete. Damit hat er nicht gerechnet.

Wir fahren los. Der Taxifahrer wählt nicht die Hauptstraße, sondern untergeordnete Wege um abzukürzen. Ein Schlagloch liegt neben dem anderen und ich muss mich mit beiden Händen am Rahmen des Autos festhalten. Die Frauen kreischen auf, wenn der Fahrer ein Loch übersehen hat und das Auto am Boden aufschlägt. Die Freundin hält sich an der Hose von James fest, da sie keine andere Möglichkeit hat. Er flucht in einem fort über die schlechte Straße und schreit den Fahrer an, dass er mehr aufpassen soll. Säße Meiling an seiner Seite, würde er kein Wort verlieren und sie hilfreich umfassen. Ihrer Freundin will er nicht zu nahe kommen. Sie ist ihm zu pummelig.

Gut durchgerüttelt steigen wir vor dem Bambusmuseum aus dem Taxi. Ich bezahle den Fahrer und sehe mich um. Die anderen haben noch mit dem Ordnen ihrer Kleidung zu tun.

James zieht mich zur Seite. Er kann seine innere Wut nicht zügeln.

„Bitte, halte mir Meilings Freundin vom Leib. Sie weicht nicht von ihrer Seite. Ich könnte sie umbringen."

„Ersäuf sie in dem Teich. Dann hast du deine Ruh!", rate ich scherzhaft mit einem verschmitzten Lächeln.

„Ich meine es ernst! Das Weibsbild kann ich nicht ausstehen."

„Warum ist sie bei ihr?"

„Das musst du sie selber fragen! Ich verstehe es nicht."

„Vielleicht sind sie lesbisch?", mutmaße ich.

James sieht mich skeptisch an. Diese Möglichkeit hatte er noch nicht in Erwägung gezogen.

„Das kann nicht sein. Meiling wirkt normal auf mich."

„Seid ihr euch bisher nah gekommen?"

„Das nicht!", gesteht er bedauernd.

James sieht verzweifelt aus.

Wir gehen zu dem künstlich angelegten Teich. In der Mitte wird er von einer geschwungenen Brücke überspannt. Tief scheint er nicht zu sein. Große Granitsteine sind über den Teich verteilt und bieten die Möglichkeit, zum anderen Ufer zu gelangen.

James erklärt Meiling die Einstellungen für seine Spiegelreflexkamera. Er muss großes Vertrauen in seine Angebetete haben, dass er ihr den sündhaft teuren Fotoapparat überlässt.

Ich muss an eine Redewendung meines alten Deutschlehrers denken, der zu seinen Schülern gesagt hat: „Alles was mit ‚F' beginnt, verborgt man nicht."

Ob ich Meiling meine Kamera geben würde, bezweifle ich. Ich wäre zu besorgt, dass sie kaputtgehen könnte.

Still beobachte ich das Geschehen am Teich. James stellt sich auf einen der Granitsteine im Wasser und gibt Meiling Anweisungen, ihn zu fotografieren. Es scheint zu klappen. Jetzt bittet er mich, ihn zusammen mit Meiling auf dem Stein mit seiner Kamera aufzunehmen. Die Granitplatte ist groß genug, dass mehrere Personen darauf stehen können. Sicherheitshalber mache ich mehrere Aufnahmen mit verschiedenen Einstellungen. Meiling ist hocherfreut und sagt ihrer Freundin, dass sie sich zu ihnen stellen soll. Sie möchte, dass sie zu dritt auf dem Bild sind.

Unsicher balanciert die Freundin über die beieinanderliegenden Steine, hin zur größeren Platte. Es ist ungefährlich, wenn man es vom Ufer aus betrachtet. In dem Bemühen, den letzten Schritt zu tun, gleitet Jin auf dem Stein aus und rutscht ins Wasser. Meiling kann sie nicht mehr abfangen und James, der näher bei ihr steht, rührt sich nicht vom Fleck.

Ich habe schnell reagiert und den Auslöseknopf der Kamera ständig gedrückt. In kurzer Folge wird eine Serie von Aufnahmen gespeichert.

Die Aufregung ist groß, obwohl nichts Schlimmes passiert ist. Knietief steht Jin im Wasser und watschelt wie eine Ente zum Ufer. James kann ich ansehen, wie er sich innerlich über das Missgeschick der Chinesin freut.

Sie setzt sich auf eine Bank und zieht die nassen Schuhe und Strümpfe aus. Meiling hilft ihr und reinigt die Sachen an einer Wasserstelle.

Wie ein begossener Pudel blickt Jin hilfesuchend zu ihrer Freundin. James schlägt vor, das Museum zu besuchen. Die Schuhe müssten nach dem Rundgang trocken sein.

Meiling will bei ihrer Freundin bleiben, damit sie nicht einsam und verlassen vor dem Gebäude sitzt. Jin bittet sie, uns zu begleiten.

Wir besichtigen die Schauräume. Dort wird vieles, was man über den Anbau und die Verarbeitung von Bambus wissen sollte, gezeigt. Der Bambusgarten soll der größte in China sein. Die meisten Bambusarten, die es hierzulande gibt, sind in dem Park zu sehen.

Überall wird darauf hingewiesen, dass die ökologischen Gesichtspunkte beim Anbau und der Vermarktung im Vordergrund stehen. Ob diese Ziele erreicht werden?

Wir kommen zurück zu Jin, die geduldig auf der Bank sitzt. Die Schuhe sind trocken und der Schreck verflogen. Langsam gehen wir durch die verschlungenen Wege der Parkanlage.

Was uns im Museum versprochen wurde, kann ich jetzt nur bestätigen. Viele Bambusarten habe ich zum ersten Mal gesehen.

Manche Wege sind noch nicht fertiggestellt und es ist erkennbar, dass sich die Anlage im Stadium der Planung befindet. Nach der Fertigstellung wird diese ein Tourismusmagnet sein.

James lässt sich mit Meiling zurückfallen. Ich mache meine Fotos. Verloren muss sich ihre Freundin vorkommen. Wie eine Mutter, die ihr Kind keinen Moment unbeobachtet lässt, schleicht sie um die beiden herum.

Gegen Mittag ist es unerträglich heiß. Wir suchen uns einen schattigen Platz in einer der vielen überwachsenen Nischen im Park. Die Bambusblätter bilden einen mehrere Zentimeter dicken Teppich. Es liegt sich darauf weich, wie in einem Bett. Meilings Freundin hat in einer Tasche Verschiedenes zum Essen und Trinken mitgebracht. Wir machen Picknick unter dem Dach der Bambuswipfel. Ich nicke der edlen Spenderin dankend zu. Es ist eine tolle Idee von ihr.

Nach dem kleinen Imbiss strecke ich mich auf dem Laubboden aus und schließe die Augen. Ungewollt lausche ich dem Gespräch von James und Meiling. Da es aussieht als würde ich schlafen und weil Jin nur wenig Englisch versteht, versucht James sein Herzblatt nach allen Regeln der Kunst anzubaggern. Ich staune über die Cleverness, mit der er vorgeht um sie zu bezirzen.

Meiling sagt wenig zu seinen Komplimenten. Sie verhält sich zurückhaltend. James deutet ihre Art als Einverständnis für sein Werben. Er bekennt ihr seine aufrichtige Liebe und dass er an keine andere Frau mehr denken kann. Es folgen Schwüre von Treue, wie sie in den besten Schnulzenfilmen nicht ausgereifter sein könnten. Ihr scheinen diese Worte zu gefallen. Sie lacht verhalten. Jin sieht misstrauisch zu James, der wie ein Wasserfall plaudert.

Er macht seiner Angebeteten den Vorschlag, dass sie mehr Zeit miteinander verbringen sollten. Es genügt ihm nicht, nur am gemeinsamen Arbeitsplatz mit ihr zusammen zu sein. An den Feierabenden möchte er sie treffen, damit sie miteinander plaudern und er sie besser kennenlernen kann. Davon will Meiling nichts hören und bittet ihn zu schweigen.

James beteuert ihr seine redlichen Absichten und dass er sie am Ende seiner Arbeit auf der chinesischen Baustelle mit nach Kanada nehmen will. Hierfür scheint sie sich zu interessieren und möchte wissen, wie die Menschen in seiner Heimat leben und wie sie sich ihr gegenüber verhalten würden. Meiling erzählt von einer Bekannten, die einem Mann nach Frankreich gefolgt ist und nach einem Jahr zurückkam, weil die Familie sie nicht angenommen hat. Alle ihre Einwände widerlegt er und gibt Gründe an, dass es in Kanada viel besser ist.

Ich finde es unfair, Meiling zu belügen, da er mir in Hangzhou gesagt hatte, dass es ihm nur darum geht, sie zu verführen. Ob sie seinen Beteuerungen und Schwüren glaubt? Ich räkele mich als wäre ich soeben aufgewacht und sehe mich um.

„Habt ihr geruht?", frage ich in die Runde.

Niemand antwortet mir.

„Wenn ihr einverstanden seid, schieße ich noch ein paar Fotos. Will jemand mit mir kommen?"

„Ich", sagt Meiling zu meiner und James Überraschung. Sie gehen alle mit.

Das gesamte Gelände können wir nicht ablaufen, es ist zu groß. An einer Wegkreuzung biegen wir in Richtung Bambusmuseum ab. Dort ist der Eingang und Stand für die Taxis.

Zur Abendbrotzeit erreichen wir das Camp und James lädt Meiling mit ihrer Freundin zum Essen bei Mama Hong ein.

„Ein andermal!", wehrt sie freundlich ab und lässt uns beide stehen.

Enttäuscht sieht James den Frauen nach.

„Sie hat sich nicht bedankt, dass ich sie mit meiner Kamera fotografieren ließ", beschwert er sich.

„Was hast du erwartet? Dass sie aus Dankbarkeit gleich mit dir ins Bett steigt."

„So etwa!", sagt er lachend und geht voran in den Gastraum von Mama Hong.

Wir sind die Einzigen. Die Wirtin bringt uns verschiedene Speisen, ohne dass wir bestellt haben. Sie weiß, dass wir essen wollen und was uns schmeckt.

„Was hältst du von dem Mädchen? Ist sie nicht eine Wucht?"

„Wen meinst du? Meiling oder ihre Freundin Jin?", scherze ich.

„Dumme Frage! Den Wachhund kannst du vergessen."

„Ist es dir ernst mit ihr?"

„Nein! Was soll ich mit einer Chinesin in Kanada. Mein Vater würde mich enterben."

„Mag er keine Asiaten?", frage ich ihn.

„Obwohl er kein ausgesprochener Rassist ist, mag er keinen Farbigen in unmittelbarer Nähe."

„Chinesen sind keine Farbigen!", wende ich ein.

„Für ihn macht das keinen Unterschied."

Es beruhigt mich, dass James keine ernsten Absichten zu Meiling hegt. Somit brauche ich kein schlechtes Gewissen haben, ihm eventuell sein Mädchen auszuspannen. Es hängt von ihr ab, ob und für wen sie sich von uns beiden entscheidet. Zurückhaltung werde ich jetzt nicht mehr wahren. Das Rennen kann beginnen.

<< 13 >>

Hongping, Reisfelder

Nach dem Englischunterricht, am Dienstag, fragt mich
Meiling, ob ich mit in den Tischtennisraum komme.
Gern folge ich ihr. Ihre Freundin Jin wartet auf sie und
sieht mich misstrauisch an. Es scheint als wäre es ihr
lieber, wenn ich nicht mitgekommen wäre. Meiling und
ich spielen uns warm. Sie ist die bessere Spielerin. Alle
ihre Bälle sind angeschnitten und manche kann ich nicht
parieren.
Die jungen Männer, die vergangenen Dienstag hier waren, gesellen sich zu uns und sehen dem Spiel interessiert zu. Gegen den einen von ihnen hatte ich gewonnen. Er ist der Ruhigste von der Gruppe und scheint
meine Schlagtechnik zu studieren. Am Ende des Matchs
fordert er mich erneut auf gegen ihn zu spielen. Ich
frage Meiling, ob sie damit einverstanden ist. Sie nickt
mir zu und sagt „okay".
Wir nehmen Aufstellung und fangen an. Mein Gegner
startet ungewöhnlich aggressiv als ginge es um Leben
oder Tod. Ihn musste die Niederlage am letzten Diens-

141

tag hart getroffen haben. Sein Selbstwertgefühl scheint stark angekratzt zu sein. Die Verbissenheit zeigt sich in seinem angespannten Gesichtsausdruck.

Das Spiel ist ausgeglichen.

Am Ende siege ich und wütend schleudert der Chinese seinen Schläger in eine der Ecken des Raums. Ich ruhe mich auf unserer Bank aus und überlasse Meiling und ihrer Freundin die Platte. Die jungen Männer verlassen den Tennisraum und ihre Enttäuschung über die Niederlage ist ihnen anzusehen.

„Ob die vier Burschen mir auflauern werden?", frage ich Meiling.

„Das tun sie nicht!", erwidert sie.

„Woher willst du das wissen?"

„Gegen den du gewonnen hast, das ist der Sohn des Projektleiters der Baustelle. Er ärgert sich, weil er bisher der ungeschlagene Champion war und jetzt hast du ihm seinen Ruhm genommen. Vor ihm brauchst du keine Angst haben. Er würde niemals tätlich gegen dich vorgehen."

Es beruhigt mich. Der Ausdruck der Wut in den Gesichtern der jungen Männer war nicht zu übersehen.

Wir sind im Begriff zu gehen, da kommen die Burschen zurück. Ich vermute, dass es zu Handgreiflichkeiten kommt und sehe mich nach einem Stock um, mit dem ich mich wehren kann. Ein Besen steht neben mir. Ich umfasse den Stiel und bin bereit ihn gegen die Angreifer einzusetzen.

Der Verlierer des Matchs geht auf mich zu und spricht mich im gebrochenen Englisch an.

„Ich bin Feng. Du spielst gut und wir wollen dich und deine ausländischen Freunde zu einem Turnier einladen.

Dort soll sich herausstellen, wer der Bessere von uns ist. Bist du damit einverstanden?"

„Ich werde mit den Experts darüber sprechen und sage dir morgen Bescheid. Wann soll das Turnier sein?"

„Eine Woche vor dem Frühlingsfest."

Überraschenderweise reicht er mir zum Abschied die Hand. Die vier Männer gehen und Meiling setzt sich zu mir auf die Bank.

„Feng geht es um Revanche. Er hat zweimal gegen dich verloren und das schmerzt ihn. Wirst du jemand unter deinen Leuten finden, die mitmachen?"

„Das weiß ich nicht. Ansonsten trete ich gegen alle an."

Meiling lacht und streicht mir über den Kopf, wie eine Mutter ihrem Sohn, wenn er eine gute Tat vollbracht hat.

In der Bambusbar informiere ich die Anwesenden über das bevorstehende Tischtennisturnier zwischen den Experts und den chinesischen Kollegen. Der Vorschlag wird insgesamt positiv aufgenommen. Zwei der Anwesenden bekunden Interesse unter bestimmten Voraussetzungen. Es müsste im Ausländercamp ein eigener Raum zum Trainieren vorhanden sein. Im Chinesencamp zu üben, lehnen sie ab. Es ist ein Anfang und ich kann Feng morgen den Vorschlag machen.

Spätabends kommt Toni zu uns. Er setzt sich zu mir und bestellt bei Maria Essen. Sie gart im Wok eine große Portion mit verschiedenen Fleischsorten und Gemüse, wie er es mag. Von jedem, der bei ihr regelmäßig einkehrt, kennt sie die besonderen Vorlieben. Toni mag keine Pilze und nie sind welche in seinem Essen.

Die Portion ist zu reichlich und Toni lässt sich ein zweites Paar Stäbchen bringen.

„Die sind für dich!", sagt er zu mir und nötigt mich, zuzulangen. Ich bin satt. Bei Mama Hong gab es heute Wiener Schnitzel mit Kartoffelsalat. Das Rezept hatte ihr vor längerer Zeit Toni verraten. Zögerlich lange ich zu.

„Heute Abend war Lars bei mir. Er hatte am Nachmittag eine Besprechung mit dem Kunden. Sie sagten ihm, dass sie über die Weihnachtsfeiertage arbeiten werden, um die Terminverzögerungen aufzuholen. Das bedeutet, dass ich nicht auf Urlaub fahren kann."

„Gibt es keine andere Lösung?", frage ich bedauernd.

Ich weiß, wie Toni sich über diesen Beschluss ärgert. Für ihn ist der Weihnachtsurlaub heilig, obwohl er nicht gläubig ist.

„Hast du mit unserem Projektleiter darüber gesprochen?", frage ich ihn.

„Das will ich noch tun. Ich glaube nicht, dass er helfen kann."

„Vielleicht schickt er jemand anderen."

„Das nützt nicht! Außer uns kann keiner die Tests durchführen. Wenn wir beide gleichzeitig weg sind, stehen die Räder still. Einer von uns muss immer da sein."

Enttäuscht lehnt er sich in seinem Korbstuhl zurück und hört auf zu essen. Ich kann ihn verstehen, wie er sich fühlt. Seine Frau und die Tochter haben ihn seit mehreren Monaten nicht mehr gesehen und vermissen ihn. Die täglichen Telefonate können nicht über die Trennung hinweghelfen.

Nach meiner Überlegung gibt es nur eine Möglichkeit, dass er nach Hause kann, wenn ich ihm anbiete, zu bleiben und seine Arbeiten mit übernehme. Auf mich warten meine Eltern und die haben Verständnis. Anders wäre es, wenn meine Beziehung mit Karin noch bestände.

„Was hältst du davon, wenn ich hierbleibe?", schlage ich ihm vor.

„Das wü-wü-würdest du für mich tun? Ist es dein Ernst?"

Es war mir ein paarmal aufgefallen, dass er leicht stottert, wenn er aufgeregt oder ergriffen ist.

„Ich biete es dir an."

„Das werde ich dir nicht vergessen!", sagt er sichtlich gerührt.

Toni streckt mir seine Hand entgegen und ich schlage ein. Jetzt ist es besiegelt, dass ich hierbleibe.

Wie bringe ich es schonend meiner Mutter bei?

Zum Glück sind noch zwei Wochen Zeit bis zur geplanten Abreise.

James erzählt mir, dass sein älterer Kollege über die Feiertage dableibt. Ich bin froh, dass mein Nebenbuhler nach Hause fährt und zu Meiling ein paar Wochen keinen Kontakt haben wird. Ich erfahre von ihm, dass sie und zwei weitere Chinesinnen jetzt für die Softwareerstellung zuständig sind und sie sich täglich an der Arbeit sehen.

Am nächsten Morgen besucht mich Feng auf der Baustelle. In seiner Arbeitsuniform erkenne ich ihn nicht. Er gehört einem Team an, das für die Kommunikation zuständig ist.

Ich nenne ihm unsere Bedingungen für das Tischtennisturnier und er ist einverstanden.

Am gleichen Tag wird alles realisiert.

Als ich am Nachmittag ins Büro komme, sucht mich Madame Hu auf und bittet mich, ihr zu folgen. Zunächst weiß ich nicht, was sie vorhat. Wir gehen zu den Garagen für die neuen Geländefahrzeuge. Daneben sind die Räume des Möbellagers.

Ein Raum davon wurde zum Tischtennisspielen hergerichtet. In der kurzen Zeit hat irgendwer die alten Möbel in den anderen Raum geräumt, die Decke und Wände weiß gestrichen, den Fußboden gesäubert und zwei neue Tischtennisplatten organisiert und aufgestellt.

Das hätte ich Feng nicht zugetraut. Ihm scheint das Turnier wichtig zu sein. Sein Papa wird dahinterstehen, der es gerne sieht, wenn sein Sohn gewinnt. An der Fensterseite sind einfache Holzbänke aufgestellt und in einem Schränkchen befinden sich neue Schläger und Bälle.

Madame Hu ist sichtlich erfreut, wie überrascht ich bin. Mir kommt der Verdacht, dass sie bei dieser Hauruckaktion ihre Finger mit im Spiel hatte.

Ich nehme einen der Schläger in die Hand und lasse einen Ball darauf tanzen.

„Möchten sie ein Spiel mit mir machen?", fragt sie und sieht mich erwartungsvoll an. Sie wird von meinem Sieg gegen Feng gehört haben und möchte gern wissen, ob ich gut bin.

Langsam beginnen wir uns den Ball hin und her zu schieben. Sie stellt sich nicht ungeschickt an. Es gelingt ihr, meine angeschnittenen Bälle anzunehmen.

Nach kurzer Zeit gibt sie auf und sinkt ermattet auf die Bank.

„Mir geht die Luft aus!", meint sie entschuldigend.

„Sie spielen gut!", schmeichle ich ihr ein wenig.

„In meinem Alter ist man nicht mehr sportlich."

„Ich habe ihnen in der Früh ein paarmal vom Fenster aus beim Tai-Chi zugesehen. Sie machen das elegant."

„Es ist anders als Tischtennis. Für beides muss man viel üben."

Umständlich sucht sie nach dem Schlüssel, mit dem sie die Tür zu dem Raum aufgesperrt hat.

„Hier ist er! Nehmen sie ihn und geben sie ihn mir nach dem Turnier zurück."

Augenblicklich bin ich zum Schlüsselverwalter avanciert. Nur wie mache ich es, dass die anderen Experts in den Raum kommen.

Ich frage Oskar und der schlägt vor, dass ich den Schlüssel an unser Büro-Schlüsselbrett hängen soll. Dort muss sich jeder in dem Ausgangsbuch eintragen und es ist nachvollziehbar, wer den Schlüssel zuletzt hatte.

Auf einem Aushangzettel schreibe ich meinen Namen mit Telefonnummer und die Zeiten, wann ich im Tischtennisraum anwesend bin. Ich klebe ihn außen an die Tür des neuen Trainingsraums. Lars hat von dem Turnier gehört und ist begeistert, dass wir daran teilnehmen. Er will einen eigenen Preis für den Sieger stiften.

Den beiden norwegischen Monteuren, die sich gestern gemeldet hatten, zeige ich den Raum und frage sie, ob sie mit mir ein Spiel beginnen. Sie sind einverstanden. Es ist noch eine Stunde Zeit bis zum Abendessen. Mir genügen ein paar Minuten, um sie zu testen.

Profis sind sie keine.

Ich brauche einen Übungspartner, der ähnlich gut spielen kann wie ich. Mit ihnen kann ich nicht trainieren, das ist mir klar.

Heute Abend werde ich in der Bambusbar nochmals zur Teilnahme am Turnier aufrufen. Den beiden Monteuren habe ich nicht gesagt, dass mit ihnen kein Pokal zu gewinnen ist. Sie haben ihre Freude am Ping Pong und das ist wichtig.

Die Bambusbar ist an diesem Abend bis auf den letzten Platz besetzt. Ich frage die Männer, ob sich ein guter Tischtennisspieler unter ihnen befindet, der bereit ist, jeden Tag eine Stunde mit mir zu trainieren. Keiner meldet sich. Die meisten wollen nach der Arbeit ihre Ruhe haben und ein kühles Bier trinken.

Verlassen stehe ich da. Ohne Sparringspartner habe ich gegen Feng keine Chance zu gewinnen. Er wird die Zeit bis zum Turnier gut nutzen. Nur einmal in der Woche mit Meiling zu üben ist zu wenig. Ich werde sie fragen, ob sie mehr Zeit aufbringen kann. Eine andere Lösung sehe ich nicht. Ich zahle meine Zeche und gehe zum Chinesencamp um mit ihr zu sprechen.

Die Wohnbaracken sind am anderen Ende des Eingangstors. Erstaunt sehen mich die Bewohner an und wundern sich, was eine Langnase hier zu suchen hat. Ich frage mich bis zu Meiling durch und finde sie in einem schäbigen kleinen Raum, zusammen mit drei weiteren Arbeitskolleginnen. Ihre Freundin ist unter ihnen. Meiling bittet ihre drei Mitbewohnerinnen aus dem Zimmer zu gehen.
„Warum kommst du hierher?", fragt sie verwundert.
„Ich möchte mit dir reden."
„Hätte es nicht Zeit bis Dienstag?"
„Wenn ich ungelegen komme, gehe ich!"
Ich drehe mich und sehe zur offenstehenden Tür.
„Bleib hier!", beschwichtigt sie mich schnell und bietet mir einen Platz zum Sitzen an.

Der Raum ist dunkel und könnte ein wenig Farbe gebrauchen. An der Wand mit dem kleinen Fenster stehen vier schmale Spinde und an den Seitenwänden sind vier Betten aufgereiht. Über dem Tisch, in der Mitte des Raums, hängt eine lose elektrische Glühlampe.

Ich habe das Gefühl, dass ihr mein Besuch in ihrer Wohnbaracke unangenehm ist. Sie schämt sich wegen der schlechten Unterkunft, in der sie haust.

„Ich möchte mit dir über das bevorstehende Tischtennisturnier sprechen. Feng hat in unserem Camp im Möbellager einen Raum herrichten lassen, in dem die Experts trainieren können."

„Das ging schnell!", sagt sie verwundert.

„Ihm scheint viel an dem Turnier zu liegen. Er will gegen mich gewinnen."

„Das wird ihm schwerfallen, wenn du dich gut darauf vorbereitest", erwidert Meiling.

„Darum geht es mir! Ich habe festgestellt, dass niemand unter den Ausländern ist, mit dem ich üben kann. Wenn ich nichts tue, ist Feng der Sieger. Er spielt gut."

„Vielleicht kannst du ihn als Sparringspartner arrangieren", erwidert sie lachend.

„Ich mache keinen Spaß, es ist mir ernst!"

„Entschuldige, mir kam das in den Sinn. Wie kann ich dir bei deinem Problem helfen?"

„Vielleicht kannst du mit mir trainieren?"

Verwundert sieht sie mich an.

„Wie stellst du dir das vor? Ich kann nicht in eure Unterkunft spazieren und mit dir Tischtennis spielen!"

„Warum nicht?", will ich wissen.

„Es ist nicht gestattet, dass wir uns privat dort aufhalten."

„Lass das nur meine Sorge sein. Ich spreche mit Madame Hu. Sie wird es zulassen."

„Wann willst du trainieren?"

„An jedem Tag nach dem Abendessen eine Stunde. Würde es dir passen?"

Meiling sieht mich überrascht an und zögert.

Ich überlege, ob ich ihr Geld anbiete.

Warum soll sie sich jeden Tag mit mir plagen, wenn sie die Zeit für andere Dinge verwenden kann?

„Als Sparringspartner bezahle ich dich natürlich! Was verlangst du?"

„Darüber sprechen wir später! Zunächst musst du Madame Hu fragen, ob sie es erlaubt. Wenn sie ihr okay gibt, können wir beginnen."

14

Hongping, Bambusbar

Madame Hu ist einverstanden, dass Meiling in unserem Camp mit mir trainiert. Bei den ersten Übungsstunden ist sie anwesend und überzeugt sich, dass alles seine Ordnung hat. Täglich spielen wir ein bis zwei Stunden. Die Experts und ihre Frauen sehen uns gelegentlich beim Training zu. Es stört mich nicht.
Meiling findet bei ihnen Akzeptanz und Bewunderung für ihr Können.

Bis Weihnachten sind es nur wenige Tage und die meisten von unseren Leuten sitzen auf ihren Koffern, um nach Hause zu fliegen. Meiner Mutter habe ich telefonisch Bescheid gegeben, dass ich nicht kommen kann. Sie ist traurig darüber.
Toni will nicht seinen ganzen Urlaub nehmen. Er hat drei Wochen eingeplant. Ich muss ihm versprechen, ihn täglich anzurufen und über die Arbeit berichten. Er macht den Eindruck als würde er lieber hierbleiben. Wegen seiner Frau und Tochter geht das nicht. Die

151

gesamte Familie wird in seinem Haus zum Fest zusammenkommen.

James wird ebenso weg sein. Das freut mich und ich hoffe, dass ich bei Meiling an Boden gewinne. Weil wir uns täglich sehen, ist unsere Beziehung enger und vertrauter geworden.

Nach dem Training begleite ich sie in ihr Quartier. Das bleibt nicht unbeobachtet.

Madame Hu spricht mich darauf an. Sie schätzt die höfliche Umgangsart der österreichischen Männer zu den Frauen. Im chinesischen Fernsehen hatte sie die Sissi-Filme gesehen und schwärmt davon.

Gern würde ich Meiling mit in mein Apartment bitten. Ich traue es mir nicht. Sie könnte Schwierigkeiten bekommen und nicht mehr unser Camp betreten dürfen.

Eines Abends beim Training spiele ich mit einem der Norweger. Sie sind beide viel besser geworden und haben die Chance, im Turnier nicht die Schlusslichter zu sein. Meiling wird unruhig und sagt mir, dass sie geht. Ich frage warum? Sie flüstert mir zu, dass sie auf die Toilette muss. Hier ist keine Gelegenheit. Ich gebe ihr meinen Wohnungsschlüssel und biete ihr an, in mein Apartment zu gehen. Sie eilt davon. Es scheint dringend bei ihr zu sein.

Als sie wiederkommt, strahlt sie erleichtert.

Seitdem nutzt sie diese Möglichkeit.

Im Gegensatz zu ihrer Unterkunft muss ihr meine Wohnung luxuriös vorkommen. Ich biete ihr an, dass sie die Dusche nutzen kann. In ihrem Camp gibt es nur einen großen Waschraum. Sie lehnt höflich ab. Auf dem Heimweg gesteht sie mir, dass sie das Angebot morgen Abend gern annehmen wird.

Meine Wohnung ist ein einziges Tohuwabohu. Als ich zurückkomme räume ich ein wenig auf.

Am nächsten Tag gebe ich Meiling ungefragt meinen Apartmentschlüssel und sage ihr, dass sie sich das große Handtuch, das auf dem Küchentisch liegt, nehmen kann. Als ich mit den Norwegern trainiere, geht sie.
Es ist für sie zu verführerisch, ungestört zu duschen.
Strahlend kommt sie nach einer halben Stunde zurück.
Das gebrauchte Badetuch hat sie bei sich. Sie will es waschen und mir sauber zurückgeben. Ich sage ihr, dass das nicht notwendig ist. Sie lässt sich nicht davon abbringen.
Aus dem Handtuch wird in den folgenden Tagen bald meine ganze Wäsche, die sie sauber hält. Sie wäscht sie bei sich im Waschraum und bügelt sie. Für mich ist das eine große Erleichterung. Da sie kein Geld für diese Dienstleistung annimmt, mache ich ihr kleine Geschenke. Einmal ist es Obst, Süßigkeiten oder eine Flasche Wein, die sie mit ihren Mitbewohnerinnen trinken kann.

Heiligabend ist da. Oskar und seine Frau haben mich zur Bescherung eingeladen. Ich fragte, ob ich Meiling mitbringen darf und sie sind damit einverstanden.
In Jian hatte ich für alle Geschenke gekauft und sie geschmackvoll einpacken lassen.
Außer Meiling und mir sind noch Lars und seine Frau, sowie der kanadische Kollege von James eingeladen.
Pünktlich um 18 Uhr klopfen wir an Oskars Wohnungstür. Er macht uns auf und bittet uns herein. Die anderen Gäste sitzen an dem großen Tisch in der Diele. Nach der Begrüßung nehmen wir Platz und die Hausfrau trägt frittierten Alaska-Seelachs mit Kartoffelsalat auf. Wir langen zu und lassen es uns schmecken. Oskar schenkt

Weißwein aus der Wachau ein und wir stoßen auf frohe Weihnachten an. Lars berichtet beim Essen, wie man in Norwegen Weihnachten feiert und der Kanadier erzählt die Bräuche aus seinem Land.

Nach dem Essen zieht sich Oskar ins Wohnzimmer zurück. Er tut heimlich, wie es mein Vater jedes Jahr vor der großen Bescherung getan hatte. Aus dem Nebenraum höre ich Weihnachtsmusik. Da erklingen Glocken und Oskar ruft, dass das Christkind gekommen ist.

Er öffnet die Tür. Zwischen den beiden abgedunkelten Fenstern steht ein künstlicher Tannenbaum. Er ist behängt mit Glaskugeln und Lametta. Elektrische Kerzen flackern an den Zweigen. Auf dem Couchtisch liegen viele Geschenkpakete mit kleinen Anhängern.

Als wir alle um den Baum herumstehen, stimmen die Frauen in das Weihnachtslied aus der Konserve ein. Es ist „Stille Nacht, heilige Nacht" das in aller Welt bekannt ist.

Tränen der Rührung laufen bei vielen über die Wangen und ich schäme mich nicht, dass es mich erwischt. Es liegt daran, dass ich in diesem Moment an die Lieben zu Hause denke, an meine Mutter und den Vater, die erstmals ohne mich vor dem Baum stehen.

Karin kommt mir in den Sinn und ich schenke ihr in diesem feierlichen Moment Vergebung und Vergessen. All mein Groll soll ausgelöscht sein und ich wünsche ihr, dass sie ihr Glück findet. Meines denke ich gefunden zu haben.

Wir Männer brummen mit sonorer Stimme im Hintergrund den Text mit. Nach ein paar weiteren Liedern meint Oskar, dass das Christkind ein Geschenk für jeden gebracht hat. Er sieht sich um und fragt, wer der Jüngste ist.

Alle sehen zu Meiling. Sie muss die Geschenke verteilen. Ich hole aus der Diele meinen großen Sack und erkläre, dass vom Rentierschlitten ein paar Geschenke heruntergefallen sind. Es gibt lautes Gelächter und Meiling verteilt weiter. Am Ende habe ich mehrere Päckchen bekommen und versuche, sie zu öffnen.

Es wird still und nur die Musik ist zu hören. Alle sind mit dem Auspacken beschäftigt.

Ich beobachte Meiling, ob ihr mein Geschenk gefällt. Sie freut sich sichtlich. Richtig weiß niemand, von wem die Gaben sind. Ich bedanke mich bei jedem in gleicher Weise.

Wir sitzen lange zusammen und unterhalten uns, die Männer und Frauen für sich.

Am Rande bekomme ich mit, dass Oskars Frau Meiling ein wenig nach unserer Beziehung ausfragt. Es scheint im Camp nicht unbemerkt geblieben zu sein, dass wir öfter zusammen sind. Meiling versucht diplomatisch auszuweichen. Sie gesteht ihnen, dass wir befreundet sind. Frauen sind untereinander in solchen Fragen erbarmungslos. Ich würde mich nicht trauen, sie das zu fragen. James scheint nicht mehr der Favorit zu sein. Ob ich auf der Siegergeraden bin, weiß ich nicht.

Leicht beschwipst verabschieden wir uns. Wir bedanken uns nochmals für die schönen Stunden und die Geschenke.

Ich begleite Meiling in ihr Quartier. Die Hauptstraße ist genauso belebt wie an jedem Tag als gäbe es Heiligabend nicht. Für mich ist Weihnachten mit kühlen Temperaturen und Schnee verbunden. Die Baustelle befindet sich in einer Klimazone wie das Heilige Land. Schnee fällt nur selten und er bleibt nicht länger als eine Woche liegen.

Wir gehen an der Kantine und dem Tischtennisraum vorbei. Meiling bleibt stehen und kramt in ihrer Handtasche. Sie findet einen Schlüssel, der zu der Tür passt.

„Willst du jetzt gegen mich spielen?", frage ich weinselig und will das Licht einschalten.

Sie hält mich davon ab und umarmt mich. Wie erstarrt bleibe ich stehen. Das fahle Licht einer Straßenlaterne scheint auf ihr Gesicht. Langsam kommt sie näher und unsere Lippen berühren sich. Vorsichtig gebe ich nach und halte die Balance zwischen Abwarten und Voranstürmen. Ich lasse sie das Tempo bestimmen.

Das Blut schießt mir in den Kopf und ich weiß nicht, ob es durch den Wein oder meine Gefühle hervorgerufen wird. Ich drücke sie fest an mich und das Atmen wird schwer. Sie lässt nicht ab und ich werde mutiger. Mit dem Rücken steht sie an der Wand im Tischtennisraum und ich versuche ihren Rock nach oben zu ziehen. Sie wehrt ab und hält mich auf Distanz.

Das war es, denke ich mir und fahre meine innere Erregung zurück. Wir gehen nach draußen und sie schließt die Tür zu.

Wie an jedem Abend bringe ich sie bis zu ihrer Unterkunft. Es ist niemand zu sehen. Sie küsst mich flüchtig und ist gleich darauf hinter der groben Brettertür verschwunden.

Aufgeregt wie ein Pennäler gehe ich zurück. Aus der Bambusbar höre ich laute Musik. Ich überlege, ob ich nach Hause gehen oder einkehren soll. Ich entscheide mich hineinzugehen. Der Rest der Experts ist hier versammelt und feiert feuchtfröhlich Heiligabend. Unschlüssig, ob ich gehen oder bleiben soll, stehe ich vor der Tür.

Der Franzose sieht mich und ruft mir zu, herein zu kommen. Ausschließen will ich mich nicht. Keiner ist mehr nüchtern und die Stimmung wie auf einem Vulkan. Der Franzose gibt den Ton an, es ist seine Show. Ich setze mich in einen Korbstuhl am Rande des Tisches. Es dürfte der des Franzosen sein. Dieser ist damit beschäftigt die Männer zu unterhalten.

Er schiebt eine neue Musik-CD in das Abspielgerät und wartet auf den Einsatz. Es ist arabische Instrumentalmusik.

„Sind wir in Ägypten?", ruft ihm einer zu.

„Wartet es ab und macht Platz in der Mitte!", entgegnet der Franzose lachend.

Im Rhythmus der Musik beginnt er mit den Hüften zu wippen. Er beginnt einen arabischen Bauchtanz. Die Zuseher scheinen ihn zu kennen und ermuntern ihn, sich auszuziehen. Maria kommt wütend aus der Küche und schreit herum.

„Was ist los?", frage ich einen der norwegischen Monteure.

„Sie sagt, wir sollen das Tor schließen, wenn er den Tanz aufführt!"

Jetzt erst bemerke ich, wie Chinesen auf dem Bürgersteig stehenbleiben und neugierig hereinsehen. Die Männer, die am Eingang sitzen, schließen die Torflügel von innen und der Franzose legt los. Er stülpt sich eine Frauenperücke über den Kopf und kreist mit der Hüfte. Nach begeisterten Zurufen zieht er sein Hemd aus und wirft es von sich. Zum Vorschein kommt nicht nur seine athletische Figur, sondern ein kunstvolles, farbiges Tattoo auf der Brust und dem Rücken. Es ist in der Manier der Japaner gestochen und stellt zwei erotische Szenen dar.

„Weiter, weiter!", höre ich die anderen schreien.

Er beginnt die Jeans auszuziehen. Seine Oberschenkel sind tätowiert. Er stellt sich in Pose wie zu einem Bodybuilding-Wettbewerb und lässt seine Muskeln spielen.

„Bring Öl, Maria!", schreit jemand aus der vor Begeisterung tobenden Menge. Maria kommt mit einem Schälchen Speiseöl aus der Küche und bestreicht im Rhythmus der Musik die Haut des Franzosen. Seine Muskeln und die Bildnisse kommen stärker zur Geltung.

Langsam geht der Franzose zum Bauchtanz über. Am Ende des Musikstücks hüllt er sich in eine bereitliegende Decke und verbeugt sich vor dem applaudierenden Publikum. Die Showeinlage ist zu Ende und die Luft in dem Raum stickig. Der Franzose verschwindet diskret hinter dem Vorhang von Marias Küche. Die Torflügel werden geöffnet und ich kann durchatmen.

Nach dieser Vorstellung gehen viele zurück in ihr Quartier. Morgen ist ein normaler Arbeitstag und die Nacht ist kurz.

15

Hongping, Schaltwarte

Ich teste mit unserem chinesischen Team die Verbindungsleitungen vom Maschinenhaus zur Steuerzentrale. Hierzu muss ich eng mit den Kanadiern zusammenarbeiten, die die zentrale Steuerung und Programmierung überprüfen.

James ist auf Urlaub und ich erledige die Arbeiten mit seinem älteren Kollegen.

Er ist ein schweigsamer Typ und obwohl wir uns zum Frühstück öfter sehen, weiß ich wenig über ihn. Zwanzig Jahre ist er älter als ich.

Gemeinsam gehen wir einen Schaltplan durch und er zeigt mir die Stelle, wo es ein Problem gibt. Es gelingt uns den Fehler zu finden und zu beheben. Wir machen eine kurze Pause.

„Wo sind deine chinesischen Aufpasser?", will ich von dem Kanadier wissen.

„In einem der Büroräume in unserer Etage. Ich habe sie mit genügend Arbeit versorgt, damit sie nicht ständig um mich herumschnüffeln."

„Mit meinen Chinesen habe ich keine Probleme. Sie unterstützen mich, wo sie können. Ich denke, dass sie sich manchmal besser auskennen als ich, obwohl ich alles erstellt habe."

„Bei dir ist es anders als hier. Das Problem ist das komplexe Steuerungsprogramm. An einigen Stellen haben wir Module eingesetzt, die wie eine Blackbox wirken. Es sind ausgefeilte Programmroutinen, die nach außen hin abgeschlossen sind."

„Wir haben auch welche in unserer Software eingebaut", bestätige ich.

„Schon während der Vertragsverhandlungen hat der Kunde darauf bestanden, dass wir ihm den Quellcode dieser Routinen mit übergeben. Es ist geheimes Firmenwissen. Von einem Koch kann ich nicht verlangen, mir seine Rezepte zu verraten, wenn ich ein Menü bestelle."

„Das kenne ich. Sie möchten jedes Detail erklärt haben."

Der Kanadier sieht sich prüfend um als würde er beobachtet.

„Seit einigen Wochen hat man uns drei Techniker zur Seite gestellt, die diese Module ausspionieren sollen."

„Das bildest du dir ein!", beschwichtige ich.

„Ich habe ein Gespür für solche Dinge. Als du mit der Chinesin am Heiligabend bei Oskar in der Wohnung aufgetaucht bist, war ich überrascht."

„Was hat sie damit zu tun?"

„Sie ist eine von denen, die in den Programmen herumschnüffeln."

Verwundert sehe ich den Kanadier an.

„Ich habe nie mit ihr über die Arbeit gesprochen. James sagte mir, dass er mit ihr zusammenarbeitet."

„Das meine ich! Die ganze Geschichte ging los als er sich mit ihr einließ."

„Hat er ernste Absichten?"

„Ich glaube nicht, dass James mit einer Chinesin eine feste Beziehung eingeht."

„Wieso?", will ich wissen.

„Sie kommt aus einem anderen kulturellen Umfeld und könnte sich niemals in Kanada eingewöhnen."

„Vielleicht unterschätzt du sie?"

„Ich habe meine einschlägigen Erfahrungen. Vor vielen Jahren war ich mit einer Chinesin zusammen und es ist nicht gut ausgegangen."

„Woran lag es, dass ihr euch getrennt habt?"

Der Kanadier lehnt sich auf seinem Stuhl zurück und ich kann ihm ansehen, wie er in seine Vergangenheit eintaucht.

„Ihre Familie hat alles zerstört. Meine Freundin war zu schwach, sich von ihren Eltern zu lösen."

„Das tut mir leid für dich!", bekunde ich mein Bedauern.

„Es ist nicht zu ändern!"

„Was ist aus ihr geworden?"

„Sie lebt mit ihrem Mann in Shanghai und betreibt dort einen kleinen Teeladen. Wenn ich Gelegenheit habe, besuche ich sie und wir unterhalten uns ein wenig."

„Bist du traurig wegen der Trennung?"

„Am Anfang hatte es mir zugesetzt. Später habe ich in Kanada eine alte Schulfreundin geheiratet und bin zweimal Vater geworden. Das mit der Chinesin ist eine leidvolle Episode in meinem Leben, die ich jetzt überwunden habe. James möchte ich sowas ersparen."

„Er ist alt genug, um zu wissen, was er tut!"

„Das Alter spielt da keine Rolle. Es kann jeden erwischen. Was ist, wenn sie eine Mitarbeiterin des chinesischen Geheimdienstes ist und ihn verführen soll?"

„Ich glaube, du siehst Gespenster", beschwichtige ich.

„Die Kommunisten schrecken vor nichts zurück. Von den Ostdeutschen habe ich gehört, dass sie extra ausgebildete Bräute in Westdeutschland eingesetzt hatten."

„Das ist mir neu!", gebe ich verwundert zu.

„Diese Module sind eine Menge Geld wert."

„Dann musst du James warnen, sich mit ihr abzugeben", rate ich.

„Ich werde mit unserem Projektleiter darüber sprechen und hoffe, dass er eine Lösung parat hat."

Wir beugen uns über die Stromlaufpläne und suchen weiter nach Fehlern. Meiling kommt mit einem Stapel Papier in der Hand zu uns. Sie ist überrascht, mich hier vorzufinden. Irritiert begrüßt sie mich mit Handschlag. Sie hat an den Kanadier ein paar Fragen und ich gehe aus dem Raum.

Vom Gang aus sehe ich die offenstehende Tür, aus der sie gekommen sein muss. Ich bin neugierig, wie ihr Arbeitsplatz aussieht. Langsam schlendere ich dorthin und blicke in den Raum. Zwei Chinesinnen diskutieren heftig miteinander. Eine ist Jin und die andere kenne ich nicht. Ich betrete das Zimmer und sie verstummen augenblicklich.

„Ich möchte nicht stören", entschuldige ich mich und will gehen.

Sie kichern hinter mir her. Ich drehe mich um und frage, warum sie über mich lachen. Verlegen gesteht mir die Unbekannte, dass ich der sein muss, für den Meiling schwärmt.

„Was sagt sie denn?", frage ich neugierig.

„Dass du der beste Tischtennisspieler bist und gut aussiehst."

„Weiter nichts?"

Das Kichern geht weiter, wie bei pubertierenden Mädchen.

„Sie hat uns gesagt, dass sie dich süß findet und du ein richtiger Gentleman bist."

„Dann bin ich zufrieden, dass sie nichts Schlechtes über mich erzählt!", erwidere ich und verlasse die beiden schmunzelnd.

Am Abend bin ich pünktlich im Tischtennisraum. Die Norweger und Meiling sind noch nicht da. Madame Hu geht draußen vorbei und öffnet vorsichtig die Tür.

„Störe ich?", fragt sie und scheint überrascht zu sein, dass ich keinen Trainingspartner habe.

„Vielleicht feiern die anderen noch Weihnachten", mutmaße ich.

„Ist es ein wichtiges Fest in Österreich?", will sie wissen.

„Das Bedeutendste für die Familien."

„Wie feiern sie es bei sich zu Hause in Wien?"

„Es läuft jedes Jahr gleich ab. Mein Vater stellt vor Heiligabend den Tannenbaum in der Diele auf und schmückt ihn mit farbigen Glaskugeln. Nachmittags gehen wir in die Kirche, sehen uns das Krippenspiel an und singen Weihnachtslieder. Die Mutter bereitet das Abendessen vor und wenn wir satt sind, erfolgt die Bescherung."

„Was ist Bescherung?"

„Es ist das Überreichen von Geschenken", erkläre ich ihr.

„Das ist ein schöner Brauch."

„An den beiden nächsten Tagen besuchen wir die Verwandten oder bekommen selber Besuch. Es wird ausgiebig gegessen und getrunken. Die Tage darauf faste ich, weil ich mir zu viele Kilos angegessen habe."

Madame Hu muss lachen.

„Ähnlich läuft das Frühlingsfest bei uns ab. Da trifft sich die ganze Familie und man erzählt, was sich im Laufe des Jahres ereignet hat und worauf man sich im neuen Jahr freuen kann."

„Ist Neujahr nicht in einer Woche?", frage ich sie.

„Wir unterscheiden das westliche und das chinesische Neujahrsfest. Das Chinesische ist später und fällt auf einen Neumond zwischen dem 21. Januar und 21. Februar im Gregorianischen Kalender."

„Somit können sie zweimal Neujahr feiern!"

Sie nickt mir bestätigend zu.

Meiling lässt sich noch nicht blicken.

„Wo ist ihre Trainingspartnerin?"

„Ich weiß es nicht, sie hatte sich bisher nie verspätet."

„Wie finden sie sie?", fragt sie mit einem verschmitzten Lächeln.

„Ich mag sie."

„Beruht das auf Gegenseitigkeit?"

„Ich weiß es nicht!", gebe ich zu.

Sie spitzt den Mund.

„Das ist bei einer chinesischen Frau schwer herauszufinden. Traditionelle und moderne Ansichten stehen im Widerspruch. Es macht alles viel komplizierter als in den westlichen Ländern."

„Gibt es für einen Langnasen die Möglichkeit, eine Chinesin zu heiraten?"

„Wenn es die Familie erlaubt, ist es möglich. Haben sie die Absicht?"

„Bisher traute ich mich nicht, es ihr zu sagen."

„Bei ihr wird es nicht einfach sein. Sie kommt aus einer angesehenen Familie und da entscheidet in der Regel noch heute der Vater, wen sie zum Ehemann nehmen muss."

„Das ist ungerecht!", erwidere ich empört.

„Es ist eine alte Tradition. Wenn ich ihnen bei ihrem Herzenswunsch behilflich sein kann, lassen sie es mich wissen."

Meiling kommt durch die Tür. Sie entschuldigt sich für die Verspätung, weil der Bus unterwegs defekt war.

„Es ist nicht weiter schlimm. Ich hatte ein interessantes Gespräch mit Madame Hu", tröste ich sie.

Sie nickt ihr zu und Madame Hu verabschiedet sich.

„Worüber habt ihr gesprochen?", möchte Meiling wissen.

„Über dich und dass ich dich heiraten möchte."

„Das glaube ich nicht!", entgegnet sie mit ernster Miene. Hastig zieht sie ihre Jacke aus und wirft sie auf die Bank. Es scheint mir als will sie die verlorene Zeit einholen. Wir spielen uns die Bälle leicht zu. Sie beginnt mit einem scherzenden Wortgeplänkel, bei dem man nie weiß, wie es endet.

„Du sagst, du willst mich heiraten! Hast du mich gefragt, ob ich einverstanden bin?"

„Ich wollte es dir vor einer halben Stunde sagen. Du warst nicht da."

„Dann hole es nach!"

„Wie, beim Spielen?"

„Ja! Es wäre anders als auf die Knie zu fallen und mich schmachtend von unten anzublicken", sagt sie lachend.

Sie ist schön in Fahrt, stelle ich fest. Liebesschwüre macht man sich nicht über eine Tischtennisplatte hinweg.

Den ankommenden Ball fange ich mit der Hand auf und will zu ihr gehen. Sie weicht mir aus.

„Wir sind hier zum Trainieren! Hast du das vergessen?"

Unser Geplänkel kommt in eine Richtung, die mir nicht gefällt und ich mache einen sachlichen Schwenk.

„Du hast Recht, dass ich zum Spielen hier bin. In wenigen Wochen muss ich gegen Feng antreten und der ist nicht leicht zu schlagen."

Ich kann nicht sagen, ob sie es bedauert, dass ich unser Zwiegespräch schnell beendet habe und mich nur noch auf Ping Pong konzentriere. Die Spielweise von ihr ist bis zum Ende der Übungsstunde hitzig.

Erschöpft lassen wir uns auf die Bank fallen. Sie reicht mir ihr frisches Handtuch.

„Mit einem Heiratsantrag scherzt man nicht!", sagt sie und sieht mir in die Augen.

Ich weiche ihrem Blick nicht aus.

„Es ist mir ernst!", erwidere ich und fasse ihre Hand. Sie zieht sie wie elektrisiert zurück.

Ich befinde mich in einer Pattsituation. Nichts geht mehr. Es gibt kein vor und zurück. Warum sie derart gereizt reagiert, kann ich mir nicht erklären und trachte bei dem was ich sage, auf Schadensbegrenzung. Jedes unbedachte Wort kann unsere guten Beziehungen zerstören. Gestern haben wir uns zum ersten Mal geküsst und es ging von ihr aus. Ob es nur ein Dank für den schönen Abend war?

Ich hatte das Gefühl, dass es mehr sein musste.

„Du kannst bei mir duschen. Ich warte auf dich solange im Büro und begleite dich dann zu deiner Unterkunft."

Meiling zieht ihre Jacke über und ich reiche ihr meinen Wohnungsschlüssel. Sie nimmt ihn und eilt davon.

Es ist für mich ein gutes Zeichen, dass sie nicht abgelehnt hat. Ich hoffe, dass sie mir später sagt, worüber sie sich ärgerte. Die meisten Beziehungskrisen beruhen auf Missverständnissen und nur durch Reden kann man sie beseitigen.

Wenn sie nachher nicht davon anfängt, will ich sie fragen.

Im Büro sehe ich die E-Mails durch. Die meisten sind von Toni, der nach einer Woche Heimaturlaub nicht abschalten kann. Ich muss ihm täglich berichten, was auf der Baustelle passiert und wie die Tests verlaufen. Obwohl alles Bestens ist und er die Ergebnisse in den angehängten Prüfprotokollen nachlesen kann, macht er sich Sorgen.

Kurz schreibe ich ihm, was heute geschehen ist und sende das E-Mail ab.

Ich sehe die Papierpost durch und finde eine Weihnachtskarte von Karin. Damit habe ich nicht gerechnet. Sie wünscht mir alles Gute und schreibt, dass sie mich liebt. Die Karte regt mich nicht mehr auf. Ich lege sie auf den Stapel Altpapier, das ich entsorgen muss.

Vor ein paar Wochen hätte ich sie zerrissen und vor Wut innerlich gekocht. Ich bin jetzt ruhig. Karin bedeutet mir nichts mehr.

Großen Anteil daran hat Meiling. Meine aufkeimende Liebe zu ihr, sucht nur noch die Erwiderung. Ob sie sich für mich entscheiden wird, steht in den Sternen. Wir müssen darüber reden. Wann ist der geeignete Zeitpunkt?

Sinnierend sitze ich vor meinem Bildschirm, da betritt sie das Büro. Sie drängt nicht zu gehen und sieht sich neugierig um. Ihr Blick fällt auf die Weihnachtskarte von Karin.

„Ist die Karte von deinen Eltern?", fragt sie und sieht auf die Rückseite.

Ich könnte lügen, sie versteht kein Deutsch. Warum soll ich ihr mein früheres Leben vorenthalten? Wenn wir uns lieben, müssen wir mit unserer Vergangenheit umgehen können.

„Die Karte ist von Karin, meiner früheren Verlobten."

„Oho, ich will nicht weiter fragen!", entschuldigt sie sich.

„Du sollst es erfahren, da ich dich liebe und ehrlich zu dir bin."

Sie stellt sich ans Fenster und sieht in die Dunkelheit hinaus.

Ich sitze vor meinem Computer und erzähle ihr von Karin, der beabsichtigten Heirat und ihrem Seitensprung mit meinem besten Freund. Sie hört mir geduldig zu und unterbricht mich nicht.

Als ich mit meiner Geschichte fertig bin, kommt sie zu mir und streicht mir liebevoll über die Haare. Sie presst meinen Kopf an ihren Körper als wollte sie mich trösten.

Ich höre das Rumoren in ihrem Bauch und stelle fest, dass ich Hunger habe und ein kleines Steak vertragen könnte. Jetzt halte ich still und schweige.

Meine Geschichte scheint sie gerührt zu haben. Sie wischt sich die Tränen aus den Augen. Ich nehme sie in meine Arme und drücke sie fest an mich. Ob ich sie küsse? Das wage ich nicht. Sie soll bestimmen, was weiter passiert.

Meine Zurückhaltung wird belohnt.

Sie küsst mich und gesteht mir, dass ihre Gefühle für mich echt sind.

In dem hellen Büro mit den offenen Fenstern fühle ich mich beobachtet und schlage ihr vor, in meine Wohnung zu gehen.

„Es ist uns verboten mit einem Ausländer auf sein Zimmer zu gehen", sagt sie entschuldigend.

„Ist deine Unterkunft frei? Sind deine Freundinnen weg?"

„Meine Kolleginnen sind da! Dort können wir nicht zusammen sein."

Bei dem vielen überlegen, wo wir eventuell hinkönnen, kühlt sich ihr Verlangen nach einem stillen gemeinsamen Plätzchen ab und sie bittet mich, sie in ihre Unterkunft zu begleiten.

Sie scheint mir wie verändert. Ist es Mitleid, das sie für mich empfindet?

Auf das kann ich verzichten. Wie kann ich es herausfinden?

Mir fällt nichts ein.

Vor ihrer Zimmertür verabschieden wir uns förmlich mit Handschlag. Wir könnten beobachtet werden. Die Hausregeln sind allen bekannt und Vergehen werden streng geahndet. Im schlimmsten Fall müsste Meiling mit einer Kündigung und Verweis von der Baustelle rechnen. Dieses Risiko wollen wir nicht eingehen.

16

Anji, Einkaufsstraße

Der Silvestertag ist ein Arbeitstag wie jeder andere. Da er in diesem Jahr auf einen Freitag fällt, sind manche Chinesen mittags, zu einem langen Wochenende, nach Hause gefahren. Von meinem Team sind nur wenige geblieben.

Meiling sagt mir, dass sie und ihre Freundinnen mit dem Bus nach Hangzhou fahren wollen, um gemeinsam mit Kommilitonen aus ihrer ehemaligen Studiengruppe an der Universität, Silvester zu feiern. Somit stelle ich mich auf einen ruhigen und einsamen Start ins neue Jahr und gleichzeitig neue Jahrtausend, ein.

Ich gehe zu Mama Hong zum Abendessen. Ihr Gastraum ist gähnend leer. Ein Blick auf meine Armbanduhr bestätigt mir, dass es die richtige Zeit zum Essen ist.

Anschließend gehe ich in die Bambusbar und finde nur den Franzosen.

„Was ist los? Ist eine Epidemie ausgebrochen?", frage ich ihn.

„Alle sind nach Hangzhou mit dem Bus. Wir sind die Einzigen, die dageblieben sind."

„Hätte ich das gewusst, wäre ich auch weg. Warum bist du noch hier?", will ich wissen.

„Ich kann Maria nicht allein lassen", raunt er mir mit einem vielsagenden Grinsen zu.

Ich will nichts davon wissen, trinke meine Dose Bier aus und verschwinde.

Innerlich unzufrieden gehe ich ins Büro. Was soll ich tun. Ich kann ein Buch lesen oder das Silvesterprogramm über CNN im Fernsehen ansehen. Mehr Möglichkeiten gibt es nicht. Verärgert darüber, dass ich nicht weggefahren bin und hier sitze, schalte ich meinen Computer ein und hoffe, dass mich die Arbeit am Bildschirm über die Zeit hinwegtröstet.

Wen kann ich anrufen?

Mir fällt Ella ein.

Ich wähle ihre Nummer. Sie verhält sich kurz angebunden am Telefon und erklärt mir, dass sie sich beeilen muss um zu ihrer Party zu kommen. Ich will sie nicht länger aufhalten und wünsche ihr einen guten Rutsch ins neue Jahr.

Es bleibt mir nur meine Mutter, mit der ich eine Weile plaudern will. Die Leitung ist besetzt. Nach mehreren Versuchen ist die Verbindung ganz unterbrochen.

Jetzt beginne ich mir leid zu tun. Ich entschließe mich, in meine Wohnung zu gehen und die letzte Flasche Johnnie Walker, ein schottischer Blend Whisky, zu öffnen. Sie ist ein Geschenk von Toni für einsame Stunden in denen er weg ist.

Der Fernseher läuft als Geräuschkulisse im Hintergrund.

Nach dem ersten Glas ist mir wohler. In meinem Kühlschrank finde ich geräucherte Erdnüsse und Salzgebäck. Zum Lesen habe ich keine Lust. Mein Blick fällt auf ein altes Playboy-Magazin und ich blättere darin. Die Bilder können mich nicht aufbauen.

Ich fange an, im Selbstmitleid zu zerfließen, da klopft es zaghaft an der Wohnungstür.

Wer kann das sein?

Träge erhebe ich mich aus dem Sessel und öffne.

Draußen ist Meiling mit einer Flasche Sekt in der Hand. Wie versteinert stehe ich da und vergesse, sie herein zu bitten.

„Darf ich eintreten?", fragt sie sichtlich erfreut über ihre gelungene Überraschung.

Mit offenem Mund winke ich sie in die Diele und schließe die Wohnungstür.

„Dich habe ich nicht erwartet! Wolltest du nicht nach Hangzhou?"

„Ich habe kurzfristig umdisponiert und gedacht, dass du dich über meine Gesellschaft freust. Oder hast du anderen Besuch?"

Stotternd beteure ich, dass ich allein in der Wohnung bin. Ich nehme ihr die Sektflasche ab und stelle sie in den Kühlschrank.

Im Wohnzimmer biete ich ihr einen Whisky an.

„Nur einen kleinen Schluck! Ich vertrage keinen Alkohol", sagt sie entschuldigend.

Wir stoßen an und erst jetzt fasse ich mich und sage ihr, wie froh ich bin, dass sie da ist.

Im TV schalte ich auf einen chinesischen Fernsehsender um, der ein Festprogramm ausstrahlt.

„Du wirst hungrig sein? Ich mache uns ein paar belegte Brote", schlage ich vor.

Sie lehnt ab. Ich lasse mich nicht davon abbringen. Zum Glück habe ich Weißbrot, Nutella, Honig und selbstgemachte Konfitüre im Kühlschrank und in einer Schale liegen ein paar Früchte. Im Nu zaubere ich ein paar Häppchen und verteile sie auf einem großen Teller. Mit meinen Schätzen gehe ich ins Wohnzimmer zurück. Eilig legt sie den Playboy weg.

Obwohl sie angeblich keinen Hunger hat, muss ich zweimal den Teller nachfüllen. Es freut mich, dass es ihr schmeckt. Die Konfitüre findet sie lecker und ich erzähle ihr, dass meine Mutter sie gemacht hat.

Sie möchte von mir das Rezept haben. Ich muss passen, es ist mir nicht bekannt.

Langsam legt sich bei mir die Aufregung und es kommt ein Gespräch zustande. Ich lasse sie reden. Sie erzählt von sich zu Hause, ihren Eltern, den beiden älteren Schwestern und ihren Freundinnen aus der Schule. Einen festen Freund hat sie noch nicht gehabt und gesteht mir, dass sie unberührt ist. Es freut mich, dass sie offen darüber redet. Der Whisky löst ihre Zunge.

Ich frage sie, was sie für mich empfindet.

„Das ist schwer zu sagen. Ich kenne mich selber nicht mehr. Wenn ich mit dir zusammen bin, rauben mir meine Gefühle den Verstand. Ich suche nach einem inneren Halt und kann ihn nicht finden", gesteht sie mir.

Vorsichtig nehme ich ihre Hand und drücke sie fest. Sie entzieht sie. Ich merke, dass sie sich vor sich selber am meisten fürchtet.

Die Jahreswende kommt näher. Im chinesischen Fernsehen läuft eine Show. Ab und zu wird eine große Uhr eingeblendet, die den Übergang ins neue Jahrtausend ankündigt. Ich hole die Sektflasche aus dem Kühlschrank und stelle zwei Weingläser bereit. Kurz vor 24 Uhr lasse ich den Korken knallen.

Sie schreckt ängstlich zusammen und wir lachen. Beim letzten Gong stoßen wir an und wünschen uns ein glückliches neues Jahr. Mit einem langen Kuss besiegeln wir unsere Wünsche und gehen umschlungen zum Fenster.

Feuerwerksraketen sausen überall, wohin man sieht, gen Himmel. Mit lautem Krach explodieren sie und versprühen tausende Sterne, die zu Boden fallen. Es ist wie bei uns in Wien.

Meiling lehnt mit ihrem Kopf an meiner Schulter und zählt alle Namen auf, von Menschen, an die sie denkt und denen sie viel Gutes wünscht. Mir gefällt es und ich störe sie nicht. Draußen hört der Lärm nicht auf. Die Raketen sind weniger geworden. Die Knallfrösche auf den Straßen, zur Vertreibung der bösen Geister, haben sich vermehrt.

Wir gehen zurück ins Wohnzimmer. Dort erklingen im Fernsehen Wiener Walzermelodien und es ist eine Aufführung vom Opernball zu sehen. Ich fordere Meiling zum Tanz auf. Sie will nicht und ziert sich. Nach mehrmaligem Drängen gibt sie nach.

Wir ziehen unsere Schuhe aus und drehen uns im Walzertakt auf dem Teppich. Es gefällt ihr und macht sie durstig. Damit sie nicht betrunken wird, stelle ich alle meine Schätze an nichtalkoholischen Getränken auf den Tisch.

Erschöpft lassen wir uns auf die Couch sinken und ich halte sie in meinen Armen. Ich bin unsicher, wie weit ich bei ihr gehen darf. Wenn ich sie verschrecke, läuft sie mir davon. Das Risiko will ich nicht eingehen. Steif bleibe ich neben ihr sitzen. Sie merkt meine Zurückhaltung und erklärt mir, dass mir die Zone vom Kopf bis zur Gürtellinie erlaubt ist. Das ist eine klare Aussage.

Wir sehen uns den Playboy gemeinsam an und das Betrachten der Fotos macht sie müde.

„Du kannst bei mir schlafen!", biete ich ihr an.

„Nur, wenn du weiterhin brav bist!", entgegnet sie ernst.

Ich verspreche es und sie geht sich duschen. Auf der Couch bereite ich mein provisorisches Lager vor. In meinen Bademantel gehüllt, steigt sie in das große Doppelbett.

Ich mache mich zum Schlafen fertig.

Zufrieden über den Ausgang der Silvesternacht lasse ich das Wasser der Brause über meinen Kopf laufen. Warum ich mir die Haare einseife, weiß ich nicht. Beim Abspülen der Seife wird das Wasser kalt. Der Boiler ist am Ende seiner Kapazität angelangt. Die kalte Dusche macht mich munter. Leise gehe ich ins Wohnzimmer und lege mich auf die Couch. Müde bin ich nicht. Zuviel Gedanken schwirren in meinem Kopf herum und ich kann nicht einschlafen.

Ich höre einen Schrei aus dem Schlafzimmer. Schnell stehe ich auf um nachzusehen.

Ängstlich kauert Meiling an der oberen Bettkante und zeigt zitternd auf das Fenster. Ich schalte das Licht ein und sehe Geckos über die Glasscheiben rennen.

„Bleib bei mir!", sagt sie ängstlich und umklammert fester ihre Beine.

„Sei unbesorgt! Sie tun dir nichts", beruhige ich sie und schlüpfe unter ihre Decke. Sie kuschelt sich an mich. Ihre Haut ist warm und zart.

Am frühen Morgen schlage ich vor, nach Jian zu fahren. Dort können wir ein bisschen durch die Stadt bummeln und mittags gut essen gehen. Meiling ist damit einverstanden.

Mit dem Taxi gelangen wir hin und laufen durch die engen Straßen. Die privaten Läden sind am Feiertag geöffnet und viele Menschen machen einen Einkaufsbummel. Wir kommen in eine Gasse mit aneinandergereihten Bekleidungsläden. Dort kaufe ich Meiling ein schönes Seidenkleid und für mich ein seidenes Tai-Chi-Gewand.

„Willst du Tai-Chi lernen?", fragt Meiling verwundert.

„Madame Hu hat angeboten, es mir beizubringen."

„Dann musst du zeitig aufstehen."

„Wenn du mich weckst, schaffe ich es!"

„Das musst du dir aus dem Kopf schlagen. Es darf nicht bekannt werden, dass ich bei dir bin."

„Ich passe auf, dass dich keiner entdeckt!", versichere ich ihr.

„Nur wenn man verheiratet ist, darf man zusammen sein."

„Willst du meine Frau werden?", wiederhole ich mein Heiratsangebot.

„Du sollst das nicht im Spaß sagen! Ich bin dir gleich böse", erwidert sie mit einem strafenden Blick.

„Ich meine es ernst damit und werde es dir beweisen!"

Unterwegs hatte ich einen Schmuckladen gesehen. Ich fasse Meiling an der Hand und ziehe sie durch mehrere Nebengassen dorthin.

In dem Laden sitzt ein alter Mann vor einer Vitrine und poliert ein Schmuckstück. Er mustert uns kurz und stellt, ohne ein Wort zu sagen, eine breite Schachtel auf den Tisch. Darin befinden sich viele Eheringe. Auf Chi-

nesisch sagt er ein paar Worte. Ich blicke hilflos zu Meiling.

„Der Mann fragt, welche uns gefallen."

„Such sie aus!", bitte ich sie.

Sie greift nach einem Paar, für das ich mich ebenso
entschieden hätte. Wir probieren sie an dem Ringfinger
der linken Hand und sie passen wie angegossen.

Der Goldschmied steckt die Ringe in eine Schachtel und
übergibt sie mir. Ich zahle und bedanke mich bei ihm in
Deutsch. Schmunzelnd sieht er uns nach.

Wir kommen zu einem Hotel und es ist Mittagszeit. Es
gibt dort drei Restaurants. Eines davon bietet europäi-
sche Speisen an. Meiling entscheidet sich für dieses.

Wir genießen ein österreichisches Gericht, Wiener
Schnitzel mit Kartoffelsalat und einen chinesischen
Weißwein, der nicht gekühlt ist.

Ich bin mit dem Neujahrstag zufrieden und am meisten
mit der letzten Nacht. Aus meiner Jackentasche ziehe
ich das Schächtelchen mit den Goldringen und stecke
den Kleinen Meiling an den linken Ringfinger.

„Wenn man sich verlobt oder verwitwet ist, trägt man
bei uns den Ring an der linken Hand und als Eheleute
an der Rechten", erkläre ich ihr.

Verständnisvoll nickt sie, obwohl sie es weiß. Zart
streicht sie über den Finger mit dem Ring.

„Glaubst du mir, dass mein Heiratsantrag echt ist?"

Verlegen lächelt sie zurück.

Was fehlt, sind noch Zeugen, die die Verlobung bekunden können. Ich nehme mir vor, heute Abend in der
Bambusbar unsere Verlobung bekannt zu geben.

Nach dem guten Essen gehen wir im Stadtpark spazieren und hören uns den Gesang der Vögel an, die sich in
kleinen Käfigen an den Baumzweigen befinden.

Mir tun die Tiere leid. Ich bitte Meiling herauszufinden, ob ich Vögel kaufen kann und was sie ohne Käfige kosten. Nicht alle der alten Männer sind bereit Vögel abzugeben. Acht kann ich kaufen. Die Männer wundern sich wie ich die Tiere transportieren will. Ich öffne die kleinen Käfigtüren, fange die flatternden Gesellen mit der Hand und werfe sie hoch in die Luft. Geschwind fliegen sie davon.

Am Ende wollen die Männer wissen, warum ich das tue.

„Es bringt Glück!", rufe ich laut und laufe mit Meiling lachend davon.

<< 17 >>

Shanghai, Park

Gelangweilt sitze ich in einem Hotelzimmer in Shanghai. Vom Fenster aus blicke ich auf das Wohnhaus von Meilings Eltern. Sie weiß nicht, dass ich hier bin. Mein ganzes detektivisches Können habe ich aufgewandt, um die Adresse herauszufinden. In einem Fotoladen kaufte ich ein Spiegelteleskop mit Stativ, das ich hinter dem Fenster meines Zimmers aufgestellt habe.

Von hier aus kann ich mein Zielobjekt gut beobachten.

Ich muss warten, bis es dunkel ist und ich durch die Fenster in die beleuchteten Räume sehen kann. Ob ich Meiling entdecke?

Das Fernglas habe ich auf den Mond ausgerichtet, damit das Zimmermädchen keinen Verdacht schöpft, dass ich das gegenüberliegende Haus beobachte. Der Mond ist zu Beginn des Frühlingsfestes mit bloßem Auge nicht zu sehen. Nur mit einem Fernrohr kann es gelingen.

Ungeduldig warte ich in meinem Polstersessel. Neben mir auf dem Tisch steht eine kleine Rotweinflasche aus der Minibar und Salzgebäck.

In den letzten Tagen hat sich für mich viel ereignet. Ich habe jetzt Zeit, alles vor meinen Augen Revue passieren zu lassen und darüber nachzudenken.

Am Neujahrstag hatte ich in der Bambusbar die Verlobung von Meiling und mir bekanntgegeben und ein wenig gefeiert. Es waren nur der Franzose und Maria da. Sie gratulierten uns und wünschten alles Gute.

Madame Hu habe ich es am nächsten Tag gesagt. Sie schien nicht begeistert darüber zu sein und meinte, dass es besser wäre, wenn ich dies erst mit ihren Eltern besprochen hätte.

Es war anders geschehen.

Wenn sich Meiling jetzt tagsüber in meiner Wohnung aufhielt, konnte sich niemand von den Spießern darüber aufregen.

Alles dreht sich nur darum, das Gesicht zu wahren und Regeln einzuhalten.

Bis vor einer Woche trainierte ich mit Meiling für das Turnier. Es wurde die neue Lagerhalle für den Wettkampf hergerichtet. Viele Leute waren gekommen, Chinesen und alle Langnasen aus unserem Camp. Gespielt wurde nach einem eigenen Reglement.

Am Ende trat ich erwartungsgemäß gegen Feng an. Er hatte seit seinen Niederlagen gegen mich viel trainiert und spielte wie ein kleiner Gott.

Anfangs sah es schlecht für mich aus. Es gelang mir allmählich aufzuholen. Zum Schluss gewann ich das Endspiel und war Sieger des Turniers. Feng verlangte Revanche in einem Jahr. Er konnte die Niederlage nur schwer ertragen. Mir ging es nicht nur ums Gewinnen. Viel wichtiger war mir das Training mit Meiling. Ich konnte mit ihr zusammen sein. Sie war mir eine große Hilfe und ohne sie hätte ich das niemals schaffen können.

James kam aus dem Heimaturlaub zurück. Ich hatte überlegt, ob ich ihm gleich beichten soll, dass ich mich ernsthaft für Meiling interessiere.

Er kam mir zuvor und erzählte aufgebracht, dass ihn sein Kollege in der Firma angeschwärzt hatte. Mir war anfangs nicht klar, was er damit meinte und er erklärte es mir.

Der Verdacht, dass er unbedacht geheime Softwareroutinen an den Kunden weitergeben könnte, steht im Raum. Seine Kontakte zu Meiling wurden im Speziellen genannt. Wenn er diese Kontakte nicht abbräche, würde er gekündigt werden. Soviel war ihm die Chinesin nicht wert und er ist mir dankbar, dass ich mich jetzt um sie kümmere. Er meinte, dass er seine Wochenenden nur noch in Hangzhou verbringen will und ich ihn gern dorthin begleiten kann.

Dieses Problem hat sich somit gelöst.

Ein Größeres steht mir bevor, das ist Meilings Vater.

Ich wusste, dass meine Verlobte zum Frühlingsfest zu ihren Eltern nach Shanghai fährt und bot ihr an, sie zu begleiten. Die Gelegenheit wollte ich nutzen und mich ihren Eltern vorstellen.

Meiling fand das zu diesem Zeitpunkt keine gute Idee. Sie verriet mir, dass ihr Vater einen großen Hass gegen alle Langnasen hat und sie zunächst versuchen will, ihn mild zu stimmen. Ich versprach ihr, erst mit ihren Eltern zu sprechen, wenn sie den Zeitpunkt für richtig hält.

Zwei Wochen Urlaub hat sie sich für den Heimatbesuch genommen. Ohne sie wäre mir diese Zeit auf der Baustelle unendlich lang vorgekommen. Heimlich bin ich ihr nach Shanghai gefolgt.

Die Arbeiten in Hongping werden während des 15-tägigen Frühlingsfestes nur schleppend weitergehen. Die meisten Chinesen sind bei ihren Familien.

Toni, der Ende Jänner angereist war, hat mit der Verzögerung des Betriebs kein Problem. Er checkt die Stapel von Prüfberichten, die ich während seines Urlaubs gefertigt hatte. Zu der Sache mit Meiling gab er keinen Kommentar ab. Entweder interessiert es ihn nicht oder er missbilligt unsere Heiratsabsichten. Mir ist es lieber, wenn er schweigt als sie mir ausreden zu wollen.

Die ersten Laternen werden auf den Straßen von Shanghai eingeschaltet. Ich sehe zu dem Nachbarhaus. Innen leuchten noch keine Lampen. Es ist alles dunkel. Mir kommen Zweifel ob es das richtige Haus ist oder die Feierlichkeiten an einem anderen Ort stattfinden. Das wäre dumm für mich gelaufen. Ich beschließe, um den Häuserblock zu gehen und die Gegend zu inspizieren. Bei dieser Gelegenheit hoffe ich ein kleines chinesisches Restaurant zu finden, in dem ich zu Abend essen kann.

Die Straßen sind übervoll mit Menschen, wie in Jian oder Hangzhou. In den schmalen Seitengassen gibt es viele kleine Stände, die Essbares anbieten. Es gibt Teigtaschen, Schrimps und aufgespießte Fleischstücke. Ich entscheide mich für die Fleischspieße.

Auf der gegenüberliegenden Straßenseite läuft Meiling mit mehreren Einkaufsbeuteln in den Händen entlang. Sie hat mich nicht gesehen und ich folge ihr unauffällig. Sie verschwindet in einem Haus. Es ist das Gebäude, welches ich von meinem Hotel aus beobachten kann. Von weitem sehe ich es mir an.

Der Zahn der Zeit hat kräftig an ihm genagt. Es passt in das Bild der Straße. Die anderen Häuser müssten ebenso dringend renoviert werden. Die Gegend ist beschaulich. Es gibt viele Bäume und in den Gärten sind vertrocknete Rasenflächen zu erkennen. Alles scheint einstmals bessere Zeiten gesehen zu haben.

Im meinem Hotelzimmer mache ich mich sogleich mit großem Elan an die Beobachtung des gegenüberliegenden Gebäudes. Von hier aus sehe ich auf die Rückfront, die nach Süden ausgerichtet ist. Ich fokussiere auf eines der Fenster und kann deutlich durch die Scheiben ins Innere des Raums blicken. Eine Person befindet sich darin. Ich kann sie nicht erkennen, da sie mit dem Rücken zum Fenster steht. Die Vorhänge werden zugezogen und nichts ist mehr zu sehen.
Bei den anderen Fenstern wird mir ebenso die Sicht genommen. Es wirkt wie ein Tiefschlag in die Magengegend.

Enttäuscht sehe ich mit dem Teleskop in den Himmel und suche das Firmament ab. Ich finde eine Stelle, die einen fahlen Leuchtkranz zeigt. Das muss der dunkle Neumond sein, der mit bloßem Auge nicht erkennbar ist. Es ist für mich kein Trost, den Mond zu finden und nicht zu wissen, was sich hinter den Fenstern tut.
Mir bleibt nichts anderes übrig als abzureisen. Ein paar Tage will ich bleiben und mir die Stadt ansehen.

Zeitig in der Früh stehe ich auf, um mit einer Fotosafari zu beginnen. Ich schlendere zu dem nächsten Gemüsemarkt und suche nach Motiven.

Die vom Wetter gezeichneten Gesichter der Marktfrauen gefallen mir. Ich frage sie, ob ich sie fotografieren darf und sie erlauben es.

Mitten in der Arbeit berührt mich jemand von hinten. Erschreckt drehe ich mich um. Vor mir steht Meiling mit einem Plastikbeutel voller Gemüse in der Hand.

„Was machst du hier?", fragt sie verwundert.

„Ich fotografiere!"

„Du hast mir versprochen, nicht zu meinen Eltern zu gehen, bis ich es dir sage", antwortet sie erbost.

„Das habe ich nicht vor", beschwichtige ich.

„Und warum bist du hier?"

„Nur um in deiner Nähe zu sein!"

Es war ehrlich gemeint. Sie will es mir nicht glauben. Das Schwören mit nach oben gestreckten drei Fingern hilft nicht.

„Wo wohnst du?", will sie wissen.

„In dem Hotel auf der Rückseite eures Hauses."

Jetzt lächelt sie. Dass ich ihr nach Shanghai gefolgt bin, scheint ihr zu gefallen. Ihr Zorn ist verflogen und sie will wissen was ich heute vorhabe. Ich sage ihr, dass ich in ihrem Wohnviertel fotografieren will, damit sie sich in ein paar Jahren die Bilder ansehen kann, wenn sie mit mir in Wien leben wird.

Ihre Augen zeigen das Strahlen, das ich über alles liebe. Sie ist versöhnt und entschuldigt sich, dass sie mit dem Gemüse schnell nach Hause eilen muss. Ihre Mutter will das Essen vorbereiten. Auf meinen Unterarm schreibt sie eine Nummer.

„Das ist die Telefonnummer, unter der du mich erreichen kannst. Wenn jemand anderes den Hörer abnimmt, lege gleich auf. Es kommt bei uns öfter vor, dass sich jemand verwählt.

Wir trennen uns und ich suche weiter nach Motiven. Mit den Gedanken bin ich nicht bei der Sache und gebe bald auf.

Aufgeregt gehe ich in mein Hotel zurück und rufe Meiling vom Zimmer aus an.

Sie meldet sich am Telefon. Es ist ihr nicht möglich frei zu sprechen. Ich gebe ihr die Ruf- und Zimmernummer von meinem Hotel und bitte sie, sich bald bei mir zu melden. Sie verspricht es und legt auf.

Das war keine gute Idee von mir. Jeden Moment hoffe ich, dass das Telefon läutet und ich wage mich nicht mehr aus dem Raum.

Durch das Fernglas beobachte ich das gegenüberliegende Haus. Es ist nichts zu erkennen was mich interessiert.

Der Summton des Telefons ertönt. Ich schrecke auf und greife nach dem Hörer. Meiling ist es und will wissen, wie es mir geht. Ich erzähle ihr, dass ich ein Fernrohr gekauft habe.

„Gehe bitte zum Fenster und schiebe den Vorhang zur Seite!"

Ich kann sie jetzt deutlich erkennen, wie sie den Hörer in der Hand hält und mit mir telefoniert. Sie winkt mir zu, obwohl sie mich nicht sehen kann.

„Ich werde dir zeigen, in welchem Hotelzimmer ich bin. Gleich schalte ich das Licht hintereinander ein und aus."

Mit bloßem Auge meint sie mich hinter den großen Fensterscheiben zu erkennen. Sie muss Adleraugen haben.

Jetzt verlässt sie den Raum. Ein anderes, viel größeres, Fenster wird beleuchtet. Ich sehe Meiling, wie sie die Vorhänge zur Seite schiebt. Dieser Raum muss das Wohnzimmer sein, wegen der Möblierung, die gut zu erkennen ist. Es kommt mir vor als stehe ich inmitten des Zimmers. Deutlich sehe ich die Gegenstände vor mir. Sie zeigt mir weitere Räume, in denen sich im Moment niemand aufhält.

Im Wohnzimmer tauchen andere Personen auf. Der ältere Herr muss ihr Vater sein, die Frauen möglicherweise ihre Tanten. Meiling und ihre Mutter tragen das Essen auf und die Familie setzt sich an dem großen runden Tisch zusammen und isst.

Es ist der letzte Tag des chinesischen Jahres und entspricht unserem Silvester.

Nach der Mahlzeit unterhalten sie sich. Kleine Schälchen mit Nüssen stehen auf dem Tisch und es liegen eigenartige rote Briefkuverts neben den Teeschalen.

Eine Stunde vor Mitternacht wird das Licht gelöscht. Die Familie geht wahrscheinlich gemeinsam auf die Straße, um die Spuren des alten Jahres mit sich zu nehmen. Meiling hatte es mir erklärt. Verstanden habe ich es nicht. Es soll bei ihnen ein alter Brauch sein.

Vor dem Dunkelwerden hatte das Feuerwerk begonnen. Die ganze Stadt scheint sich im Kriegszustand mit den bösen Geistern zu befinden.

Ich wage mich hinaus auf die Straße. Es scheint nicht ungefährlich zu sein, hier entlang zu wandeln. Überall zischt und kracht es. Die Gruppe mit Meilings Verwandten kann ich in der Nähe ihres Wohnhauses entdecken. Da sie mich nicht kennen, schlendere ich an ihnen vorbei und bleibe in ihrer Nähe mit meiner Kamera stehen. Wenn sie mich wahrnehmen, denken sie, dass ich ein umherirrender Tourist bin.

Die Rauchschwaden der Knallfrösche und Raketen verdichten sich. Ich gehe um den Häuserblock zu meinem Hotel und schalte den Fernseher ein. Bei einem

Glas Wein ist es gemütlicher, sich das Geschehen der Nacht anzusehen. Mit Beginn des neuen chinesischen Jahres sehe ich mit meinem Fernglas hinüber zum Haus. Die Lichter gehen an und die Fenster werden geöffnet. Jetzt lassen sie das Glück hinein, hatte mir Meiling einst gesagt. Lange feiern sie nicht mehr. Bald ist das letzte Licht verloschen.

Ob sie sich hingelegt hat?

Ich schalte meine Lampe mehrmals ein und aus. Sie antwortet mit dem gleichen Zeichen und lässt das Licht an. An die Fensterscheiben gelehnt sieht sie zu mir herüber. Es ist ein für mich unvergesslicher Augenblick. Ich muss an das Lied mit den Königskindern denken, die nicht zusammenkommen konnten. Trauer überkommt mich. Ich würde gern mit ihr sprechen. Zu dieser späten Stunde kann ich sie nicht mehr anrufen.

Zeitig am Morgen werde ich aus dem Bett geläutet. Am Haustelefon ist Meiling, die sich kurz von zu Hause davongestohlen hat. Sie wartet in der Lobby und ich bitte sie zu mir herauf. Es bleibt keine Zeit, das Zimmer aufzuräumen. Das ist jetzt unwichtig.

Sie gesteht mir, dass es ihr gestern Abend schwergefallen ist, nicht zu mir zu kommen. Ich stelle fest, dass wir die gleichen Gedanken und Empfindungen hatten.

„Heute ist der Tag, an dem wir unserer Ahnen gedenken. Mit meinen Eltern und Tanten gehe ich um zehn Uhr in einen Tempel und wir beten für die verstorbenen Familienmitglieder. Wenn du im Hintergrund bleibst, kannst du uns folgen und den Ahnen ein paar Räucherstäbchen anzünden. Es ist wichtig, dass sie uns gut gewogen sind."

„Können wir miteinander sprechen?"

„Nach dem Tempel besuchen wir den Yu-Garten. Dort findet sich eine Gelegenheit, dass wir zusammen sein können."

Meiling eilt zurück.

Es bleibt mir genügend Zeit zum Frühstücken. Ich weiß nicht, wann ich die nächste Gelegenheit zum Essen habe.

Rechtzeitig finde ich mich in der Nähe ihres Wohnhauses ein. Obwohl ich nicht hungrig bin, bleibe ich an einem der zahlreichen Kochplätze sitzen und verzehre ein paar gedämpfte Teigtaschen.

Meiling und ihre Verwandten sehe ich auf der Straße. Sie winken nach zwei Taxis und fahren in Richtung Innenstadt. Ich folge ihnen. Wir erreichen ein großes Gebäude mit einem geschwungenen Dach, das sich in der Nähe des Yu-Gartens befindet.

Ich weiß nicht, wem der Tempel gewidmet ist, den Buddhisten oder Taoisten. Auf einer kleinen Tafel lese ich, dass es sich um Stadtgötter handelt, die hier verehrt werden. Innen ist der Bau prunkvoll ausgestattet. An einem der Altäre hält sich Meilings Vater lange auf. Alle Familienmitglieder verbeugen sich vor einem kleinen Schrein.

Draußen auf dem Hof steht ein großes bronzenes Gefäß, in dem Räucherstäbchen vor sich hin glimmen. Viele Leute stecken ihre angezündeten Stäbe in die Sandfüllung und verneigen sich mehrmals. Meiling und ihre Verwandten tun es ebenso. Ich schließe mich ihnen an obwohl ich nicht weiß, wozu es gut ist. Bei dieser Gelegenheit komme ich an Meilings Vater nahe heran. Außer mir sind noch andere Langnasen in der Tempelanlage. Ich falle nicht weiter auf.

Jetzt müssten sie alle zum Yu-Garten gehen. Ihr Vater winkt nach einem Taxi. Überraschenderweise geht es zurück zum Haus.

Was ist passiert?

In meinem Hotelzimmer warte ich auf Meilings Anruf. Spät meldet sie sich.

„Es tut mir leid, dass wir uns nicht im Yu-Garten sprechen konnten. Eine meiner Tanten hatte Bauchweh bekommen."

„Das ist kein Grund, gleich nach Hause zu fahren", belehre ich sie.

„In ihrem Alter schon", entgegnet sie lachend.

Ich kann sie nicht verstehen, wieso sie das lächerlich findet.

„Warum lachst du?"

„Sie hat im Tempel eine Spur gezogen und ein Mönch lief ihr mit dem Scheuertuch hinterher. Die beiden Tanten sind in einem Alter wo man froh ist, wenn sie ab und zu das Haus verlassen können."

Meiling sagt mir, dass vor einer Stunde ihre beiden Schwestern mit Ehemännern angekommen sind. Solange sie bleiben, können wir uns nicht sehen. Morgen Abend soll das große Familientreffen in einem Restaurant in ihrer Straße stattfinden. Am Tag darauf fahren die Tanten nach Hause und die Schwestern werden Freunde und Bekannte besuchen. Meiling glaubt, dass wir uns dann öfter sehen können.

Zwei Tage muss ich mich gedulden. Das ist eine lange Zeit. Ich entschließe mich, in den Yu-Garten zu fahren. Dort habe ich genügend Fotomotive und meine Gedanken können sich beruhigen.

Der kleine Stadtgarten ist übervoll mit Menschen. Es gibt keinen Platz wo man sich setzen und ausruhen kann. Große Familiengruppen sind unterwegs. Sie haben ihr Essen mitgebracht und suchen eine Stelle wo sie Picknick machen können. Durch das Teleobjektiv der Kamera kann ich sie unbemerkt beobachten und ein paar schöne Personenaufnahmen schießen. Es scheint eine heile Welt zu sein, in der Jung und Alt friedlich vereint sind. Mir fällt auf, dass die Kinder und Jugendlichen die älteren Familienmitglieder respektvoller behandeln als es in Wien der Fall ist.

Bevor es dunkel wird fahre ich zum Hotel. Durch mein Fernrohr kann ich nichts erkennen. Alle Vorhänge sind zugezogen. Ein wenig bereue ich, dass ich Meiling nach Shanghai gefolgt bin. Die Alternative wäre, in Hongping im Büro zu sitzen und mit Toni die Testprotokolle zu diskutieren. Das erscheint mir weniger sinnvoll zu sein. Zumindest habe ich heute ihre Eltern gesehen und wenn ich mich eines Tages bei ihnen vorstellen werde, weiß ich, wie sie aussehen.

18

Shanghai, Teehaus

Am nächsten Tag fahre ich nach dem Frühstück mit dem Taxi zur Uferpromenade, dem Bund. Das ist eine lange Fußgängerzone am Westufer des Huangpu-Flusses. Gegenüber liegt der neue Stadtbezirk Pudong mit dem 468 Meter hohen Fernsehturm und imponierenden Hochhäusern. Sie bilden einen wunderbaren Hintergrund auf meinen Fotos mit den Schiffen und Booten, die auf dem Fluss entlangfahren.

Gegen Mittag möchte ich in einem der alten Hotels europäisch essen. Um auf die andere Straßenseite zu gelangen, muss ich durch eine Unterführung gehen.

Sie ist schlecht beleuchtet und zieht sich lang hin. Nur wenige Menschen sind in dieser Passage zu sehen. Ob es einen anderen Weg gibt, die Straße zu passieren? Ich kann keinen erkennen. Ein paar Kinder stehen mit Plastikbechern in der Hand am Rand der Unterführung und betteln um Geld. Ein ungutes Gefühl beschleicht mich in dem halbdunklen Gang. Ein Junge kommt auf mich zu und streckt mir seinen Becher entgegen. Ich suche in meinen Taschen nach ein paar Münzen und gebe ihm eine.

Das wirkt wie ein Signal.

Aus allen Ecken erscheinen mehr Kinder, die ihre Hände ausstrecken und aufdringlich nach Geld betteln. Ich spüre unzählige Finger, die mich betasten.

Die Situation ist kritisch. Ich schreie die Kinder an, dass sie verschwinden sollen. Nichts hilft. Es sind zu viele, die mich umringen.

In meiner Not werfe ich alle Münzen, die ich in der Hand halte, weit weg, in die Richtung, aus der ich gekommen bin. Meine Belagerung wird kurzzeitig unterbrochen. Die Kinder laufen sofort zu der Stelle wo die Münzen niederfallen und suchen sie. Das nutze ich aus und renne davon.

Das Ablenkungsmanöver ist gelungen. Außer Atem erreiche ich die Stufen des Aufgangs. Auf dem Bürgersteig begegnen mir andere Passanten und ich fühle mich besser.

In einem der alten Gebäude am Bund befindet sich eine italienische Pizzeria. Ich suche mir einen schönen Platz an der Fensterfront, von dem ich die Skyline von Pudong gut sehen kann.

Es dauert lange, bis ich mich von dem Schreck erhole. Bettler habe ich in China bisher nicht gesehen. Diese Kinder sind die ersten dieser Zunft. Ich weiß nicht, ob sie mich beraubt hätten. Das Kräfteverhältnis war zu ihren Gunsten.

Die Pizza ist ein Gedicht für den Gaumen. Nach dem Essen fahre ich in mein Hotel und ruhe mich aus. Ich habe mir vorgenommen, am Abend in das Chinarestaurant zu gehen, in dem Meilings Familienfeier stattfinden soll.

Kurz nach 17 Uhr betrete ich das Lokal. Es ist noch leer. Für die Familienfeier ist ein Drittel des Gastraums reserviert. Der übrige Teil ist durch Paravents getrennt. Ich wähle einen Platz am Rand des Restaurants aus von dem ich alles gut überblicken kann und bestelle Tee und mehrere kleine Speisen. Von hier aus habe ich die Festgesellschaft gut im Visier.

Kurz vor 18 Uhr kommt Meiling mit ihren Verwandten. Sie hat mich nicht gesehen und setzt sich mit dem Rücken zu mir. An ihrem Tisch sitzen die Eltern sowie die beiden Schwestern mit ihren Männern. Wer die anderen Gäste sind, weiß ich nicht. Es werden Onkel, Tanten, Neffen und Nichten sein.

Ihre älteste Schwester hat die ehrenvolle Aufgabe, jeden richtig zu platzieren. Sie macht ihre Sache gut. Der Vater sitzt an dem großen runden Tisch, der gegenüber der Tür aufgestellt ist und kann die übrigen Tische gut übersehen.

Nachdem ein jeder Platz genommen hat, steht er auf und spricht zu seinen Gästen.

Die Rede ist lang und mancher seiner Zuhörer kann sich des Gähnens nicht erwehren. Die Kinder sind ungeduldig und wahrscheinlich hungrig. Sie rutschen auf ihren Stühlen wild hin und her.

Nach einer halben Stunde endet er und bekommt von allen Familienangehörigen großen Beifall. Ein anderer älterer Herr sagt ein paar kurze Worte des Dankes an das Oberhaupt der Familie und würdigt seine Umsicht und Klugheit in allen Familienangelegenheiten.

Meilings Vater scheint dieses Lob gut zu tun. Seine Augen strahlen. Jetzt werden von den Serviererinnen die Speisen aufgetragen. Es sind mehr als zwanzig Gänge. Die Gesellschaft schmatzt vor Vergnügen. Das Essen zieht sich über eine Stunde hin und es wird viel erzählt und verhalten gelacht.

Nach dem Essen stehen die Kinder auf und Meiling begleitet sie zum Spielen nach draußen. Sie sieht mich und wird bleich vor Schreck. Im ersten Moment weiß sie nicht, was sie tun soll. Mich hat sie hier nicht erwartet.

Sie traut sich nicht zu mir zu kommen und geht mit den Kindern weiter.

Nach einer Weile kommt der Ober zu mir und bittet mich zum Telefon. Verwundert folge ich ihm zu einer kleinen Seitennische.

Am anderen Ende der Leitung ist Meiling. Sie ruft von einem öffentlichen Telefon gegenüber dem Restaurant an und macht mir Vorwürfe, dass ich leichtsinnig bin und zu nah bei ihnen sitze. Ich beruhige sie, da außer ihr niemand weiß, wer ich bin und dass ich auf diese Art ihre ganze Familie kennenlernen kann.

„Du musst mir sagen, wer die Leute auf eurer Familienfeier sind", bitte ich sie.

Meiling muss lachen. Ihr gefällt meine Unverfrorenheit, mich nah an das Löwenrudel zu trauen. Sie beschreibt mir die einzelnen Personen. Eine der Schwestern kommt zu ihr und sie bricht das Telefonat abrupt ab.

Als sie mit den Kindern zurückkommt, streift sie mich beim Vorbeigehen mit einem flüchtigen Blick.

Niemand hat es bemerkt. Die Männer sind angetrunken und lustig. Sie prosten sich fortwährend zu, schreien

„Ganbei" und trinken ihre Gläser mit einem Schluck aus.

Ich bleibe als stiller Beobachter an meinem kleinen Tisch sitzen und betrachte Meiling, wie sie sich mit jedem unterhält. Gern wüsste ich, was sie sagt. Ich muss beginnen, Chinesisch zu lernen.

Am nächsten Morgen besucht mich Meiling überraschend im Hotel. Sie ist auf dem Weg zum Markt und hat nur wenig Zeit für mich.

Über meinen unerwarteten Besuch in dem Chinarestaurant hat sie sich gefreut. Es wäre eine Gelegenheit, mich den Familienmitgliedern vorzustellen. Sie sagte mir, dass es zu diesem Zeitpunkt nicht ratsam ist.

Mit ihrer älteren Schwester Lu hatte sie am Abend zuvor über unsere Beziehung gesprochen und die meinte, dass wir nichts übers Knie brechen sollen. Lu hat uns beide zu sich nach Hause eingeladen. Sie wohnt in Suzhou, einer kleinen Stadt, die 100 km von Shanghai entfernt liegt und von der Baustelle mit dem Bus gut erreichbar ist.

Nach Suzhou wird Meiling mit ihren Eltern und der älteren Schwester morgen abreisen. Ihr Vater möchte sich ihr Haus und den Garten ansehen. Lu hatte es als Hochzeitsgeschenk von ihm erhalten.

Viele reiche Bürger von Shanghai hatten früher außerhalb der Metropole einen Zweitwohnsitz. Suzhou, oder „Venedig des Ostens", wie der Ort liebevoll wegen seiner zahlreichen Kanäle genannt wird, gehört dazu.

Für mich ist es enttäuschend, dass Meiling bald abreist. Wir können es nicht ändern. Ich entschließe mich, am nächsten Morgen nach dem Frühstück mit dem Zug nach Hangzhou zu fahren.

19

Suzhou, Kanal

Der Alltag auf der Baustelle holt mich schnell ein. Toni ist mit den Ergebnissen der Tests zufrieden und meint, dass ich die Prüfungen für den zweiten Maschinensatz selbständig durchführen soll. Unter der Bedingung, dass ich jedes zweite Wochenende frei habe, willige ich ein.

Mit Meiling sitze ich im Bus nach Suzhou. Wir sind seit dem Vormittag unterwegs. Am späten Nachmittag kommen wir dort an. Wir fühlen uns wie gerädert. Mit dem Taxi fahren wir zu ihrer Schwester. Ich hatte sie im Restaurant in Shanghai gesehen. Sie kennt mich noch nicht.

Nachdem wir ein paar Worte im gebrochenen Englisch miteinander wechseln, ist die Scheu verflogen und Meilings Schwester Lu gibt sich locker. Sie zeigt mir kurz das Haus und den Garten und wir fahren zu einem Maler, mit dem sie befreundet ist.

Er hat uns zum Abendessen eingeladen. Wir finden ihn in der Küche. Er versucht europäisch zu kochen, um mir damit eine besondere Freude zu machen und den Frauen mit seiner Kochkunst zu imponieren.

Der Maler ist ein interessanter Mann, mit dem ich mich auf Anhieb gut verstehe. Er ist gebildet und befasst sich neben der Malerei mit Geschichte und Musik. Ich bin verwundert, wieviel er über die Habsburger Monarchie weiß und bald vertiefen wir uns in das eine und andere Thema.

Die beiden Schwestern stört unsere Unterhaltung nicht. Sie überlegen, wie sie ihrem Vater die Heiratsabsicht von Meiling mit mir beibringen können.

Der Maler hat ein schönes kleines Haus mit einem herrlichen Atelier, nach Norden gelegen. Nach dem Essen macht er eine kurze Führung durch die Räumlichkeiten und wir betrachten lange Zeit die Bilder.

Dargestellt sind Vögel, Bambus und Landschaften.

Er fertigt sie für den Verkauf in Galerien und Souvenirläden in großen Mengen an und verdient damit seinen Unterhalt. Mit diesen Motiven hat er eine hohe Perfektion erreicht. Für sich selbst malt er andere Bilder. Diese zeigt er in Ausstellungen. Es sind Arbeiten mit außergewöhnlichem Stil, eine Mischung aus westlicher und chinesischer Malerei. Die Arbeiten gefallen mir viel besser. Stolz zeigt er uns die Werke für seine nächste Ausstellung.

Spätabends kehren wir zurück in das Haus von Meilings Schwester. Wir sitzen noch kurze Zeit zusammen und sie erzählt mir, worüber sie mit ihrer Schwester gesprochen hatte.

Mir scheint als würde sich unser Problem zu einem gordischen Knoten verdichten. Auf der einen Seite sehen die Frauen unüberwindliche Hindernisse und zum anderen erkennen sie Möglichkeiten, die zu einer erfolgreichen Lösung führen können.

Mir kommt in den Sinn, dass sie die 36 Strategeme für den privaten Bereich gegenüber ihrem Vater anwenden wollen. Parallelen zu verschiedenen Kriegslisten sind deutlich zu erkennen. Ich komme mir vor, wie ein Zuhörer bei der Lagebesprechung in einem Heerlager.

Wir gehen zu Bett und müssen in getrennten Räumen schlafen. Meilings Zusicherung, dass wir uns nicht berühren, erscheint ihrer Schwester wahrscheinlich nicht glaubhaft genug zu sein. Sie wird mir diesbezüglich nicht trauen.

Am nächsten Morgen haben wir uns mit dem Maler am Eingang zum Lingering-Park verabredet.

Er wartet auf uns und hatte Tickets gekauft. Es ist eine schöne chinesische Parkanlage, in der die Regeln des Feng-Shui vorbildlich umgesetzt sind. Hier könnte ich Tage mit Meiling verbringen. Mir gefallen die Baumgruppen und die Anordnung der kleinen Teiche, die künstlichen Hügel mit den großen Steinen, die Gebäude und Wege. Es ist mir klar, dass ich zu diesem schönen Platz zurückkehren werde. Die Zeit vergeht viel zu schnell für mich.

In zwei Wochen hat der Maler seine Ausstellungseröffnung und lädt uns ein, zu kommen. Ich überlege, wie ich es arbeitsmäßig einrichten kann. Unter Vorbehalt sage ich ihm zu.

Nach einem kurzen Imbiss an einem Stand gehen wir gemeinsam zur Bushaltestelle. Der Bus steht da und wir verabschieden uns.

Meiling hat in ihrer älteren Schwester eine Fürsprecherin gefunden, die bei erstbester Gelegenheit mit dem Vater über unser Anliegen reden will. Wann dieses Gespräch frühestens stattfinden kann, weiß sie nicht. Sie denkt, dass es am ersten Mai sein wird. An diesem Tag muss ihr Mann in Shanghai an den Feierlichkeiten der Stadt teilnehmen und sie will ihn begleiten.

Wir steigen in den Bus und sie winken uns zum Abschied lange nach. Vor uns liegt eine beschwerliche Fahrt. Sie kann die vielen positiven Eindrücke unseres Besuches nicht stören. Meiling erzählt mir von den Gesprächen mit ihrer Schwester und dass sie zuversichtlich ist, dass wir die Erlaubnis bekommen, zu heiraten.

„Was hat sie dir beim Abschied zugeflüstert?", möchte ich wissen.

„Das war nicht für deine Ohren bestimmt!", erwidert Meiling keck.

Sie macht mich neugierig. Lange muss ich bitten, ehe sie es mir verrät.

„Lu sagte, dass ich mir eine hübsche Langnase ausgesucht habe und du ihr gefällst. Muss ich mir jetzt Sorgen machen und eifersüchtig sein?"

Siegessicher lächelt sie mich an.

„Deine Schwester kann dir in Punkto Schönheit nicht das Wasser reichen!"

„Das höre ich gern! Wie sieht es mit anderen Frauen aus?"

Wir driften in ein gefährliches Fahrwasser. Aus dem spaßigen Wortgeplänkel kann leicht ein bitterer Geschmack zurückbleiben. Ich muss mir ein hübsches Kompliment für sie einfallen lassen, dass sie milde stimmt.

„Seitdem ich dich kennengelernt habe, sehe ich keine andere Frau mehr an", schwindele ich charmant und ernte ein bezauberndes Lächeln. Sie schmiegt ihren Kopf an meine Schulter und sieht durch die Scheibe nach draußen. Wir fahren durch eine ebene Gegend mit unzähligen aneinandergereihten Reisfeldern.

Ich überlege, wie es mit uns beiden weitergehen soll und spreche mit Meiling darüber.
Wir sind voller Hoffnung und glauben, dass wir bald heiraten dürfen. Ich habe die Absicht, meine Eltern hierher einzuladen. Sie würden sich freuen, nach Shanghai zu reisen und sich alles anzusehen. Ich bin davon überzeugt, dass mein Vater mitkommt, obwohl er Ressentiments gegenüber den Asiaten und den Chinesen im Besonderen hat.
Wenn es nach mir ginge, sollte die Hochzeit bald sein, damit ich mit Meiling in Hongping offiziell zusammenwohnen darf.

Wir erreichen das Camp bevor es Nacht wird und ich bringe sie zu ihrem Quartier. Die Ärmlichkeit ihrer Unterkunft ist für mich erdrückend. Sie klagt nicht. Ich überlege, ob ich mit Madame Hu darüber spreche. Sie ist eine erfahrene Frau und weiß Rat.

20

Suzhou, Park

Der Frühling zeigt sich von seiner schönsten Seite. Die Kirschbäume stehen in voller Blüte. Es ist die Zeit des Aufbruchs in der Natur. Obwohl es im Osten Chinas, südlich des Jangtsekiang, im Winter nie richtig kalt wird, freuen sich die Spaziergänger auf die wärmende Sonne und die Blumen in den Parkanlagen.

Wir sind zu der Vernissage des befreundeten Malers von Meilings Schwester in Suzhou eingetroffen. Ich war zu verschiedenen Ausstellungseröffnungen in Wien und weiß, wie diese in Österreich ablaufen.

Die Eröffnung beginnt mit einer Rede des Parteisekretärs der Stadt, der in Suzhou für Kulturfragen zuständig ist. Sie dauert länger als eine halbe Stunde. Ich verstehe kein Wort und das Stillstehen wird für mich zur Qual. Endlich hört er auf und alle applaudieren kräftig. Bei den meisten wird es aus Freude sein, dass der Redner zum Schluss gekommen ist.

In dem Ausstellungsraum ist es heiß und mir läuft der Schweiß von der Stirn. Es ist verwunderlich, dass die Chinesen die Hitze besser verkraften wie ich. Bei keinem sehe ich Schweißperlen im Gesicht.

Nach der Rede des Parteisekretärs melden sich sechs weitere Persönlichkeiten zu Wort. Sie halten sich überraschenderweise kurz.
Es beginnt das große Händeschütteln.

Der Maler erklärt den prominenten Gästen seine Bilder und alle nicken ihm zufrieden zu. Nachdem die Presse und das örtliche Fernsehen genügend gefilmt und fotografiert haben, wird es ruhiger. Die Besucher ziehen davon.

Ein kleiner Freundeskreis des Malers bleibt unschlüssig stehen. Wir gehen zusammen in ein nettes Restaurant um den Abend angenehm ausklingen zu lassen. Die meisten sprechen gut Englisch. Man einigt sich darauf, die weitere Unterhaltung in dieser Sprache zu führen. Dies ist eine freundliche Geste mir gegenüber. Ich muss erzählen, wie die Künstler in Wien leben und arbeiten und wie dort die Ausstellungen ablaufen.

Am nächsten Morgen treffen wir uns mit dem Maler in einem der vielen Parks. Er hatte versprochen, uns mehrere davon zu zeigen. Die beiden Schwestern haben viel miteinander zu bereden und folgen uns in einem großen Abstand.
Der Maler kommt auf unsere Heiratsabsichten zu sprechen und drückt seine Bewunderung für mich aus.
Zunächst verstehe ich nicht, was er damit meint und hinterfrage.

„Wenn ich mir vorstelle, dass ich in Europa wäre und dort eine Frau kennenlernen und heiraten würde, wüsste ich, dass ich mit ihr nur in China leben könnte. Ich bin bodenständig und mir gefällt es am besten in Suzhou, meiner Heimatstadt."

„Ich bin gern in Wien. Wenn es Meiling dort nicht gefallen würde, könnte ich mit ihr in China oder einem anderen Ort auf der Welt leben. Wichtig ist, dass wir zusammen sind."

„Wollt ihr ein Leben lang von einer Baustelle zur anderen wechseln, wie die Leute vom Zirkus?"

Was soll ich ihm sagen?

Ich habe noch nicht darüber nachgedacht.

In den nächsten zwei Jahren bin ich in China und was später ist, weiß ich nicht. Es ist richtig, dass wir uns einig sein müssen, wo unser zukünftiges Zuhause sein soll. Ich glaube, dass es für Meiling kein Problem ist in einem anderen Land zu leben.

Der Maler wartet auf eine Antwort.

„Wir werden voraussichtlich in Wien bleiben, denke ich. Meine Eltern haben dort ein schönes Haus und ich bin ihr einziges Kind, der es erben wird."

„Überlegt es euch gut, bevor ihr eine feste Bindung eingeht! Ich spreche aus eigener Erfahrung."

Ich sehe den Maler fragend an.

Nachdenklich schüttelt er den Kopf.

„Ich hatte während meines Studiums an der Kunstakademie in Shanghai eine italienische Studentin kennengelernt. Wir verstanden uns gut und liebten uns. Wir beschlossen zu heiraten und in Shanghai zu leben. Die Verhältnisse waren nicht wie heute. Es gab erste Versuche einer Liberalisierung und wir bekamen die Erlaubnis. Nach unserer Hochzeit durfte ich nach Italien reisen um die Familie meiner Frau zu besuchen. Ich hatte viel über dieses interessante Land gehört und gelesen. Mir war es, mit seinen unschätzbaren Kulturgütern und seiner Kunst, nicht fremd. Als wir Italien erreichten, verhielt sich meine Frau anders als in Shanghai. Sie zog es vor, lieber mit ihren Freunden zusammen zu sein als mit mir. Das Heimweh machte mir zu schaffen."

„Haben dich ihre Freunde nicht aufgenommen?"

„Vielleicht war es meine Schuld, dass ich mit der Lebensart in Italien nicht zurechtkam. Eines Tages war mir bewusst, dass ich niemals dort leben kann. Am Ende unseres Familienurlaubs fuhr ich ohne meine Frau nach China zurück. Seitdem haben wir uns nicht mehr gesehen. Anlässlich des Frühlingsfestes und zu Weihnachten schreiben wir uns einen langen Brief und berichten von unseren künstlerischen Erfolgen. Unsere Liebe, ist mit den Jahren erloschen."

„Es tut mir leid für dich!", sage ich betroffen.

Schweigend, in Gedanken versunken, gehen wir auf dem schattigen Weg weiter.

Ich überlege, wie es bei Meiling und mir sein wird.

Überzeugt bin ich, dass es bei uns anders ist. Sie hat ein Technikstudium absolviert und wird in meiner Firma, mit großer Sicherheit, einen Job bekommen. Gutes Fachpersonal wird überall in der Welt gesucht.

Der Maler sieht mich von der Seite an und bleibt stehen.

„Ich wünsche euch, dass ihr es besser meistert als ich mit meiner Frau", beendet der er das Thema.

Meiling und ihre Schwester haben uns eingeholt.

Wir sehen uns zwei weitere Parks in der Stadt an. Sie gefallen mir gut, doch die erste Anlage kann in seiner vollendeten Harmonie nicht übertroffen werden. Dieser Meinung sind auch die anderen.

Eilig laufen wir zum Bus.

Auf der Rückreise erzähle ich Meiling von dem Maler und seiner italienischen Frau, die getrennt leben. Sie ist mit mir einer Meinung, dass wir es besser machen werden.

Da wir uns lieben, werden wir an jedem Ort in der Welt glücklich sein. Die Hauptsache ist, dass wir nicht getrennt leben müssen.

Ich freue mich, dass sie hierüber nachgedacht hat und wie ich empfinde.

21

Huangshan, Brücke

Auf der Baustelle kommen wir gut mit der Arbeit voran. Den zweiten Maschinensatz hatte ich selbständig getestet und Toni kontrollierte nur die Ergebnisse, pingelig wie er ist. Für ihn hat sich ein neues Projekt aufgetan, das in der gleichen Provinz liegt. Es befindet sich in der Angebotsphase. Es gibt mehrere Anbieter und es ist offen, ob wir den Auftrag bekommen werden.

Für mich bedeutet das neue Projekt erhebliche Mehrarbeit. Jeden zweiten Sonntag musste ich durcharbeiten und bin in Sorge, ob nicht die Beziehung zu Meiling darunter leidet. Das abendliche Tischtennistraining haben wir beibehalten. Es ist für mich die einzige Möglichkeit mich zu entspannen.

An den Wochenenden, wo ich arbeiten muss, fährt Meiling zu ihren Eltern nach Shanghai. Das Gespräch ihrer älteren Schwester Lu mit dem Vater hatte nichts gebracht.

Zumindest weiß er Bescheid, dass es mich gibt. Sie hat ihn gebeten, dass er unserer Verbindung zustimmt. Er hat es abgelehnt und allen untersagt, darüber zu sprechen. Ich bin für ihn eine unerwünschte Person. Seitdem habe ich nichts Neues in unserer Angelegenheit gehört und will Meiling damit nicht ständig in den Ohren liegen.

Zum Glück fordert mich die Arbeit stark und eine zweite Front will ich mir momentan nicht schaffen. Ich lasse es laufen wie es ist.

In den letzten Wochen ist mir aufgefallen, dass Meiling unzufrieden von ihren Wochenendbesuchen bei ihren Eltern zurückkommt.

Sie bittet mich, mit ihr für eine Woche ins Huangshan-Gebirge auf Urlaub zu fahren. Es klingt wie ein Hilferuf, den sie sendet.

Mit Toni spreche ich darüber und er ist bereit, mich zu unterstützen. Er verschiebt seine Termine für das neue Projekt und setzt allein die Tests fort.

Oskar stellt mir seinen alten Jeep für die Reise zur Verfügung. Mit dem Auto ist es einfacher in die Stadt Huangshan zu kommen als mit den Linienbussen.

Meiling ist froh darüber. Sie kümmert sich um das Hotel.

Vor unserer Abreise beschreibt sie mir die Schönheit der „Gelben Berge". Mit ihren Freundinnen war sie vor einigen Jahren dort. Als Studentin hatte sie in den Ferien Zeit, die Gegend in Ruhe zu erkunden. Die Begeisterung, mit der sie von dem Bergmassiv spricht, überträgt sich auf mich. Ich kann es nicht erwarten, die Gegend zu sehen.

Zeitig in der Früh fahren wir mit dem Jeep los. Unser Gepäck haben wir am Vortag im Auto verstaut. Meiling hat eine chinesische Straßenkarte bei sich, auf der die Route mit einem Signierstift markiert ist.

An Kleidung brauchen wir für die fünf Tage nicht viel mitnehmen. Das Wetter soll schön sein.

Die asphaltierte Straße nach Huangshan führt zunächst durch ein schönes Mittelgebirge mit Reisfeldern, die terrassenförmig an den Berghängen liegen. Wir fahren durch kleinere Städte und kommen zu einem Verkehrs-knotenpunkt. Von hier führt der Weg entlang eines Flusses zum Huangshan-Gebirge.

Zur Mittagszeit kommen wir dort an und fahren auf der Höhenstraße in das wunderschöne Gebiet hinein.

Am Fuße eines der Berge suchen wir die Zufahrt zu dem Hotel, in dem Meiling telefonisch Zimmer gebucht hat.

Viele Leute sprechen mich auf der Straße an, die gern ein Hotel vermitteln wollen, um nachher eine Provision zu erhalten. Sie sind aufdringlich. Ich tue als würde ich nicht verstehen was sie meinen und antworte in deut-scher Sprache. Außer ein paar Wörter Englisch kennen sie keine Fremdsprache und gehen enttäuscht zur Seite.

Nach einer Stunde haben wir unser Hotel am Rande der Bergschlucht gefunden. Weiter hinauf geht es zur Seil-bahnstation, von der man auf die Spitze der Berge ge-langen kann.

Das Hotel ist einfach ausgestattet. An der Rezeption müssen wir eine Weile warten, bis sich jemand um uns bemüht. Endlich erhalten wir den Zimmerschlüssel und ein Formular, das ausgefüllt werden muss.

„Wo ist mein Schlüssel?", flüstere ich Meiling zu.

„Lass dich überraschen!"

Ich folge ihr durch einen langen dunklen Gang bis zur letzten Tür. Sie schließt auf und bittet mich einzutreten.

Das Zimmer ist geräumig und hat ein Bad mit Wanne und Dusche, Toilette und Bidet. Diesen Komfort trifft man nicht überall an.

„Ist dies dein oder mein Zimmer?", will ich wissen.

„Es ist deines und wenn du mich mit einziehen lässt, ist es unser Zimmer."

„Natürlich darfst du bei mir wohnen!", rufe ich begeistert.

Ich frage nicht, warum wir nur ein Zimmer haben. Das Hotel wird ausgebucht sein.

Ein Blick aus den Fenstern bietet eine herrliche Sicht in die Schlucht und auf einen in die Tiefe hinabstürzenden Bach. Aufsteigende Nebel verdunkeln ab und zu die Sonne und ziehen im Eiltempo hinauf zu den Gipfeln.

Wir gehen ins Hotelrestaurant und essen eine Kleinigkeit. Nach der langen Fahrt tut ein Spaziergang gut. Der Wanderweg führt zu einem Wasserfall, der dreigeteilt über den großen Felsrücken fällt und am Fuße in einem der Zuläufe des Baches mündet. Das Toben der Wassermassen ist betörend.

Wir gehen zurück zum Hauptweg und kommen zu einer steinernen Bogenbrücke, die über den tosenden Bach erbaut wurde. Hier bleiben wir stehen. Der Blick führt hinab zum Tal.

Ich mache ein paar Fotos und frage einen Passanten, ob er Meiling und mich mit meiner Kamera fotografieren würde. Der angesprochene Chinese ist freundlich und gleich bereit zu helfen.

Wir laufen den weiten Weg bis zur Seilbahnstation um uns zu erkundigen, ab wann die erste Bahn auf den Berg hinauffährt. Meiling ist müde und möchte zurück zum

Hotel. Als wir in unserem Quartier ankommen ist es dunkel.

Nach dem ausgiebigen Spaziergang haben wir einen guten Appetit und bestellen im Restaurant ein Menü, das normalerweise für vier Personen gedacht ist. Bei Kerzenschein und einem guten chinesischen Rotwein verbringen wir ein paar schöne Stunden, bevor wir auf unser Zimmer gehen.

Ich überlege, wie es weitergehen wird und welche Überraschungen Meiling für mich bereithält. An den vergangenen Wochenenden war sie über Nacht in meinem Apartment geblieben. Sie hatte mit mir das große Bett geteilt. Eisern hielt ich mich an unsere Abmachung, obwohl es mir schwerfiel.

Der Schweiß klebt unangenehm auf meiner Haut und ich lasse mir Wasser in die Badewanne ein. Sie packt unsere Reisetaschen aus und verstaut die Kleidung im Schrank. Ich steige in die Wanne und tauche unter. Diesen Moment genieße ich. Träge liege ich im Wasser und denke über den schönen Tag nach.

Ein leichter Lufthauch verrät mir, dass die Tür geöffnet wird. Ich sehe nach hinten und erblicke Meiling, wie sie in ein Badetuch gehüllt ins Bad kommt.

„Darf ich zu dir?", fragt sie mit leiser Stimme.

„Gern!", erwidere ich und mache Platz.

Sie steigt zu mir in die Wanne. Elegant löst sie den Knoten des Tuchs über ihrer Brust und legt es auf den Hocker. Wie ein Huhn, das sein Nest inspiziert, sucht sie nach einem geeigneten Platz. Sie setzt sich an das Fußende.

Ich überlege, ob ich aus dem Wasser steige. Ihr Anblick ist betörend. Wie lange ich meine Gefühle in den Schranken halten kann, weiß ich nicht. Sie scheint meine

Gedanken zu erraten und lächelt mich vielsagend an. Voller Anmut kauert sie mit angezogenen Knien zu meinen Füßen und lächelt.

Will sie herausfinden, wie gut ich mich beherrschen kann?

Es war zwischen uns ausgemacht, dass sie bestimmt, wie weit ich bei ihr gehen darf. Von der Gürtellinie bis zu den Füßen ist Tabuzone. Bisher habe ich mich an die Vereinbarung gehalten. Diesmal fällt es mir schwer. Ihr Einstieg in die Wanne ist wie eine Einladung für mich, einen Schritt in unserer Beziehung weiterzugehen.

Ich denke es ist besser zurückhaltend zu bleiben und beginne ein Gespräch über die Planung des nächsten Tages.

„Wir werden zeitig vom Hotel aus aufbrechen um die erste Seilbahn zu erreichen", schlage ich vor.

An ihrem Gesichtsausdruck erkenne ich, dass es nicht das ist, worüber sie jetzt mit mir sprechen will.

„Wäschst du mir den Rücken", sagt sie leise und macht eine Wende in der Hocke. Sie sitzt zwischen meinen Knien, mit dem Rücken zu mir gewandt. Mit dem Seifenstück, das auf dem Wannenrand liegt, gleite ich über ihre Schultern. Die Seife rutscht mir aus der Hand und versinkt in der Wanne zwischen ihren Füßen. Ich versuche sie zu fassen, doch ohne Erfolg. Es bleibt nicht aus, dass ich versehentlich ihre Schenkel berühre und damit die Tabuzone erstmals verletze. An ihrer Reaktion erkenne ich, dass es ihr gefällt. Die Suche nach dem Seifenstück wird zum endlosen Spiel, das uns beiden Freude bereitet. Die Grenze ab der Gürtellinie scheint aufgehoben.

22

Huangshan, Berggipfel

Die Sonne weckt mich auf. Ich liege ausgestreckt in dem Doppelbett und habe die dünne Decke bis zum Hals hochgezogen. Das Fenster ist gekippt und die Morgenkühle lässt mich frösteln. Neben mir schläft Meiling. Sie hat sich eng an mich geschmiegt als würde sie meine Wärme suchen.

Die letzte Nacht war traumhaft. Wir haben beide den Moment des Eins-Seins genossen.

Wie soll ich mich verhalten, wenn sie munter wird?

Werde ich sie auf unsere Liebesnacht ansprechen oder lieber schweigen und tun als wäre nichts passiert. Mir scheint es am besten nichts zu sagen. Wenn es ihr wichtig ist darüber zu sprechen, dann wird sie es tun.

Vorsichtig streiche ich über ihre Haare und betrachte das Gesicht. Entspannt und glücklich sieht sie aus.

Leise stehe ich auf und mache mich im Bad fertig.

Als ich zurückkomme liegt sie noch im Bett und hat die Augen geschlossen. Ich probiere es, wie der Prinz von

Dornröschen und küsse sie wach. Lächelnd sieht sie mich an.

„Du musst jetzt munter werden, mein Liebling, wir wollen auf die Berge steigen. Es ist spät."
Meiling legt ihre Arme um meinen Hals und will mich nicht loslassen.

„Die Nacht war wunderbar. Jetzt bin ich nicht nur deine Verlobte, sondern deine Frau."

„Wir sind jetzt zu einem verschmolzen", bekräftige ich ihre Worte.

„Mein Leben würde ich für dich geben", raunt sie mir leise zu.

„Denke nicht ans Sterben! Zuerst müssen wir heiraten, viele Kinder kriegen und diese großziehen. Wenn wir alt und gebrechlich sind, dürfen wir an den Tod denken."

Ich fasse sie an den Beinen und ziehe sie zum Bettrand. Wenn sie jetzt nicht aufsteht, können wir gleich liegen-bleiben und den Tag im Bett verbringen.
Es dauert nicht lange bis Meiling mit ihrer Morgentoilet-te fertig ist. Wir gehen zusammen in den Frühstücks-raum. Ich könnte Bäume ausreißen, wie ich mich fühle.

Nach dem Frühstück fahren wir mit einem Taxi zu der zweiten Seilbahnstation, die auf der anderen Seite der Bergkette liegt. Viele Menschen warten an dem Ticket-schalter. Eine halbe Stunde müssen wir anstehen, bis wir in die Kabine der Seilbahn einsteigen dürfen.
Es geht steil nach oben. Ängstlich hält Meiling sich an mir fest. Ich drücke sie an mich und sie wird ruhiger.

Oben angekommen, folgen wir den anderen Leuten. Der Weg führt zunächst über viele Stufen steil bergauf. Wir lassen uns zurückfallen, um ungestörter zu sein.

Vor uns bewegt sich eine unendlich lang scheinende Karawane von chinesischen und japanischen Touristen, die in Gruppen wandern und an ihren gleichen Kappen oder T-Shirts zu erkennen sind. Langnasen sehe ich keine. Hier oben bin ich eine seltene Spezies.

Im Hotel hatte ich eine Wanderkarte gekauft, nach der wir uns orientieren können. Wir haben uns zum Ziel gesetzt bis zu der zweiten Seilbahnstation zu laufen. Sie ist nicht weit entfernt von unserem Hotel. Die Distanz scheint nicht groß. Bis zum Nachmittag wollen wir sie bewältigen.

Durch das Auf und Ab dauert es länger als wir dachten. Die Wege sind ausgezeichnet präpariert. Kleine Nebelschwaden fliegen an uns vorbei. Sie sind zum Greifen nah. Im nächsten Augenblick verlieren sie sich am Himmel. Die gesamte Landschaft sieht wie ein großer, schön gestalteter Garten aus. Seine Harmonie ist unübertrefflich. Die hoch aufragenden Felsen sind von alten Bäumen umsäumt, die Mühe haben, sich in den kleinen Felsspalten festzuklammern, um nicht in den tiefen Abgrund zu stürzen. Die Kiefern müssen uralt sein. Sie haben starke Stämme und vom Sturm zerzauste Äste.

An manchen Stellen sind die Stufen direkt in den Felsen geschlagen und führen steil nach oben. Männer mit Sänften warten auf müde Wanderer und tragen sie für 120 Yuan hinauf.

Von den Anhöhen, die alle einen wohlklingenden chinesischen Namen haben, können wir das Gebirge gut übersehen. Wir erfreuen uns an dem verschiedenfarbigen Grün der baumbewachsenen Schluchten.

Dieses Gebirge ist ein kleines Paradies und ich verstehe, dass viele Menschen zu jeder Jahreszeit gern hierherkommen und sich an den Wundern der Natur erfreuen.

Ich bin von allem, was ich sehe, tief beeindruckt und habe drei Filme verbraucht. Meiling muss sich mit ihrem roten Pullover in den Vordergrund stellen, wenn ich fotografiere. Am Anfang zierte sie sich, aus einer falschen Bescheidenheit heraus. Bald hat sie Gefallen daran gefunden und stellt sich ohne Bitten von mir gekonnt in Pose.

Als wir an dem höchsten Punkt in der Bergkette angekommen sind, setzen wir uns auf eine Bank und betrachten das herrliche Panorama. Ich weiß nicht, wohin ich zuerst sehen soll, auf die Berggipfel oder auf Meiling. Überglücklich sieht sie aus. Eng schmiegt sie ihren Kopf an meine Schulter und scheint zu träumen.

Ein alter Chinese, der in der Nähe auf einem Stein sitzt, steht auf und kommt auf uns zu. Ich hatte bemerkt, dass er uns beobachtet. In Englisch fragt er mich, ob er sich zu uns auf die Bank setzen darf.
Ich nicke ihm zu.

Der Mann sieht aus wie ein alter Weiser. Er hat einen langen, dünnen, weißen Bart und ein hageres Gesicht. Bekleidet ist er mit einem einfachen, traditionellen altchinesischen Gewand. In der Hand hält er einen eigenartig geformten hölzernen Stock. Es ist sein Spazierstock. Der Mann sieht verzückt auf Meiling und mich.
„Es freut mich, dass ich auf diesem Berg ein verliebtes Paar, wie euch treffe. Vor vielen Jahren als ich jung war wie ihr, war ich an diesem Platz mit meiner Geliebten. Sie ist zu früh gestorben. Ich komme jedes Jahr hierher, wo ich ihr meine große Liebe zum ersten Mal gestand. Wenn ich an diesem Platz angelangt bin, habe ich das Gefühl, dass sie nah bei mir ist."

Ich habe keine große Lust, mich mit einem Fremden zu unterhalten und Meiling geht es ebenso. Diesen freundlichen Alten wollen wir jedoch nicht abweisen.

„Hatten sie ihre Geliebte geheiratet?" will ich von ihm wissen.

„Oh nein, sie war einem anderen Mann versprochen und musste ihn ehelichen. Auf diesem Berg haben wir uns heimlich getroffen und über unsere Liebe gesprochen."

„Das ist traurig!", sage ich tief ergriffen.

„Ja, das ist es. In unseren Herzen und Gedanken waren wir beisammen. Nichts konnte uns trennen. An diesem Platz schöpften wir neue Kraft zum Leben."

Meiling ist tief gerührt von der Erzählung des Fremden und Tränen laufen über ihre Wangen. Der alte Mann sieht es.

„Mein schönes Fräulein, du brauchst nicht weinen. Ich habe gesehen, dass ihr die gleiche Liebe zueinander empfindet, wie einst wir. Darum solltet ihr euch freuen und nicht traurig sein. Für Liebende gibt es keine Trennung. Es ist entscheidend, dass eure Herzen und Gedanken beieinander sind."

Ich bin ebenso von den Worten des Alten gerührt und kann nicht gleich antworten. Der Mann greift in seine Brusttasche und zieht einen kleinen Stoffbeutel aus Brokat heraus. Er öffnet ihn und schüttet den Inhalt in die eine Handfläche.

„Seht, das hat sie mir bei unserem letzten Treffen geschenkt."

In seiner Hand liegt ein zweiteiliger Anhänger mit dem Yin- und Yang-Symbol, der chinesischen Monade. Zwei kleine Stege halten diese beiden Teile zusammen.

„Yin und Yang verbindet alles miteinander. Ich möchte euch das Schmuckstück schenken."

„Das können wir nicht annehmen", entgegne ich überrascht.

„Ihr macht mir damit eine große Freude. Lange habe ich nicht mehr zu leben. Wenn der Tag meines Abschieds von dieser Welt gekommen ist, weiß ich, dass mein wichtigstes Erinnerungsstück einen würdigen Platz bei euch gefunden hat. Solange ihr euch an meine Liebesgeschichte erinnert, werde ich durch euch weiterleben."

Er bricht die beiden Hälften auseinander und glättet die Stellen, wo die Verbindungsstege waren, mit seinem Taschenmesser. Durch jede Öse zieht er eine dünne rote Schnur.

„Seht die beiden Hälften passen zusammen. Wenn euch das Schicksal voneinander trennt, wird jeweils ein Teil des anderen bei jedem sein. Yin und Yang existieren nicht getrennt. Wo das eine ist, ist auch das andere."

Der alte Mann hält mit seinen Händen die beiden Teile der Monade gegen die Sonne und spricht Sätze in einer Sprache, die wir nicht verstehen. Sie klingen wie eine Zauberformel. Er überreicht mir die Anhänger. Ich nehme das Geschenk mit beiden Händen entgegen und bedanke mich mit einer Verbeugung.

Den einen Anhänger lege ich Meiling um den Hals und sie tut es mit dem anderen bei mir.

Der alte Mann lächelt zufrieden. Er bedankt sich nochmals und geht weiter.

Jetzt betrachten wir uns die Anhänger genauer. Es scheint ein altes Schmuckstück zu sein. Auf der Rückseite sind chinesische Schriftzeichen eingraviert, die Meiling nicht deuten kann. Wir freuen uns über dieses schöne und unerwartete Geschenk eines Fremden. Er ist jetzt kein Fremder mehr, weil wir seine Liebesgeschichte kennen.

Am späten Nachmittag erreichen wir die andere Seilbahn, mit der wir ins Tal zurückfahren.

Bei der Bodenstation angekommen, entscheide ich mich, mit dem Bus zum Hotel zu fahren. Meiling ist fußmüde geworden und ich will ihr Ruhe gönnen.

Wir erreichen bequem unser Hotel und gehen nach dem Duschen ins Restaurant zum Abendessen. Hier unterhalten wir uns über die heutigen Erlebnisse und sie bestätigt mir, dass dieser Tag ihr unvergesslich bleiben wird. Die Tour hat sie durstig gemacht und sie nippt ununterbrochen von dem chinesischen Wein. Mir schmeckt er nicht. Er ist zu süß. Ich verdünne ihn mit Mineralwasser.

Nach dem Essen gehen wir auf unser Zimmer. Die angebrochene Weinflasche nehme ich mit.

Lust auf einen Spaziergang hat Meiling nicht. Sie schlägt vor, dass ich sie fotografieren darf. Das Posieren vor der Kamera scheint ihr in den Bergen gut gefallen zu haben. Ich bin einverstanden und hole das elektronische Blitzgerät aus meiner Fototasche.

Sie zieht ein seidenes Kleid an, in dem sie hübsch aussieht und ich fotografiere sie in verschiedenen Stellungen, auf dem Sessel und am Fenster stehend.

Sie wechselt ihre Kleider. Während sie sich umzieht, mache ich ein paar Fotos. Es scheint ihr nicht zu gefallen, in Unterwäsche aufs Bild zu kommen.

Der Wein macht sie locker und albern. Mir gefällt es, wie unbeschwert sie sich gibt.

Mutig frage ich sie, ob ich ein paar künstlerische Fotos von ihr machen darf.

„Ist das keine Kunst, was du gerade tust?", fragt sie verwundert.

„Ich meine Fotos, bei denen du weniger anhast. Erinnerst du dich an die Zeitschrift mit dem Hasen und der Fliege?"

„Du meinst den Playboy. Warum sagst du es nicht gleich?"

„Wie haben dir die Fotos gefallen?"

„Das sind schöne Frauen. Mit denen kann ich nicht mithalten."

Es ist sonderbar, dass die meisten hübschen Frauen von ihrer Schönheit wenig überzeugt sind. Meiling liegt im Spitzenfeld und ist mit ihrer Figur nicht zufrieden.

Ich gebe nicht auf.

„Denk, du bist ein Top-Model und ich dein Fotograf!", versuche ich sie umzustimmen.

Vom Wein beschwipst, gibt sie nach beharrlichem Zureden auf und zieht sich vor der Kamera aus. Sie lacht und albert im Evakostüm herum. Das Fotografieren nimmt sie nicht ernst. Mit viel Glück gelingen mir ein paar schöne Aufnahmen.

Am nächsten Tag wollen wir zu der Bank des alten Chinesen gehen. Ich hoffe, dass mir ein Schicksal, wie es dieser Mann erfuhr, erspart bleibt. Der Gedanke, Meiling an einen anderen Mann zu verlieren, ist für mich das Schlimmste, das ich mir vorstellen kann.

Vor der Seilbahnstation befinden sich am Rande eines Platzes verschiedene Andenkenläden. In einem werden Vorhängeschlösser aus Messing angeboten. Auf der breiten Vorderseite werden mit einem Gerät der Name und das Kaufdatum eingraviert. Ich lasse ein Schloss mit dem Namen von uns beiden fertigen.

Als wir die Bank auf dem Berg erreichen, schließe ich es an die eiserne Kette des Handlaufs an und wir werfen gemeinsam den Schlüssel über den Felsen in den Abgrund.

„Wenn wir später herkommen, hängen wir ein neues Schloss daneben", schlage ich vor.

„Der alte Mann wird sich freuen. Ob wir ihn wiedersehen werden?"

„Ich glaube nicht. Er war betagt und ob er den beschwerlichen Weg im nächsten Jahr bewältigen kann, ist fraglich."

Wir sehen uns die beiden Anhänger an. Die Bruchstellen passen zusammen. Das Yin und Yang ist komplett, wenn wir zusammen sind. Wir versprechen uns gegenseitig Liebe und Treue zu bewahren.

Am letzten Abend lade ich Meiling in ein Restaurant mit einer besonderen Küche ein. Es ist nicht weit vom Hotel entfernt. Wir brauchen nur zehn Minuten zu Fuß. Im Restaurant ist es viel wärmer als draußen auf der Straße. Es stehen mehrere runde Tische gleichmäßig im Raum verteilt, die in der Mitte eine Ausnehmung haben. Dort befindet sich ein stählerner Kessel, der mittig durch ein S-förmiges Blech geteilt ist. In beiden Kesselhälften siedet eine verschieden gewürzte Brühe.

Vor den Gästen auf dem Tisch liegen rohes Gemüse, Fleisch und Fisch. Mit Stäbchen werden die Zutaten in den Topf gegeben. Beheizt wird jeder Kessel von einem Gasbrenner, der darunter aufgestellt ist. Dieses Essvergnügen ist eine südwestchinesische Spezialität und die Wärme scheint, außer mir, niemand zu stören.

Ich wähle einen Tisch in der Nähe eines offenen Fensters aus und hoffe, dass es hier kühler ist. Das ist weit gefehlt. Die Abwärme des Kessels und der abziehende Dampf treiben mir den Schweiß aus den Poren.

„Das ist das richtige Essen in den Wintermonaten", sage ich zu Meiling und wische mir mit dem Taschentuch über das Gesicht.

Bestätigend nickt sie mir zu.

„Ich wundere mich, dass du nicht schwitzt", bemerke ich.

Mitleidig sieht sie mich an.

„Mir geht es nicht viel besser als dir. Mein Kleid könnte ich auswringen."

„Möchtest du lieber gehen?", frage ich sie.

Sie schüttelt verneinend den Kopf.

Ich bestelle bei der Serviererin Getränke, Coca-Cola und für mich eine große Flasche Bier. Bei der Auswahl der Speisen habe ich Schwierigkeiten. Hilfesuchend sehe ich zu Meiling. Lachend meint sie, dass sie von mir eingeladen ist. Ich soll beweisen, dass ich in einem chinesischen Restaurant nicht verhungere.

Die Serviererin reicht mir eine handgeschriebene Speisekarte und wartet geduldig auf meine Bestellung. Meiling sieht amüsiert zu. Ich tippe mit dem Zeigefinger auf verschiedene Zeichen und die Kellnerin läuft zufrieden davon.

Es dauert nicht lange und die bestellten rohen Speisen werden gebracht. Erstaunt betrachte ich die Dinge, die vor mir auf den Tisch gelegt werden. Es sind Gehirn, undefinierte Innereien, winzige Fische, fette Fleischstreifen und verschiedene Gemüse. Vieles kenne ich nicht und Innereien esse ich grundsätzlich nicht.

Meiling verteilt die Rohspeisen flink mit ihren Stäbchen in den beiden Hälften des Kessels und scheint zufrieden mit meiner Wahl. Die Garzeit ist nicht lang. Nach fünf Minuten sind das Gemüse und der Fisch genießbar. Mit einer siebartigen Kelle holt sie das Unterste aus dem Kessel heraus und gibt die besten Stücke auf meinen

Teller. Ich probiere vorsichtig von allem. Die Speisen, die in der Kesselhälfte mit der scharfen Brühe sieden, schmecken mir am besten. Ich kenne die Schärfe von dem ungarischen Kesselgulasch, der mit Peperoni gewürzt ist. Diese Schärfe ist vergleichbar.

Das Essen heizt uns im wahrsten Sinn des Wortes von innen und außen mächtig ein. Meiling fängt an, im Gesicht zu schwitzen und das bedeutet viel.

Als wir zum Hotel zurückgehen, empfinden wir die Temperatur auf der Straße im ersten Moment kühl und ich empfehle, dass wir uns duschen und trockene Sachen anziehen.

„Heute Abend ist eine Tanzveranstaltung in der Hotelbar. Möchtest du hin?"

Meiling antwortete nicht und fasst nach meiner Hand. Wir gehen schweigend nebeneinander und jeder hängt seinen Gedanken nach.

Vor dem Hotel setzen wir uns auf eine Bank und sehen zu dem Wasserfall, der den Bach speist.

Diesen Moment der Ruhe genieße ich. Nur das Zirpen der Grillen und das Rauschen des Wassers sind zu hören.

Am Firmament steht der Vollmond. Wie verabredet sehen wir beide zu ihm hinauf.

„Ist er nicht wundervoll?", fragt sie versonnen.

„Überall auf der Erde ist er zu sehen."

„Als Kind habe ich ihm meine Wünsche und Sehnsüchte anvertraut. Er hat mir zugehört und nichts davon weitererzählt. Niemand kann ein Geheimnis besser hüten als er", erklärt sie mir.

„Wenn Vollmond ist, fühle ich mich stark und brauche wenig Schlaf", bekenne ich.

„Das habe ich in den letzten Nächten gemerkt", bestätigt sie bewundernd.

Ich sehe ihr liebevoll in die Augen und der Mond spiegelt sich in ihren Pupillen.

Es ist der letzte Abend bevor wir morgen zurückreisen und in den grauen Alltag eintauchen.

„Bist du zufrieden?", frage ich.

„Ja! Ich bin glücklich! Es ist unsere Hochzeitsreise."

„Wir sind noch nicht verheiratet!", stelle ich klar.

„Das ist nicht wichtig. Es kommt darauf an, wie wir es betrachten."

„Bist du mit mir, als Ehemann, zufrieden?", bemerke ich scherzend.

Meiling sieht mich lächelnd an.

„Lass uns in unser Zimmer gehen. Ich möchte mich ausruhen."

Ich frage sie nicht, ob sie müde ist. Den Eindruck macht Meiling nicht. Sie fasst meine Hand und zieht mich von der Bank hoch. Gern folge ich ihr.

23

Ningbo, City

Von unserem Kurzurlaub kommen wir gut erholt in Hongping an.

Oskar freut sich, dass er seinen Jeep unbeschadet zurückbekommt und Toni kann sich seinem neuen Projekt widmen.

Mit Elan gehe ich an die Arbeit.

Jedes zweite Wochenende fährt Meiling nach Hause, zu ihren Eltern und die übrigen Wochenenden unternehmen wir einen Ausflug. Oskar gibt mir seinen Jeep und wir erkunden viele Sehenswürdigkeiten in der Zhejiang Provinz. Ich bin überrascht, wie gut das Gebiet touristisch erschlossen ist.

Unsere Routen erstrecken sich über eine Distanz, die in zwei Tagen bewältigt werden kann. Wir übernachten in kleinen Hotels, in denen ich nur chinesische Gäste sehe. Die Zimmer sind preiswert und muffeln ein wenig. An den Geruch gewöhne ich mich. Bezüglich des Essens gibt es nichts auszusetzen.

Während dieser Kurzreisen fotografiere ich viel. Wir besuchen die Hafenstadt Ningbo und haben die gesamte Ostküste bis Wenzhou bereist.

Als Meiling von einem Wochenende bei ihren Eltern nach Hongping zurückkommt, erzählt sie mir, dass sie in ein paar Wochen eine weite Reise unternehmen wird. Ein Freund ihres Vaters, der reich ist und ein Bankhaus in Hongkong und London besitzt, hat ihre ganze Familie zur Trauung seines Sohnes nach England eingeladen.

„Meine beiden Schwestern werden mitkommen. Die Tickets wurden von dem Gastgeber für alle gebucht", erklärt sie mir.

„Wann wirst du zurück sein?", möchte ich von ihr wissen, damit ich für das darauffolgende Wochenende einen Ausflug planen kann.

„Ich weiß nicht!", erwidert sie kurz und sieht, wie geistesabwesend, in die Ferne.

Ich verstehe, dass sie sich gedanklich mit der Reise befasst und lasse sie in Ruhe.

„Soll ich meiner Freundin Jin sagen, dass sie sich um dich kümmert, wenn ich weg bin. Jemand muss deine Wäsche reinigen und mit dir abends Tischtennis spielen."

„Sie kann dir bei weitem nicht das Wasser reichen. Als Notlösung nehme ich das Angebot an."

Es freut mich, dass Meiling sich um mein Wohl sorgt, für die Zeit, wo sie nicht da sein wird. Ich biete ihr meine Spiegelreflexkamera an, damit sie in London bessere Aufnahmen machen kann als mit ihrer einfachen Kompaktkamera. Sie lehnt ab, weil sie sich nicht gut damit auskennt. Ich spüre, dass sie mir etwas sagen will. Wenn ich Meiling frage, hüllt sie sich in eisernes Schweigen. Es wird die Angst vor dem weiten Flug sein, die sie bedrückt. Bisher ist Meiling noch nie geflogen.

Erfreut und verwundert bin ich in den folgenden Tagen über ihren Mut, öfter bei mir im Apartment zu übernachten. Vorher hatte sie sich aus Angst, entdeckt zu werden, gesträubt. Jetzt setzt sie sich über die mögliche Konsequenz, gekündigt zu werden, hinweg. Madame Hu spricht mich diesbezüglich nicht an. Ich vermute, dass sie es weiß. Ihr entgeht nichts im Ausländercamp und außerhalb der Mauern.

Die Tage mit Meiling genieße ich in vollen Zügen und mache nur wenige Überstunden. Wir essen gemeinsam und sie kocht meine chinesischen Lieblingsspeisen. Für mich ist es ein Vorgeschmack auf die Zeit, die hoffentlich bald kommen wird, wenn wir verheiratet sind und offiziell zusammenleben dürfen.
Nach dem Tischtennistraining sehen wir gemeinsam CNN-Fernsehen. Sie möchte es, damit sie sich an die englische Aussprache gewöhnt.
Bei einer dieser Sendungen kommt ein Bericht von einem Flugzeugabsturz über dem Meer. Anfangs höre ich nur halb hin, da ich anderweitig beschäftigt bin. Jetzt, wo Meiling in den nächsten Tagen mit einer ähnlichen Maschine fliegt, wird mir die Gefahr bewusst, der sie sich aussetzt.
Ob ich mit ihr darüber spreche?
Ich lasse es sein, damit sie keine Angst vor dem Fliegen bekommt.

Die Tage vergehen viel zu schnell.
An dem Samstag vor der großen Reise bringe ich sie zum Bus. Wir verabschieden uns. Sie wendet sich von

mir ab. Ich sehe, dass sie weint. Das hat sie bisher nie getan. Ob sie wegen des Flugzeugunglücks in den CNN-Nachrichten Angst bekommen hat?
Besorgt winke ich dem Bus hinterher.
Meine Arbeit hält mich davon ab, mir länger Gedanken darüber zu machen. Ein anstrengendes Wochenende steht mir bevor und ich überlege, welche Aufgaben ich als erstes erledigen soll.

Am Abend steht Jin pünktlich vor der Tür des Tischtennisraums, um mit mir zu trainieren. Wir spielen uns lange ein und ich merke, dass es nicht viel Sinn hat, mit ihr zu üben. Als höflicher Mensch und weil es Meilings Freundin ist, kritisiere ich nicht ihre Spielweise. Wir beide geben uns Mühe, auf unterschiedliche Art.
In den Pausen frage ich sie über ihre Beziehung zu Meiling aus. Ich erfahre, dass sie zusammen aufgewachsen sind. Ihre Mutter war Kindermädchen in der Familie. Jin ist mit ihr in die gleiche Schule gegangen und sie haben zusammen in Hangzhou studiert. Jetzt arbeiten sie in derselben Firma. Nie waren sie getrennt.
Jin erzählt mir freimütig alles, wonach ich frage.

Wir treffen uns jeden Abend zum Tischtennisspielen und bald vergeht mehr Zeit damit, dass sie mir aus Meilings Leben und von ihrer Familie erzählt als dass wir trainieren.
Ich erfahre, dass die Vorfahren früher zu den angesehensten Familien in Shanghai zählten. Sie besaßen mehrere Häuser und Gärten und hatten Dienstpersonal.
Durch die Revolution veränderte sich vieles. Der Großteil des Besitzes ging verloren. Es blieben nur noch zwei Häuser. In dem einen leben die Eltern und das andere

befindet sich in Suzhou und wurde der Schwester Lu zur Hochzeit geschenkt.

Meilings Großvater war Bankier und verlor einen Teil seines Vermögens an eine englische Gesellschaft. Sein Sohn war ebenso im Bankgeschäft tätig. Erfolg hatte er keinen unter den neuen Machthabern. Wegen seiner guten Verbindungen zu befreundeten Bankiers in Hongkong, fand er eine Anstellung in der Finanzabteilung der Stadtverwaltung. Die näheren Zusammenhänge kennt Jin nicht. Ich werde Meiling fragen, wenn sie zurückgekommen ist.

24

Hongping, Steuerhaus

Jin fuhr nach zwei Wochen über das Wochenende nach Shanghai. Ihre Mutter lebt im Elternhaus von Meiling und kümmert sich um die Belange des Haushalts. Meiling hatte vor ihrer Abreise einen Brief für mich hinterlegt.

Im Tischtennisraum händigt mir Jin den verschlossenen Brief aus.

Mein Name steht auf dem Kuvert. Ich überlege, warum Meiling mir den Brief nicht direkt an die Baustellenadresse gesandt hat. Sie wird keine Briefmarke zur Hand gehabt haben.

Ich öffne das Kuvert mit dem Taschenmesser. Innen steckt ein Druckerblatt, auf dem wenige Zeilen mit der Hand geschrieben sind.

Ich lese den Brief und schüttle den Kopf. Jin sieht neugierig zu mir.

Ich weiß nicht, ob ich die Zeilen richtig verstanden habe.

Mir werden die Knie weich und ich setze mich auf die Bank. Besorgt kommt Jin zu mir. Ich reiche ihr den Brief. Sie liest ihn laut vor.

„Mein Liebster! Wenn du diese Zeilen liest, bin ich mit meiner Familie in London. Nicht als Gast, sondern als Braut zu der Hochzeit. Es gab für mich keine Möglichkeit, es zu verhindern. Der Schmerz ist für mich ebenso groß, wie für dich. Ich musste mich fügen. Bitte vergib mir, was ich dir angetan habe! In ewiger Liebe, Deine unglückliche Meiling."

Verzweiflung lässt mich in einen Abgrund stürzen. Ich denke, dass es ein böser Traum ist, in dem ich mich befinde. Ich schlage mit der Faust gegen die Barackenwand. Die Hand schmerzt, es ist kein Traum. Ein derartiges Unterfangen kann im Familienkreis nicht geheim bleiben. Jin ist Meilings Freundin und musste es wissen. Warum hat sie es verschwiegen?

„Hast du davon gewusst?", schreie ich sie an.

Ängstlich weicht sie vor mir zurück.

„Nein", flüstert sie.

Ich spüre eine innere Wut, die sich gegen jeden und alles richtet. Meine Stirn schlage ich gegen die Wand, bis die Haut aufspringt und das Blut herabläuft.

Wie benommen renne ich in meine Wohnung.

Den Brief hatte ich zusammengeknüllt und in meine Hosentasche gesteckt. Ich ziehe ihn heraus und lese die Zeilen laut vor.

Es wird ein Missverständnis sein, hoffe ich.

Die Sätze sind klar formuliert. Jin schien überrascht zu sein und wird nichts von dem Inhalt gewusst haben.

Warum hat Meiling mir und ihr nichts vorher gesagt?

Ich fühle mich verraten und verstehe die Welt nicht mehr. Mein Magen rebelliert und ich muss mich übergeben.

Eine ähnliche Enttäuschung habe ich mit Karin erlebt. Es geht bei Meiling um mehr. Ich liebe sie mehr als ich beschreiben könnte. Für sie würde ich mein Leben geben.

Was bleibt mir noch? Nichts, absolut nichts. Selbstmordgedanken tauchen auf. Ein kleiner Schnitt mit dem Taschenmesser durch die Pulsschlagader und es ist aus und vorbei.

Im Kühlschrank steht die angebrochene Flasche schottischer Whisky, die mir Toni als kleines Dankeschön nach seinem Weihnachtsurlaub mitgebracht hatte. Ich trinke gleich aus der Flasche. Der Schnaps ist hochprozentig und die Wirkung lässt nicht lange auf sich warten.

Am frühen Morgen wache ich auf. Ich liege auf dem Fußboden und halte mein Taschenmesser in der Hand. Jetzt erinnere ich mich, was geschehen war. Der Whisky hatte mich niedergestreckt.

Ich mache mich fertig und gehe ins Büro.

Toni ist da. Er kann wegen des neuen Projektes seit Tagen nicht mehr ruhig schlafen. Solche Perioden kenne ich bei ihm und sie vergehen schnell, wenn die Probleme weg sind.

Als er mich sieht, lässt er alles, was er in den Händen hält fallen.

„Wie siehst du aus? Hast du ein Gespenst gesehen?"

„Viel schlimmer!", entgegne ich deprimiert.

„Erzähl! Was ist passiert?"

„Meiling hat einen anderen geheiratet."

„Das ist ein böser Scherz!", erwidert er ungläubig.

„In solchen Dingen spaße ich nicht."

Ich ziehe den zerknüllten Brief aus meiner Hosentasche und lege ihn auf seinen Schreibtisch.

Toni liest ihn laut vor.

Stumm lehnt er sich in seinem Sessel zurück.

„Sie ist zur Heirat gezwungen worden!", schließt Toni aus dem Wortlaut der Zeilen.

„Das ändert nichts an der Tatsache, dass sie mich hintergangen und betrogen hat."

„Für sie wird es keine einfache Entscheidung gewesen sein, dich zu verlassen. Ihre Eltern werden ein Heiratsversprechen für sie abgegeben haben. In manchen Ländern gibt es das", versucht Toni, Meiling zu entschuldigen.

„Sie ist eine moderne Frau und keine Hinterwäldlerin, die noch im Mittelalter lebt."

„Sie stammt aus einem guten Hause und dort hat man seine eigenen Traditionen. Warum hat ihr Vater dich nicht sprechen wollen? Weil du eine ‚Langnase' bist oder weil er seine Tochter einem anderen versprochen hatte."

„Warum hat sie es mir nicht gesagt?", entgegne ich heftig.

„Du kennst nicht die ganze Wahrheit. In ihrem Brief schreibt sie, dass sie dich liebt."

„Wenn man sich liebt, gibt es keine Geheimnisse untereinander."

„Das ist falsch! Hast du ihr alle deine Frauengeschichten erzählt?"

„Nein! Sie hat mich nicht gefragt. Nur von Karin wusste sie und dass sie mich betrogen hatte."

Hilflos sitze ich da und weiß nicht wie es weitergehen soll. Toni erkennt meinen Zustand und versucht beruhigend auf mich einzuwirken.

„Wenn ich dir einen Rat geben darf, knie dich tief in die Arbeit. Wenn du keine Zeit mehr hast an Meiling zu denken, wird sich dein Kummer in ein paar Tagen legen."

Tonis Rat befolge ich. Mir bleibt keine andere Wahl. Ich entwickele mich zum Workaholiker. Das Tischtennistraining gebe ich auf. Nichts soll mich mehr an sie erinnern. In ähnlicher Weise war es mir gelungen mit der Erinnerung an Karin fertig zu werden.
Mit Toni spreche ich über Meiling nur wenn er fragt. Für mich ist sie gestorben.
Ich überlege was mir lieber ist, sie tot zu wissen oder dass sie in den Armen eines anderen liegt.
Ich denke an das Flugzeugunglück, das wir im TV gesehen hatten. Der Tod ist absolut, nicht umkehrbar. Wie ist das mit der Liebe?
Meiling hätte mit mir über ihre Situation sprechen müssen. Warum hat sie das nicht getan?
Den Grund werde ich nie von ihr erfahren.

Es gelingt mir, den dritten und vierten Maschinensatz ohne Toni in Betrieb zu nehmen. Er ist in Hangzhou, bei den Verhandlungen zu dem neuen Projekt. Auf der Baustelle in Hongping lässt er sich nur selten sehen.
Ich fühle mich einsam. Niemand ist da, mit dem ich reden kann und der mich versteht. Meiling habe ich noch nicht vergessen. Jeden Tag denke ich an sie und es gelingt mir nicht diese Gedanken zu verdrängen. Abends quälen sie mich stark und ich ertränke sie im Alkohol.
Mein Vorrat und Verbrauch an Whisky ist stark angewachsen. Überall stehen Kartons mit vollen und leeren Flaschen in meiner Wohnung herum. Das bleibt nicht

unbemerkt und eines Tages besucht mich Madame Hu im Büro.

Sie erklärt mir, dass ich mit Alkohol meine Probleme nicht bewältigen kann und bietet an, mir Tai-Chi beizubringen. Sie glaubt, dass ich durch diese Übungen schneller zu mir finden werde. Wir verabreden uns für den nächsten Tag um 6 Uhr in der Früh. Überzeugt bin ich nicht, dass es mir helfen wird.

Sie bittet mich, absolut keinen Alkohol mehr anzurühren, damit ich nicht der Sucht verfalle. Ich verspreche es ihr.

Am Abend fällt es mir schwer, abstinent zu bleiben. Mein Vorrat ist groß und wenn ich die Flaschen sehe, ist die Verführung noch größer. Ich entschließe mich, den Whisky zu verschenken.

Mit zwei Kartons der feinsten Brände erscheine ich am nächsten Morgen auf dem Tai-Chi-Übungsplatz. Madame Hu ist überrascht, dass ich ihr meinen gesamten Alkohol übergebe. Sie fragt mich, was sie damit tun soll.

„Nehmen Sie ihn bitte als Honorar für die Übungsstunden!", sage ich und sie lacht.

„Das ist ein guter Tausch!", entgegnet sie freudig.

Die Übungen tun mir gut. Nach einer Stunde setzen wir uns auf eine Bank, um zu entspannen und uns zu unterhalten.

Seit zwei Wochen treffen wir uns jeden Morgen pünktlich um 6 Uhr. Es geht mir besser. Nach anfänglichen Entzugserscheinungen glaube ich, mein Alkoholproblem überwunden zu haben. Die Gespräche mit Madame Hu helfen mir. Sie sind wichtig für mich und ich beginne meinem Leben einen neuen Sinn zu geben.

Madame Hu ist im Alter meiner Mutter. Sie kümmert sich rührig um alle Belange von uns Langnasen und das sind nicht wenig, wie sie sagt. Ich erfahre von Vorkommnissen in unserem Camp, die neu für mich sind.

Zum Beispiel hatte sich einer der Monteure den Fuß verstaucht, weil er angeblich über eine Kabelrolle gestolpert ist. In Wirklichkeit versuchte er am Vorabend bei einer jungen Lady im Fenster des ersten Stocks einzusteigen und war vom Balkon abgestürzt.

Sie erzählt mir von James, was er am Wochenende in Hangzhou treibt. Nichts ist ihr unbekannt. Sie kennt die Mädchen, mit denen er sich abgibt, die Plätze und Lokale, die er mit ihnen besucht und vieles andere mehr.

Ob sie über mich genauso Bescheid weiß?

Vorsichtig versuche ich es herauszufinden. Es gelingt mir nicht.

Die Frau scheint wie ein unsichtbarer Geist zu sein. Nichts ist ihren Augen und Ohren verschlossen. Von ihr erfahre ich ein paar Dinge über Meilings Familie, die ich noch nicht kannte. Ihre damalige Warnung, erst die Erlaubnis des Vaters zu der Eheschließung einzuholen, war nicht unbegründet und beruhte auf dem Hintergrundwissen, dass sie besitzt.

Woher sie das alles weiß?

Mit ihrer Hilfe finde ich zu einem normalen Leben zurück und glaube, dass ich die Trennung von Meiling überwunden habe. Meine Arbeit gefällt mir und mit Tai-Chi habe ich einen guten Ausgleich in der Freizeit.

25

Hangzhou, Liuhe-Pagode

James fordert mich wiederholt auf, mit ihm am Wochenende nach Hangzhou zu fahren. Er glaubt, dass ich einen Tapetenwechsel brauche. Aus Erzählungen weiß er, dass manche Experts plötzlich ausgeflippt sind, wenn sie nichts anderes als ihre Arbeit kennen.
Mir ist nicht nach Ausschweifungen zumute. Von der Weiblichkeit habe ich genug. Im Moment kann ich die Mönche in den Klöstern gut verstehen und wäre gern einer von ihnen.
Ich erinnere mich an die Begegnung mit dem alten Mann auf der Insel des Westsees von Hangzhou. Er sagte mir, dass ich ihn in dem Tao-Kloster am Hang des Geling-Berges besuchen soll. Dieser Gedanke lässt mich nicht mehr los und ich beschließe, am Sonntag früh mit dem Bus nach Hangzhou zu fahren. Abends werde ich rechtzeitig zurückkehren und kann noch die Büroarbeit erledigen.

Seit Wochen habe ich die Baustelle nicht mehr verlassen. Die Busfahrt am Morgen kommt mir wie ein wunderbarer Ausflug vor. Von Hongping aus geht es eine weite Strecke durch hügeliges Land. Es ist von Bambuswäldern bedeckt. Oasen mit Reis- und Gemüsefeldern tauchen auf. Bauern pflügen mit ihren Wasserbüffeln die fruchtbare Erde ihrer Felder. Frauen stehen gebeugt im knietiefen Wasser und pflanzen Reis.

Nach dem Hügelland folgt die Ebene. Die Landschaft wird für mich weniger interessant. Ich versuche mich an die Begegnung mit dem alten Mann zu erinnern, der ein Schüler des österreichischen Arztes Dr. Jakob Rosenfeld, alias Dr. Langnase, ist. Auf dessen Spuren konnte ich nicht wandeln, da ich nicht wieder in Wien war.

Der Bus erreicht Hangzhou und ich fahre mit einem Taxi zum Westsee. Dort gibt es einen schmalen Weg, der hinauf zu dem Tao-Kloster führt.

Der Anstieg ist beschwerlicher als ich es mir vorgestellt habe. Es wird daran liegen, dass ich nicht mehr in guter körperlicher Verfassung bin.

Durch die Baumwipfel erkenne ich die Mauern, die das Kloster umfassen. Die Stufen wollen kein Ende nehmen. Schweißgebadet erreiche ich das kleine Tor und betrete die Tempelanlage. Ich halte nach einer Sitzgelegenheit Ausschau, um mich auszuruhen.

Von einer Bank habe ich den gesamten Eingangsbereich im Blick. Viele Besucher sind hier. An den Wochenenden ist das an allen öffentlichen Plätzen normal. Zwischen den Touristen sind taoistische Mönche und Nonnen zu erkennen. Sie tragen dunkelbraune und schwarze Gewänder. Ihre Haare haben sie zu einem Knoten am oberen Punkt des Kopfes zusammengebunden.

Burli, den alten Mann, kann ich nicht erkennen. Ich schlendere langsam durch die Tempelanlage und sehe aufmerksam in die Gesichter der Menschen. Mein Rundgang bleibt erfolglos.

Ob er heute nicht hier ist? Enttäuscht beschließe ich, am See spazieren zu gehen und mit dem nächsten Bus nach Hongping zurück zu fahren.

In der Teestube des Klosters stärke ich mich mit grünem Tee für den Abstieg. In den vielen Monaten meines Aufenthalts in China bin ich ein Kenner der hiesigen Grünen Teesorten geworden. Ich kann nicht verstehen, dass ich dieses köstliche Getränk vor einem Jahr mit Spülwasser verglichen habe.

Eine Novizin berührt mich von hinten auf der Schulter. Erschrocken drehe ich mich um. In gebrochenem Englisch spricht sie mich an.

„Ich möchte Sie fragen, ob Sie aus Aodili sind?"

„Ja! Warum wollen Sie es wissen?"

„Mein Lehrer, da oben auf der Terrasse, hat mich geschickt. Er ist nicht mehr gut zu Fuß und bittet Sie, zu ihm zu kommen."

Ich sehe nach oben und erkenne Burli.

Meine Freude ist groß. Der Besuch des Klosters war nicht umsonst. Der alte Mann sitzt in einem Rollstuhl und kann nicht aufstehen. Er streckt mir zur Begrüßung seine Arme entgegen so als wären wir uralte Freunde, die sich nach langer Zeit wiedersehen.

„Wie geht es dir mein junger Freund Peter?", spricht er mich an.

Ich bin verwundert, dass er sich an meinen Vornamen erinnern kann und drücke ihm die Hand.

„Mir geht es gut und es tut mir leid, dass ich nicht früher gekommen bin."

„Du wirst viel zu tun haben. Wie steht es mit deinem Projekt?"

„Alles geht bestens voran! Wir haben keine Terminverschiebungen."

„Das ist gut. Kann ich dich auf einen Tee einladen?"

Ich nicke ihm zu. Es ist überall üblich, Tee vorgesetzt zu bekommen und man trinkt ihn nicht nur, um den Durst zu stillen. Das Teetrinken ist gewissermaßen eine Handlung, die gut zu einem persönlichen Gespräch passt. In Wien ist es der Wein beim Heurigen oder der Kaffee in einem Caféhaus.

Die Novizin schiebt den Rollstuhl zu einem schattigen Platz wo mehrere Steinhocker stehen. Ich setze mich und wir knüpfen unser Gespräch an die erste Begegnung vor einem Jahr an. Über Dr. Langnase kann ich ihm nichts berichten und vertröste ihn auf meinen Heimaturlaub in der Winterzeit.

Burli erzählt mir von seinen Beschwerden mit dem Gehen und der Hoffnung, dass es besser wird. Er sieht mich prüfend an.

„Mit deiner Gesundheit steht es nicht gut!", äußert er sich direkt.

„Ich kann nicht klagen", erwidere ich irritiert.

„Es gelingt dir nicht, dich zu verstellen. Du weißt, dass ich, wie mein Lehrer Dr. Langnase, Arzt geworden bin. Mit den Jahren ist das Auge bestens geschult, dass ich auf einen Blick erkennen kann, ob jemand krank oder gesund ist. Von hundert Ärzten gibt es nur einen guten Diagnostiker und ich bin einer von ihnen. Die Pupillen verraten das meiste, ebenso die Haut, der Gesichtsausdruck, die Haare, Geruch und vieles mehr."

„Was soll mir fehlen?", frage ich abwehrend.

„Du hast ein Problem mit dem Alkohol? Erzähle!"

Verblüfft richte ich mich auf meinem Steinsitz auf. Wie kann er das erkennen?

Ich schweige und sehe zum See hinaus. Der alte Mann schlürft aus seiner Porzellan-Schale den heißen Tee. Er gibt mir Zeit und ich beginne, ihm von Meiling zu berichten. Ruhig hört er sich die Geschichte an und unterbricht mich nicht. Wenn ich eine Pause in meiner Erzählung einlege, nippt er an seinem Tee. Ich verschweige ihm nicht, dass ich ab und zu Alkohol trinke. Er nickt verständnisvoll als wäre es das Normalste auf der Welt. Kein Vorwurf ist zu hören.

Als mir nichts mehr einfällt, was ich zu meiner Misere sagen könnte, fängt er an zu sprechen.

„Du hast ein wahres Problem, das nicht leicht zu lösen ist. Die Ursache ist dein Liebeskummer. Wenn der vorbei ist, kann die Alkoholsucht behandelt werden."

„Ich weiß nicht, wie ich Meiling vergessen kann?"

„Es ist wie bei einem lieben toten Angehörigen. Man muss sich Zeit für die Trauer nehmen. Du brauchst viele Tage um deinen Kummer zu verarbeiten. Es wäre besser, du würdest gleich nach Wien heimreisen."

„Das geht nicht, da ich für die Inbetriebsetzung unserer Anlagenteile zuständig bin."

„Wenn du verunglückst oder krank wirst, müsste es ohne dich ebenso weitergehen."

„Eine Krankheit zählt anders als Liebeskummer", entgegne ich.

„Dieser Meinung bin ich nicht. Wenn du nicht damit fertig wirst, brauchst du Hilfe von der Familie, Freunden oder Ärzten. Deine Sache steht im Moment nicht gut für dich."

Die Bedenken von Burli kann und will ich nicht teilen. Ich setze auf die Zeit, die viele Wunden heilt.

Burli erklärt mir die Schwierigkeiten, denen sich noch heute viele junge Frauen aus hochangesehenen Familien in China ausgesetzt sehen.

„Es gibt kein Entrinnen aus den Zwängen der Traditionen. Das war früher und ist es noch heute. Mit Mao haben wir viele Verbesserungen für die Frauen umsetzen können. Wie du siehst, holt uns die Vergangenheit ein", erklärt er mir.

„Warum hat Meiling nicht ihre Familie verlassen? Bei mir würde sie genügend Geborgenheit und Schutz finden."

„Es ist, als schneidest du einen Ast ab und pfropfst ihn auf einen anderen Stamm."

„Es fällt mir schwer, das zu verstehen", gebe ich zu

„Komm zu mir, wenn du Zeit hast! Wir sprechen darüber und ich glaube, dass du bald auf dem richtigen Weg bist. Mit dem Verstehen und Verzeihen kommt die Heilung."

Ich merke, dass Burli müde wird und verabschiede mich von ihm, mit dem Versprechen, am nächsten Sonntag wiederzukommen.

Lange winkt er mir nach, bis ich hinter der Mauer verschwinde. Das Gespräch hat mir viel gegeben und ich fühle mich erleichtert und voller Zuversicht. Unsere Unterhaltung war wie eine Therapiestunde und ich nehme mir vor, sie bald zu wiederholen.

Die Arbeit auf der Baustelle teile ich mir ein, dass ich genügend Vorlauf habe, um an den Sonntagen nach Hangzhou fahren zu können. Ich verbinde es mit Einkäufen für unseren Bauleiter und darf seinen Jeep verwenden. Das ist bequemer und spart mir Zeit.

James fragt mich, was ich in Hangzhou tue und ob ich eine neue Freundin habe. Er glaubt mir nicht, dass ich zu dem Baopu-Kloster gehe und mich dort mit einem alten Mann unterhalte.

Bei meinem vierten Besuch taucht er mit Lily unerwartet im Kloster auf. Angeblich hatte sie den Vorschlag gemacht, ihm die restaurierte Tempelanlage zu zeigen. Ich glaube, dass er herausfinden will, ob ich ihn anlüge.
Überrascht nimmt er zur Kenntnis, dass es stimmt, was ich ihm gesagt habe.
Ich stelle die beiden dem alten Chinesen vor, der ihnen gleich die ganze Geschichte des Klosters und einiges über den Taoismus im gebrochenen Englisch erzählt. James scheint es nicht zu interessieren. Er muss sich gezwungenermaßen alles brav anhören.
Nach dem Vortrag von Burli halten sich die beiden nicht länger bei uns auf und ich setze das unterbrochene Gespräch mit meinem älteren Freund fort.
Er erzählt mir, wie er nach seiner Pensionierung jeden Tag zu der Klosteranlage gekommen ist und beim Aufbau der verfallenen Tempel mit Hand angelegt hat. Viele der Bemalungen an den Wänden und auf den Säulen sind von ihm und seiner Schülerin, die als Novizin der Tempelgemeinschaft beigetreten ist. Er fühlt sich als Taoist und versucht als solcher zu leben. Da er keine Verwandten hat, schenkte er einen Großteil seines Vermögens dem Kloster. Als aktiver Wohltäter genießt er seither großes Ansehen bei den Mönchen. Sie sind gewissermaßen seine neue Familie geworden.
Zwei Themen bestimmen unsere Gespräche. Das eine ist Meiling und das andere der Taoismus. Mit den Lehren dieser ältesten, typisch chinesischen Glaubensrichtung versucht er mir die Gedankenwelt der Chinesen näher zu bringen. Im Taoismus wird vieles erklärt, was die chinesische Seele ausmacht. Es kommt mir vor als

würden die Taoisten sich in einer Ebene über der normalen Daseinswelt befinden.

Burli schenkt mir ein kleines Buch, in dem die Weisheiten des Taoismus enthalten sind. Ein gewisser Laotse soll die Verse einem Grenzwächter übergeben haben, der ihn bat, seine Weisheit der Welt nicht vorzuenthalten, als er die Heimat verließ. Das Buch nennt sich Tao-Te-King. Es ist eine Textsammlung in chinesischer und englischer Sprache. Neugierig blättere ich darin.

„Lass dir damit Zeit!", rät mir Burli.

„Ich wollte nur sehen, wie umfangreich es ist", entschuldige ich mich.

„Es sind weniger Worte als in eurer Bibel stehen", sagt er schmunzelnd.

„Auf den Huangshan-Bergen schenkte Meiling und mir ein Mann einen Anhänger, der diesem Zeichen auf dem Titelblatt ähnelt."

Ich zeige ihm mein Halsband mit dem geteilten alten Schmuckstück.

„Es ist das Symbol der chinesischen Monade, das Yin und Yang", erklärt er mir.

„Was bedeutet es?"

„Es ist nicht leicht zu erklären. Das Yin und Yang steht für entgegengesetzte und aufeinander bezogene Dinge, wie weiblich und männlich, dunkel und hell, weich und hart, kalt und heiß, ruhig und aktiv. Ich könnte dir weitere Gegensatzpaare nennen, die am Ende zusammengehören. Wenn das eine ansteigt, ist das andere im Fallen begriffen. Es ist ein ständiger Kreislauf. Nach deinem jetzigen Liebeskummer wirst du die Liebe erneut erfahren und glücklich werden. Die Balance stellt sich irgendwann ein."

„Das kann ich mir im Moment nicht vorstellen", entgegne ich bitter.

„Du darfst nicht nur den Augenblick sehen!", erklärt er mir.

„Für mich zählt nur die Gegenwart!", erwidere ich spontan.

„Du musst an deine Zukunft glauben und darfst die Hoffnung nie aufgeben! Es ist, wie bei den zwei Mäusen, die in ein Milchfass fallen."

„Ich kenne die Geschichte nicht. Kannst du sie mir erzählen?", bitte ich ihn.

„Bei deinem nächsten Besuch. Jetzt bin ich müde und muss mich ausruhen."

Es fällt mir auf, dass Burli in seinem Rollstuhl erschöpft zusammengesackt ist. Ich verabschiede mich von ihm und verspreche, am nächsten Sonntag um die gleiche Zeit wiederzukommen. Die Novizin fährt ihn zu dem Wohntrakt in der Tempelanlage.

Ich bleibe eine Weile auf meinem Stein sitzen und schlage das Buch auf. Mit zittriger Hand hat Burli mir eine Widmung auf die erste Leerseite in Deutsch geschrieben.

Auf der Heimfahrt gehen mir viele seiner Worte durch den Kopf. Manches habe ich nicht verstanden und nehme mir vor, bei meinem nächsten Besuch nachzufragen. Er hat eine wunderbare Art, komplizierte Dinge leichtverständlich zu erklären. Ich habe bemerkt, dass er versuchte mich zum Taoismus zu bekehren. Es ist eher eine philosophische Lehre, als eine Glaubensrichtung.

Abends treffe ich James in der Bambusbar. Er spricht mich auf seinen Besuch im Kloster an und gesteht mir, dass es nicht sein Ding ist. Ein zweites Mal will er nicht dort aufkreuzen. Von den Erklärungen des alten Mannes habe er nichts verstanden und es interessiert ihn nicht, was sich ein Chinese 600 Jahre vor der Zeitrechnung ausgedacht und niedergeschrieben hat.

Toni kommt an unseren Tisch und fragt mich, ob ich damit einverstanden bin, wenn ich erst nach Weihnachten nach Österreich fliege. Mir ist es egal. Ein inneres Bedürfnis, schnell nach Wien zu reisen, habe ich nicht und ich mache ihm den Vorschlag über die Feiertage, bis zum chinesischen Frühlingsfest hier in Hongping zu bleiben. Das lehnt er ab, da ich über ein Jahr nicht zu Hause war.

Wir einigen uns darauf, dass er in der Woche nach Neujahr auf die Baustelle zurückkommt und ich eine Woche später nach Wien fliege. Damit ist abgesichert, dass ich ihm die Arbeit in Ruhe übergeben kann und er in meiner Abwesenheit die Tests auf der Baustelle ohne Unterbrechung weiterführt.

Toni wird in zwei Wochen abreisen. Für mich bedeutet es, dass ich am kommenden Sonntag nicht nach Hangzhou fahren kann und arbeiten muss. Burli kann ich nicht telefonisch erreichen und James will ich nicht bitten, ihn im Kloster aufzusuchen und Bescheid zu geben. Ich sehe den alten Chinesen vor meinem geistigen Auge in seinem Rollstuhl auf der Terrasse des Klosters sitzen und traurig auf den Westsee blicken.

26

Hangzhou, Insel im Westsee

Es ist Herbst. Anders, als in Wien, bleibt das Wetter in Hongping überwiegend sonnig und warm. Toni ist nicht in Vorweihnachtsstimmung. Es gilt an vieles zu denken und wir bereiten zusammen verschiedene Unterlagen für die bevorstehenden Tests vor. Bis zur letzten Minute vor seiner Abreise sitzt er vor dem Bildschirm und druckt die Prüfprotokolle aus. Der Geländewagen mit seinem Gepäck steht abfahrbereit im Hof. Wenn ich mir Toni ansehe, braucht er dringender den Heimaturlaub als ich. Die Ringe unter seinen Augen sind deutlich zu erkennen und die Wangenknochen treten hervor.

Der Abschied ist kurz und hektisch. James holt ihn ab. Er fliegt ebenso nach Hause. Das Häuflein der wackeren Aufrechten im Camp wird kleiner.

Als Toni weg ist, kehrt Ruhe im Büro ein.

Die bevorstehenden Arbeiten sind gut vorbereitet und ich freue mich auf den Besuch am kommenden Sonntag im Kloster.

Zwei Wochenenden sind vergangen, an denen ich nicht fahren konnte. Für Burli nehme ich aus meinem Bücherfundus ein Fotoband über Österreich als Geschenk mit. Es wird ihn freuen, Bilder aus der Heimatstadt seines Mentors zu sehen.

Oskar leiht mir seinen Jeep und ich breche zeitig in der Früh auf.

Vor Mittag erreiche ich das Kloster und suche Burli. Auf seiner Lieblingsterrasse ist er nicht zu finden und die Novizin kann ich nicht entdecken. Die Mönche verstehen kein Englisch und verweisen mich zu dem Haupttempel, in dem ein älterer Mönch sitzt.

Ich frage ihn nach Burli.

Langsam steht er auf und deutet mir, ihm zu folgen. Wir gehen durch mehrere Gänge und kommen in einen kleinen Raum, in dem viele Kerzen angezündet sind. Der alte Mönch sinkt vor einem Altar auf die Knie und betet. Auf der Steinplatte, neben den Kerzen, steht ein Bild. Ich betrachte es und erkenne Burli.

Entsetzt sehe ich den Mönch an und frage: „Was ist passiert?"

„Dein Freund ist vor zwei Wochen verstorben. Diese Zeilen hat er vor seinem Tod für dich geschrieben."

Der Mönch erhebt sich und nimmt von dem Altar einen offenen Brief. Stumm überreicht er ihn mir.

„Wo ist sein Grab?"

„Ich zeige es dir. Er hat mich gebeten, dir seine Taschenuhr zu geben."

Aus seiner Kuttentasche zieht er eine silberne Taschenuhr und reicht sie mir. Ich stecke sie ein und folge dem Mönch in den hinteren Teil der Anlage, wo sich Grabstätten befinden. Eine davon ist überhäuft mit frischen Blumen. Auf einem Stein sind chinesische Zeichen eingraviert. Ich erkenne auf der Schriftplatte das Wort

„Burli". Es war der Name, den er von Dr. Langnase erhalten hatte.

Der Mönch zieht sich diskret zurück, damit ich von dem Verstorbenen Abschied nehmen kann. Ich bete ein Vaterunser und bitte Gott, seine Seele zu sich aufzunehmen.

Betreten und traurig gehe ich zu dem Parkplatz, auf dem der Jeep steht. Noch nie hat mich zuvor der Tod eines anderen Menschen tief berührt. Burli war für mich ein väterlicher Freund geworden und ich habe viele Fragen an ihn, die unbeantwortet bleiben. Es tut mir leid, dass ich in seinen letzten Stunden nicht bei ihm sein konnte. Der Abschiedsbrief fällt mir ein und ich lese ihn auf einer Bank am Westsee.

Burli schreibt, dass er sich todkrank fühlt und bedankt sich für die schönen und interessanten Stunden, die wir im Gespräch miteinander verbringen konnten. Ich soll Wien von ihm vielmals grüßen und einen Kieselstein aus Hangzhou auf das Grab des Dr. Langnase legen, wenn ich es finde.

Aus meiner Hosentasche ziehe ich die Taschenuhr. Sie hat einen Sprungdeckel. Auf der Innenseite ist in Deutsch eingraviert „Für meinen Burli von Dr. Langnase".

Es muss ein Abschiedsgeschenk gewesen sein, bevor der Arzt nach Wien reiste.

Ich spüre, dass ich einen wichtigen Menschen in meinem Leben verloren habe und niemand ihn ersetzen kann.

Mit dem Jeep fahre ich zur Baustelle zurück. Eine schwere Traurigkeit legt sich auf mein Gemüt. Es ist, als müsste ich ersticken.

Im Camp suche ich Madame Hu, um mit ihr zu reden. Sie ist nicht zu finden und ich erinnere mich, dass sie heute auf Urlaub in ihre Heimat fahren wollte. Niemand ist da, mit dem ich sprechen kann und der mich versteht.

Ich suche Zerstreuung und das Gespräch in Marias Bambusbar. Anfangs trinke ich Cola. Bald ist es ein Bier. Von Tag zu Tag werden es mehr und ein Gläschen Whisky mischt sich darunter. Das Alkohollager in meiner Wohnung ist bald aufgefüllt und ich befinde mich in dem gleichen Strudel, aus dem mich Madame Hu einst herauszog.

Jetzt ist niemand da, der dies tut und mir hilft. Anfangs kann ich die Trinksucht kaschieren. Pfefferminzpastillen und Bonbons sollen den Mundgeruch übertönen. Sie können die Alkoholfahne nicht völlig beseitigen.

Oskar spricht mich diesbezüglich an und warnt mich, weiterzutrinken. Er erkennt die Unfallgefahr und Konsequenzen, die sich daraus ergeben. Ich sehe mich nicht als Alkoholiker und wische seine Bedenken beiseite.

Weihnachten rückt näher und mein Gemütszustand verschlechtert sich. In eine Thermosflasche fülle ich jeden Morgen Whisky und wenn ich während der Arbeit einen Schluck daraus nehme, denken die anderen, es wäre Grüner Tee. Farblich sind sie gleich.

An der Arbeit mache ich Fehler und der Kunde beschwert sich bei der Bauleitung. Oskar und Lars reden auf mich ein und ich verspreche ihnen, in Zukunft die Finger vom Alkohol zu lassen. Ein paar Tage stehe ich es durch bis ich rückfällig werde.

Oskar informiert den Projektleiter in Wien und Heinz kommt gleich in der Neujahrswoche angereist. Er ist entsetzt, wie ich aussehe und meint, dass ich mehr einem Sandler ähneln würde als einem Techniker.

Seine Einschätzung sehe ich als maßlos übertrieben an. Wir sprechen viel miteinander und ich lasse es wehmütig zu, dass er meinen guten Whisky in die Toilette schüttet.

Nach ein paar Tagen bin ich in Ordnung und trocken. Toni kommt aus dem Urlaub zurück und muss mit Heinz zu einem Meeting nach Hangzhou fahren. Das neue Projekt befindet sich am Ende der Angebotsphase und unsere Chance, den Auftrag zu bekommen, ist groß. Ich versichere ihnen, dass es mir gut geht und sie unbesorgt sein können. Bis zu meiner Heimreise nach Wien sind es nur noch wenige Tage und bis dahin habe ich auf der Baustelle viel zu erledigen.

Heinz und Toni sind nach Hangzhou abgereist. Der Alkoholteufel erwacht aus seinem Schlaf und verführt mich nach allen Regeln der Kunst. Ich suche in meiner Wohnung jeden Winkel ab, um Whisky zu finden. Heinz war gründlich beim Suchen der Whiskyflaschen in meinem Apartment. Er hat jedoch nicht mit dem Erfindergeist eines Alkoholkranken gerechnet, der sich die verrücktesten Verstecke ausdenkt. Meine Ausbeute sind drei Flaschen Ballantines. Verzückt sehe ich sie mir an und genieße ein Glas davon. Meine Kehle ist trocken und aus dem einen Glas werden mehr. Ich bin im trunkenen Fahrwasser und will es nicht wahrhaben.

In Jian beschaffe ich mir Nachschub. Ich kenne dort einen Laden, in dem ich mich in den Wochen zuvor mit Alkohol versorgt habe. Der Händler lächelt mich an und zeigt mir im Vorratsraum seine besonderen Schätze von

Whisky. Er ist viel teurer als der verbreitete Maotai, der aus Hirse und Weizen gebrannt wird.

Der Ladenbesitzer packt mir mehrere Kartons in Oskars Jeep und zum Dank für das gute Geschäft lädt er mich auf ein Glas Schnaps ein. Ich finde nicht heraus, um welche Marke es sich handelt. Er hält mir die Flasche vors Gesicht und sagt: „Yanghe Daqu".

Es dürfte der Name des Schnapses sein. Die Flasche ist blau und von ungewöhnlichem Aussehen.

Er schenkt mir noch ein Gläschen nach und ich verabschiede mich von ihm.

Auf der Autobahn in Richtung Hangzhou fahre ich langsam. Nicht nur wegen meines leichten Alkoholspiegels, sondern weil die Räder des Jeeps ausgewuchtet gehörten. Ab 60 km/h vibriert die Karosserie stark, dass man glauben könnte, das Auto würde im nächsten Moment auseinanderfallen.

An der Ausfahrt nach Hongping biege ich ab. Niemand ist im Kreuzungsbereich zu sehen.

Es tut einen Knall.

Ich habe einen Motorradfahrer gerammt. Er kam aus einem Feldweg und wollte auf die andere Straßenseite einbiegen. Am Hinterrad habe ich ihn erwischt und auf die Straße geschleudert.

Ich steige aus dem Auto und sehe nach ihm. Außer leichten Schürfwunden am Arm und an den Beinen hat er keinen Schaden genommen. Wild gestikulierend zeigt er mir das leicht zerbeulte Hinterrad von seinem Kleinmotorrad. Andere Fahrzeuge halten an und die Fremden reden heftig auf mich ein.

Der Motorradfahrer versucht das Rad zurechtzubiegen, damit er weiterfahren kann. Es scheint alles glimpflich ausgegangen zu sein. Das Motorrad springt an und die

Räder drehen sich. Die Zuschauer beginnen sich zu verflüchtigen. Es taucht ein Polizeiauto auf.

Die beiden Beamten lassen sich erklären was passiert ist und besehen sich den Schaden. Der eine schreibt auf einen Zettel 200 Yuan und deutet auf das Motorrad. Ich händige ihm das Geld aus und er gibt es dem Fahrer als Wiedergutmachung für seinen Schaden. Der steigt auf und tuckert langsam davon.

Ich denke, dass ich gleich weiterfahren darf. Die Beamten kontrollieren meinen Führerschein und das Fahrzeug. Sie sehen die Kartons mit dem Whisky. Einer kommt auf mich zu und schnüffelt an meinem Atem.

Daraufhin muss ich in das Polizeiauto steigen und sie fahren mit mir zurück nach Jian, ins Krankenhaus. Ein Arzt entnimmt mir eine Blutprobe und stellt eine hohe Alkoholkonzentration fest.

Die Polizisten rufen auf der Baustelle an und ich muss warten, bis ich vom Fahrdienst des Kunden abgeholt werde. Ein zweiter Fahrer kommt mit, der Oskars Jeep zum Camp bringt. Der Vorgang verursacht großes Aufsehen. Heinz wird informiert und kommt am nächsten Tag aus Hangzhou.

Der Kunde verbietet mir das Betreten der Baustelle. Die Situation ist angespannt. Heinz versucht zu vermitteln, es hilft nichts. Toni muss auf die Baustelle zurück und meine Arbeiten übernehmen. Für mich bedeutet es das Ende meines Chinaeinsatzes.

Zusammen mit Heinz fahre ich nach Hangzhou und er führt dort noch die Verhandlungen zu Ende. Ich fühle mich wie der letzte Dreck. Zum Glück bleibt Heinz ruhig und macht mir keine Vorwürfe. Die ganze Zeit lässt er mich nicht aus den Augen. An den Abenden muss ich ihm erzählen, was die Ursache ist, dass ich trinke. Ich habe den Eindruck, er macht sich Vorwürfe, dass er mich zu lange auf der Baustelle ließ.

Ich lasse ihn bei diesen Mutmaßungen. Geteilte Schuld ist leichter zu ertragen. Im Moment fühle ich mich echt mies. Ich versuche es mir nicht anmerken zu lassen. Für Heinz ist es ohnehin schwer, die Verhandlungen ohne Toni zu führen.

In der letzten Arbeitswoche vor dem Frühlingsfest sind die Chinesen in Festtagslaune. Die meisten fahren nach Hause. Heinz stimmt der Verkürzung des Meetings zu. Unsere Flüge können wir umbuchen und es geht ab, in Richtung Heimat.

Ich bin froh, dass ich abreise. Ein wenig Wehmut schwingt mit. Ob ich die Baustelle in China wiedersehen werde?

Die Wahrscheinlichkeit ist gering.

Alles hatte gut angefangen und endet für mich auf diese tragische Weise. Mit wieviel Hoffnung bin ich hierhergekommen und habe durch meine Schuld alles vermasselt. Es hilft mir nicht, die Ursache für das Dilemma bei anderen zu suchen. Anfangs tat ich es. Jetzt erkenne ich, dass der Grund meine Alkoholsucht ist.

Ich schwöre mir, bei allem was mir wichtig ist in meinem Leben, keinen Tropfen Alkohol mehr anzurühren.

27

Wien, Karlskirche

Die Bäume in unserem Garten haben ihr Laub verloren. An einem alten Obstbaum hängt am obersten Ast ein Apfel. Ich hatte ihn beim Pflücken übersehen. Ein dreiviertel Jahr bin ich zu Hause.

Die Einzige, die sich über meine Wiederkehr freute, war meine Mutter. Mein Vater gab mir durch Bemerkungen zu verstehen, dass er einen Trunkenbold abscheulich findet und kein Verständnis für solche Leute hat. Er geht mir aus dem Weg und behandelt mich, als sei ich Luft.

Im Büro ging es mir nicht besser. Es hatte sich in Windeseile herumgesprochen, dass ich die Baustelle verlassen musste. Für viele meiner Mitarbeiter bin ich eine Persona non grata, eine unerwünschte Person. Befreundete Arbeitskollegen, mit denen ich am Automaten Kaffee getrunken hatte, gingen mir aus dem Weg. In der eigenen Abteilung begann ein unterschwelliges Mobbing, von der Sekretärin bis zum Chef, gegen mich.

Der Einzige, mit dem ich vernünftig sprechen konnte, war Heinz. Er wusste, was ich durchgemacht hatte und zeigte ein gewisses Verständnis. Ein paar Wochen nach meiner Rückkehr war ich trocken.

Das ständige Schikanieren am Arbeitsplatz machte mich mürbe. Ich fing an, heimlich zu trinken. Es kam heraus und alle, die es mir prophezeiten, dem Alkohol erneut zu unterliegen, waren in ihrer Meinung bestärkt.
Ich schmiss das Handtuch und besprach mit Heinz die Möglichkeit, eines finanziell abgefederten Ausstiegs. Im Sommer verließ ich die Firma und meldete mich arbeitslos.

Meine Mutter war nicht schockiert. Sie riet mir, mich in Behandlung zu begeben und hatte eine Kontaktadresse zu einer Selbsthilfegruppe für anonyme Alkoholiker besorgt.
Nach einer mehrwöchigen Entgiftung in einer Klinik glaubte ich geheilt zu sein. Ich begann mir einen neuen Job zu suchen und merkte, dass das nicht leicht ist. Bei den Vorstellungsgesprächen kam die Frage, warum ich meine alte Firma verließ.
Ich musste Farbe bekennen und das bedeutete das Aus.

Wochenlang sitze ich untätig zu Hause herum und lese. Die Bibliothek meines Großvaters hatte mich zuvor nicht interessiert. Verstaubt stehen die Bände in den Holzregalen und sind Jahrzehnte nicht herausgenommen worden. Meine Mutter ist froh, dass ich jetzt in den Büchern blättere. Sie hat Angst, dass ich depressiv werde und erneut anfange zu trinken.

„Peter, komm Mittagessen!", höre ich sie aus der Küche im Erdgeschoss rufen. Ich schließe mein Buch und lege es auf den kleinen Tisch in der Bibliothek. Im Garten sehe ich den Mann meiner Schulfreundin Susi. Er harkt das Laub zusammen. Abwertend habe ich ihn vor zwei Jahren einen Obizahrer genannt und jetzt bin ich selber einer.

Große Hoffnung habe ich nicht, einen vergleichbaren Job zu bekommen. Wer wird einen latenten Alkoholiker einstellen, dessen Sucht jederzeit erneut ausbrechen kann. Die Hoffnung habe ich aufgegeben und sehe mich als Langzeitarbeitslosen. Vom Arbeitsamt bekomme ich regelmäßig Stellenangebote. Der Erfolg ist gleich Null.

Die Mutter ruft zum zweiten Mal. Ich gehe die Stiegen hinab in die Küche. Sie hat für uns beide gedeckt. Anstatt des geliebten Rotweins, gibt es Wasser aus der städtischen Hochquellwasserleitung. Gekocht hat sie heute Faschiertes Laiberl mit Spinat und Kartoffeln. Ich habe keinen Appetit. Ihr zu Gefallen esse ich meine Portion auf.

„Ich bekomme heute Nachmittag Besuch", informiert sie mich.

Es interessiert mich nicht und ich frage nicht, wer es ist.

„Willst du nicht wissen wer kommt?", hakt sie nach.

Warum macht sie das? Sie weiß, dass ich mich lieber meinem Buch widme als langweiligen Gesprächen zuzuhören. Höflichkeitshalber frage ich sie, wer es ist.

Ein Weilchen zögert sie mit der Antwort als wollte sie die Spannung erhöhen.

„Es ist Karins Mutter."

„Was hast du mit ihr zu tun?", frage ich erstaunt.

„Seit wir uns zu deiner Verlobung kennengelernt haben, treffen wir uns an einem Nachmittag im Monat."
Erstaunt nehme ich es zur Kenntnis und wundere mich darüber.

Ich gehe zurück in die Bibliothek im Obergeschoss und lese in meinem Buch weiter. Die Abgeschiedenheit in diesem Zimmer gibt mir ein Gefühl von Geborgenheit und innerer Ruhe. Wenn ich in Großvaters Sessel sitze, bedaure ich, dass ich ihn nicht kennengelernt habe. Er soll ein interessanter und liebevoller Mann gewesen sein. Es ist für mich unverständlich, dass meine Mutter den Kontakt zu Karins Mutter aufrechterhalten hat. Bei der Verlobungsfeier im Heurigenlokal war mir aufgefallen, dass sich die beiden Frauen gut verstanden. Nachdem es zwischen Karin und mir aus war, nahm ich an, dass sie keine Kontakte zu der Familie mehr hatte. Ich kann ihr nicht vorschreiben, mit wem sie sich trifft. Richtig finde ich es nicht.

Die Lust zum Lesen ist mir vergangen. Meine Gedanken wandern ständig ab, zu dem was vor zwei Jahren war. Es wäre mit mir anders gelaufen, wenn Karin nicht fremdgegangen wäre. Ich könnte jetzt noch in China sein und würde die letzten Maschinensätze selbständig in Betrieb setzen. Karin ist ein Teil meiner Misere.
Der Hass gegen sie ist verflogen und damit wahrscheinlich der letzte Funke Liebe, die ich einst für sie empfand. Was passiert war, liegt für mich gefühlsmäßig unendlich weit zurück und ist ein Teil meiner Lebensgeschichte geworden, den ich abgehakt habe. Es ist Vergangenheit, die nicht mehr zählt.

Draußen höre ich die Gartentür zuschlagen. Aus Neugierde würde ich gern zum Fenster gehen und durch die Stores sehen, wer kommt.

Ich tue es nicht.

Warum?

Will ich mir selber beweisen, dass mich die Sache nicht interessiert?

Ich höre Stimmen im Flur.

Es sind mehr als zwei. Vorsichtig öffne ich einen Spalt die Bibliothekstür und höre deutlich drei Stimmen. Was sie sagen verstehe ich nicht. Jetzt bedaure ich, nicht ans Fenster gegangen zu sein.

Ich greife zum Buch und versuche weiter zu lesen. Mir kommt der Verdacht, dass die dritte Person Karin sein könnte. Undeutlich glaube ich ihre Stimme zu erkennen. Wenn diese Vermutung stimmt, würde ich es meiner Mutter übelnehmen, sie zu uns nach Hause einzuladen.

Ich lege das Buch zur Seite und versuche meine Gedanken zu ordnen.

Grundsätzlich kann meine Mutter einladen, wen sie will. Wenn mir Karin nichts mehr bedeutet, sollte es mich nicht interessieren. Es muss mir egal sein, ob sie mir zufällig über den Weg läuft oder nicht.

Ich beginne zu grübeln. Gern würde ich jetzt zur Beruhigung einen Whisky trinken. Im ganzen Haus gibt es keinen Tropfen Alkohol mehr. Meine geheimen Verstecke sind leergeräumt. Da ich das Haus kaum verlasse, kann ich nicht für Nachschub sorgen. In Momenten wie diesem bedaure ich es, dass nichts greifbar ist.

Ich setze mir die Kopfhörer auf. Klassische Musik beruhigt mich am besten. Zurzeit stehe ich auf Jean Sibelius, einem finnischen Komponisten. Früher mochte ich ihn nicht. Mir war seine Musik zu schwülstig, jetzt berührt sie meine Seele.

Im Flur höre ich eine Tür zuschlagen. Stimmengewirr ist zu vernehmen. Ich gehe zum Fenster und sehe durch die Stores hinaus. Karins Mutter ist von hinten zu erkennen und ihr folgt eine junge Frau. Sie ist in einen langen Mantel gehüllt. An der Gartentür drehen sich die beiden Frauen um und winken meiner Mutter zu. Die junge Frau ist Karin. Ich sehe, wie sie zu den Fenstern im oberen Stockwerk schaut.
Der Anblick von ihr wühlt mich innerlich auf. Das beunruhigt mich.

Zum Abendessen sind meine Mutter und ich allein. Vater arbeitet bis spät am Abend in seiner Firma. Ich denke, dass er nicht gern nach Hause kommt. Er hat kein Verständnis, dass ich mich nicht intensiver um eine neue Stelle kümmere. Ich höre ihn abends mit meiner Mutter darüber streiten.
Hunger habe ich keinen. Für mich sind die festen Essenzeiten wichtig, um mit meiner Mutter zu sprechen. Es gibt keine andere Kontaktperson für mich. Ob es ihr angenehm ist, weiß ich nicht. Sie fragt öfter, ob ich mit ihr ins Theater oder Kino gehen möchte. Mir fehlt die Lust. Ich merke selber, dass ich mich zu einem Stubenhocker entwickle. Wenn ich nicht ab und zu ein paar Gartenarbeiten erledigen würde, käme ich nicht vor die Haustür.

Auf den heutigen Besuch spreche ich meine Mutter absichtlich nicht an. Ich möchte, dass sie mir von sich aus berichtet. Es interessiert mich, warum Karin mitgekommen ist.

Mittags hatte sie es mir nicht gesagt.

Einer von uns beiden muss den Anfang machen. Da sie eisern schweigt, frage ich.

„Hast du dich mit Karins Mutter gut unterhalten?"

„Ja, Karin war mitgekommen! Sie ist zu Besuch in Wien."

„Wo lebt sie?"

„Mit ihrer Tochter in Berlin."

Ich schließe daraus, dass sie verheiratet ist und frage nicht weiter. Das Thema scheint ebenso von meiner Mutter aus abgeschlossen zu sein, da sie keine Anstalten macht darüber zu reden.

Am nächsten Tag muss ich zum Arbeitsamt. Große Hoffnung habe ich nicht, ein Jobangebot in meiner Branche zu bekommen. Es muss nicht eine Stelle als Inbetriebsetzer oder Konstrukteur sein. Mir würde eine Tätigkeit im Vertrieb oder der Betriebswirtschaft gefallen. Hierzu bin ich nicht ausreichend qualifiziert.

Ergebnislos fahre ich nach Hause. Obwohl ich wenig Hoffnung hatte, ist es enttäuschend, wenn man erfährt, dass nichts Geeignetes vorhanden ist. Zumindest habe ich mich für einen Kurs für Betriebswirtschaft, der Anfang des nächsten Jahres beginnen soll, entschieden.

Meine Mutter ist froh darüber, dass ich mich für das Seminar angemeldet habe. Sie ist zuversichtlich, dass ich bald einen neuen Job finde und nicht vor Frust erneut zur Flasche greife.

In der Hand hält sie einen Brief mit einem schwarzen Rand und reicht ihn mir schweigend.

„Von wem ist er?", frage ich sie.

„Den Namen des Absenders kenne ich nicht."

Ich öffne den Brief und darinnen liegt eine Todesanzeige meines ehemaligen Freundes Martin.
Verwundert sehe ich meine Mutter an und reiche ihr die Parte.
Sie liest sie in Ruhe durch.
„Das Begräbnis ist am kommenden Samstag. Wirst du hingehen?"
„Ich habe ihm die Sache mit Karin verziehen. Er war mein bester Freund und ich denke, ich bin es ihm und mir schuldig."

Am Samstag fahre ich rechtzeitig zu dem Friedhof, der auf der Todesanzeige vermerkt ist. Viele Menschen stehen vor der Aufbewahrungshalle und unterhalten sich verhalten. Ich bleibe abseits und erkenne mehrere Frauen, die früher zu seinen engeren Freundinnen zählten.
Ein Mann kommt auf mich zu und stellt sich vor. Als ich meinen Namen nenne, bittet er mich, im Anschluss an die Beerdigung in das Gasthaus, das sich in der Nähe des Friedhofs befindet, mit zu kommen. Die Familie und engsten Freunde sind zum Leichenschmaus eingeladen.

An der Stirnseite im Abschiedsraum steht ein mit Blumen geschmückter Sarg. Ich stelle mich davor. Mir wird unwohl bei dem Gedanken, dass Martin tot darin liegt. Er war ein Siegertyp und hat das Leben in vollen Zügen genossen. Es ist mir unbegreiflich, dass es für ihn aus und vorbei sein soll. Ich bedaure, dass ich ihn nach meiner Rückkehr aus China nicht gesprochen habe. Er wird auf ein versöhnendes Wort von mir gewartet haben.

In der Totenrede nennt der Pfarrer den Grund für das plötzliche Ableben. Es war ein tragischer Unfall auf der Südautobahn. Nebelschwaden führten zu einer Massenkarambolage und Martin wurde zwischen zwei LKWs erdrückt. Die Beifahrerin, eine Chinesin, soll im Krankenhaus gestorben sein.

Unter den Trauergästen sehe ich die Freundin von Martins Geliebter. Sie nickt mir diskret zu. Nach der Rede reihe ich mich in den Trauerzug ein. Das Grab ist ausgehoben und der Sarg wird hineingelassen. Es ist der letzte Moment, Abschied zu nehmen.

Ich kondoliere den Familienangehörigen, die ich nicht kenne. Die Frauen weinen und ich kann bei ihrem Anblick meine Tränen nicht mehr zurückhalten. Sie laufen mir über die Wangen und ich trockne sie mit meinem Taschentuch.

Gemeinsam mit den Familienangehörigen gehe ich zu der Gaststätte, die sich in der Nähe des Friedhofs befindet. Neben mir ist die Chinesin, mit der Karin und ich früher zusammen waren. Sie erzählt mir, dass ihre Freundin kurz nach dem Unfall im Krankenhaus an inneren Blutungen verstorben ist.

Bei dem Leichenschmaus lerne ich Martins Familie kennen. Für sie bin ich, vom Namen her, kein Unbekannter. Martin hatte ihnen gesagt, dass ich sein einziger wahrer Freund in Wien bin. Ich soll ein paar amüsante Geschichten aus unserer gemeinsamen Schulzeit preisgeben.

Als ich sie erzähle, erkenne ich die Begrenztheit unseres Seins auf dieser Welt. Diese Geschichten sind alles, was von ihm übrigbleibt.

Es wird viel Alkohol getrunken. Ich soll mit anstoßen und rede mich mit einer Alkoholallergie heraus. Niemand hatte vorher davon gehört. Sie bringen Verständnis auf und ich darf mein Mineralwasser weiter trinken.

Auf dem Heimweg fahre ich bei einem Supermarkt vorbei und kaufe eine Flasche Rotwein. Die will ich zu Hause in Ruhe und heimlich zum Gedenken an Martin trinken.

Meine Mutter möchte wissen, wie die Beerdigung ablief. Sie interessiert sich für solche Dinge mehr als mein Vater, dem es egal ist, was mit ihm nach seinem Tode passieren wird. Er will kein Grab und keinen Stein, auf dem sein Name steht.

Bis es soweit ist, wird er noch seine Meinung ändern, denke ich.

Für mich kommt nur eine Erdbestattung in Frage. In Wien wurde ich geboren und bin hier aufgewachsen. Die meisten Atome, aus denen ich bestehe, sind von hier und sie sollen an dem Ort bleiben, wo sie mich geformt haben.

Wien, Oper

Weihnachten ist nicht mehr weit. Für meine Mutter beginnt die Backsaison. Stollen und Plätzchen werden in großen Mengen produziert. Sie versendet sie an Freunde, Verwandte und einen kleinen Teil davon verzehren wir. Sie reichen noch wochenlang nach dem Fest. An diesen Tagen riecht das ganze Haus wunderbar nach Gebäck. Es ist heimelig und ich werde an meine schöne Kindheit erinnert, wie ich voller Spannung auf das Christkind gewartet habe.

Ich sitze in der Bibliothek und lese in einem Buch. Über Kopfhörer höre ich klassische Musik. Meine Kehle ist trocken. Ich gehe in die Küche, um mir ein Glas Milch zu holen. Der süße Duft von gebackenen Plätzchen steigt mir auf der Stiege in die Nase. Wenn sie fertig sind, werde ich sie kosten.
Ich gehe zum Kühlschrank, nehme mir eine Packung Milch heraus und will mich an den Küchentisch setzen. Dort steht nicht meine Mutter, sondern Karin und kne-

tet den Plätzchenteig. Überrascht weiche ich zurück und überlege, ob ich gleich gehe. Es gibt keinen Grund, die Flucht zu ergreifen.

„Hallo, Karin! Wo ist meine Mutter?"

„Sie ist einkaufen gegangen."

„Was machst du hier?"

„Deine Mutter hat mich gefragt, ob ich ihr beim Backen helfe."

Es ist nicht ungewöhnlich, dass ihr jemand zur Hand geht.

„Ich habe gehört, dass du jetzt in Berlin lebst. Gefällt es dir dort?"

„Es ist anders als in Wien."

Zu viel will ich sie nicht fragen. Ich nehme mein Glas Milch und gehe.

„Deine Mutter sagt, du liest viel. Sind es Romane?"

Ich bleibe stehen und wende mich ihr zu.

„Mal dies, mal das. Es sind philosophische Bücher oder historische Romane."

„Dafür hast du dich früher interessiert."

„Ja, alte Gewohnheiten kann man nicht ablegen!", bemerke ich beiläufig.

Ich hatte das nur auf das Lesen bezogen. An der abwehrenden Reaktion von Karin merke ich, dass sie es anders verstanden hat. Verstimmt wendet sie sich von mir ab und stößt kraftvoll mit der Faust in den Teig, der als Klumpen auf der Tischplatte liegt.

„Es tut mir leid, wenn du es falsch verstanden hast!", entschuldige ich mich.

„Du kannst mir nicht verzeihen, was ich getan habe!"

„Ich weiß nicht, wovon du sprichst?", entgegne ich trocken.

„Mein dummer Seitensprung mit deinem Freund Martin."

„Er ist tot!"

Erschreckt sieht Karin auf.

„Woher weißt du das?"

„Ich war vor einer Woche auf seiner Beerdigung. Er hatte einen Autounfall."

„Das tut mir leid, für ihn und für dich!"

„Er soll schnell gestorben sein. Bei einer Karambolage auf der Autobahn wurde Martin erdrückt."

„Ich habe ihn seit der Affäre nicht gesehen und nichts von ihm gehört", sagt sie leise.

„Wann bist du mit deinem Mann nach Berlin gezogen?"

„Ich bin nicht verheiratet! Wieso kommst du darauf?"

„Meine Mutter sagte, dass du ein Kind hast!"

„Ich habe eine Tochter! Wir leben dort bei meiner Tante."

„Ist Martin der Vater?", möchte ich wissen und bleibe ruhig.

„Nein!", antwortet sie kurz.

Meine Mutter kommt vom Einkauf zurück. Sie ist überrascht, mich in der Küche zu sehen.

„Karin hilft mir bei der Arbeit. Möchtest du essen?", fragt sie mich.

„Nein, danke, ich hatte nur Durst!"

Beide Frauen widmen sich dem Backen und ich merke, dass ich hierbei überflüssig bin und nur störe.

Ich ziehe mich in die Bibliothek zurück. Das kurze Gespräch mit Karin hat mich aufgewühlt. Ihre empfindliche Reaktion zeigt mir, dass sie unsere gemeinsame Zeit nicht ad acta gelegt hat.

Warum ist Karin nach Berlin gegangen?

Am nächsten Nachmittag ist Karin zur gleichen Zeit, wie am Vortag, gekommen. Sie hat ihre Tochter mitgebracht. Die Kleine liegt im Buggy und schläft.

Ich hole ein Glas Milch und begrüße sie kurz. Die beiden Frauen sind mit dem Kneten des Teigs beschäftigt und lassen sich durch mich nicht ablenken.

Das Kind fängt an zu weinen. Karin wischt sich die mehlbeschmierten Hände ab und will zu ihm eilen.

„Kannst du die Kleine beruhigen? Karin muss mir die Schüssel halten!", ruft mir meine Mutter zu.

Ich gehe zum Buggy und sehe hinein. Das Mädchen lacht mich an. Sie streckt mir ihre kleinen Arme entgegen. Ich löse die Gurte und nehme sie heraus. Als sie ihre Mutter sieht, beginnt sie erneut zu weinen.

„Du wirst Hunger haben. Ich werde mich gleich um dich kümmern, mein Schatz!", ruft Karin vom Tisch aus.

Meine Mutter bittet mich, die Schüssel zu halten und Karin wäscht sich die Hände.

„Du kannst mit der Kleinen ins Wohnzimmer gehen. Dort seid ihr ungestört!", schlägt meine Mutter vor.

„Kann ich die Flasche warm machen?", will Karin wissen.

Meine Mutter bereitet alles vor. Ich sitze da und sehe schweigend zu.

Karin verschwindet mit ihrer Tochter und einer Tasche von Utensilien im benachbarten Wohnzimmer. Sie wirkt auf mich fraulich und besonnen, wie ich sie früher nicht kannte. Das Kind wird diesen Wandel bei ihr bewirkt haben.

„Machen wir weiter, damit der Teig fertig wird!", fordert mich meine Mutter auf.

Kraftvoll rührt und knetet sie die Masse. Bald ist sie damit fertig.

„Danke! Ich brauche dich nicht mehr!", sagt sie zu mir.

Ich bin entlassen und gehe zurück in die Bibliothek.

An den darauffolgenden Tagen kommt Karin regelmäßig an den Nachmittagen zu uns. Wenn ich meine Mutter bezüglich Karin irgendetwas frage, antwortet sie wortkarg. Daraus ziehe ich den Schluss, dass die Besuche nicht der Kuppelei dienen. Ich bin nicht argwöhnisch und finde ihre Anwesenheit als willkommene Abwechslung in meinem tristen Alltag.

Mehrere Kilo Weihnachtsgebäck sind fertig. Ein Teil wird in Dosen verpackt und die Frauen wollen sie zur Post bringen. Karin hat sich angeboten mit dem Auto zu fahren und meine Mutter bittet mich, kurzzeitig Babysitter zu sein.

Ich denke, dass es nicht schwer ist, auf das Kleinkind aufzupassen und willige ein. Als die Frauen aus dem Haus sind, fängt die Kleine an zu schreien. Ich versuche sie zu beruhigen und abzulenken. Anfänglich helfen Grimassen. Nach kurzer Zeit geht das Schreien von vorne los. Ich nehme sie auf meinen Arm und trage sie in der Küche herum. Die Dinge, die sie sieht, erkläre ich ihr. Es scheint sie zu interessieren. Sie redet in ihrer Sprache mit mir, die ich nicht verstehe.

Zufrieden setze ich mich an den Tisch und das Schreien beginnt erneut. Es dauert nicht lange, bis ich herausfinde, dass nur die Bewegung sie ruhig hält. Das geht eine Weile gut. Nach einer halben Stunde beginnt sie erneut zu schreien. Es hilft nicht, wenn ich sie herumtrage. Ich bin verzweifelt und hilflos.

Ob sie Hunger oder eine volle Windel hat?

Ich schnuppere an ihr. Sie stinkt. Nichts hilft, sie zu beruhigen. Ich weiß mir keinen Rat mehr. Resigniert sitze ich, mit einem fremden Kind in den Armen in der Küche. Nie mehr werde ich Babysitter sein. Das ist nichts für mich. Meine Nerven sind angespannt, weil ich mich hilflos fühle.

Zum Glück kommen die Frauen zurück. Die Kleine sieht ihre Mutter und ist still. Sie lacht in einem fort. Das soll man verstehen.

Der Stress durch das Kind hat mich ermüdet. Ich verschwinde aus der Küche und gehe in die Bibliothek. Dort liegt mein Buch auf dem Tisch, das nicht schreien kann.

Als Karin mit ihrer Tochter weggefahren ist, erzähle ich meiner Mutter, wie unmöglich sich das Mädchen aufgeführt hat und ich nicht möchte, dass Karin sie wieder mitbringt.

Meiner Mutter steigt die Zornesröte ins Gesicht.

„Wer zu mir in mein Haus kommt, das bestimme ich!", schreit sie mich an.

Erschrocken weiche ich zurück.

„Entschuldige! Was habe ich Schlimmes gesagt?", frage ich kleinlaut.

„Du willst, dass mein Enkel nicht in mein Haus kommt. Was erlaubst du dir!"

„Wieso Enkel, das Kind ist doch nicht von mir!"

„Wenn du rechnen könntest, wüsstest du es!"

„Wie alt ist das Mädchen?", frage ich unsicher.

„20 Monate und sie ist keine Frühgeburt."

Wie benommen gehe ich in die Bibliothek und rechne nach. Karin müsste schwanger gewesen sein, bevor sie mich mit Martin betrogen hat.

Warum hatte Karin mir verschwiegen, dass sie ein Kind bekommt? Wann wusste meine Mutter davon?

Fragen, die geklärt gehören.

Ich gehe zurück in die Küche und nehme die Mutter in die Arme.

„Entschuldige, dass ich dich verärgert habe!"

„Ist gut, du weißt vieles nicht!", sagt sie und löst sich aus meiner Umarmung.

„Was gibt es noch, dass ich wissen sollte?"

„Sprich dich mit Karin aus! Ich habe erst gestern erfahren, dass ich Großmutter bin und habe Karin versprochen, dir nichts davon zu sagen."

Der Appetit auf Abendbrot ist mir vergangen. Ich ziehe mich in mein Zimmer zurück und fange an zu grübeln.

Den Wein, den ich nach dem Begräbnis von Martin im Supermarkt gekauft hatte, hole ich aus dem Versteck in der Bücherwand und öffne die Flasche. Viele Wochen bin ich abstinent. Jetzt treibt mich eine Kraft, die mir Furcht einflößt. Das Verlangen ist da als hätte es nur darauf gewartet, geweckt zu werden. Ich bin mir bewusst, dass es nicht richtig ist ihm nachzugeben.

Ich setze die Flasche an die Lippen und nehme einen langen Zug. Das Blubbern der Luftblasen, die durch den Flaschenhals ziehen, kann ich hören.

Ein Schluck folgt dem nächsten. Nach kurzer Zeit ist die Flasche leer. Sie fällt mir aus der Hand und ich sinke betrunken auf das Bett. Bevor ich geistig wegtrete, höre ich die Stimme meiner Mutter, wie sie entsetzt aufschreit. Es liegt alles im Nebel.

Am nächsten Morgen kann ich mich an nichts mehr erinnern oder ich verdränge das, was gestern Abend geschehen ist. Mein Vater ist in seiner Firma und die Mutter bereitet das Mittagessen vor.

Ich setze mich an den Tisch und frühstücke. Sie leistet mir keine Gesellschaft. Es gibt kein Gespräch über Dinge, die den Tag bestimmen. Ich gehe zu ihr an den Herd und sehe, dass sie weint. Ihre Tränen schmerzen mich mehr als harte Worte.

„Es tut mir leid, Mama!", sage ich leise.

Schluchzend versucht sie ihre Tränen zu unterdrücken.

„Warum tust du mir das an! Jeden Tag, den du nicht getrunken hast, habe ich im Kalender markiert und geglaubt, dass du die Sucht überwunden hast."

„Ich weiß selber nicht, wie es über mich kam!"

„Spreche dich mit Karin aus! Du hast jetzt Verantwortung für deine Tochter! Es ist nicht nur dein Leben, um das du dich kümmern musst!"

Ihre Worte hinterlassen eine tiefe Wirkung bei mir.

Meine Situation ist eine andere geworden. Bisher habe ich mich im Zentrum des Universums gesehen. Das stelle ich in Frage. Als Vater muss ich die Prioritäten in meinem Leben anders verteilen. Das Kind ist ein Teil von mir. Es hat ein Recht, meine Aufmerksamkeit und Hilfe zu fordern.

Ich nehme mir vor, mit Karin darüber zu sprechen.

Am Nachmittag kommt sie pünktlich wie an den vergangenen Tagen zu uns. Die Kleine ist in dem Kindersitz angeschnallt. Ich helfe beim Aussteigen und nehme den Buggy aus dem Kofferraum. Sie ist sichtlich verwundert, dass ich mich engagiere.

In der Küche wartet meine Mutter auf uns.

„Ich werde deine Tochter ein wenig spazieren fahren", sagt sie zu Karin und setzt das Mädchen in den Kinderwagen. Ich helfe ihr den Wagen bis zum Gartentor zu schieben.

Als die Mutter weg ist, setze ich mich zu Karin an den Tisch.

„Wir müssen miteinander reden!", sage ich zu ihr.

„Worüber?", fragt sie erstaunt.

„Über uns!"

„Was willst du wissen?"

„Bin ich der Vater deiner Tochter?"

„Mein Kind hat keinen Vater!", antwortet sie kurz.

„Warum sagst du das?"

„Ich habe bei der Geburt keinen angegeben."

Diese Antwort genügt mir nicht. Ich kann Karin nicht dazu zwingen, es mir zu verraten. Mit ruhigen Worten versuche ich es noch einmal.

„Wer ist der Vater deines Kindes?"

Ihr Blick ist von mir abgewandt. Sie schweigt.

„Gut, wenn du es mir nicht sagen willst, behalte es für dich!"

Ich stehe auf und gehe verärgert aus der Küche.

Es hat keinen Sinn mit ihr zu reden. Soll sie doch sehen, wie sie mit dem Kind klarkommt.

Aufgebracht laufe ich in meinem Zimmer hin und her.

Nach einer Weile klopft es an der Tür. Ich antworte nicht. Karin kommt herein und setzt sich auf die Bettkante.

„Es tut mir leid, dass ich dich verletzt habe. Du hast ein Recht, es zu erfahren. Sie ist deine Tochter. Ich wusste es, bevor das mit Martin passiert ist."

Verwundert sehe ich sie an.

„Warum hast du es mir nicht gesagt?"

„Ich wollte es tun. Du hattest beruflich viel zu tun und keine Zeit für mich. Ich war gekränkt und da ist das mit Martin passiert."

„Danach hättest du es mir noch sagen können!"

„Ich habe es versucht! Du hast mir keine Gelegenheit gegeben! In einem Brief habe ich es dir geschrieben. Du hast mir nicht geantwortet!"

Ich sage ihr nicht, dass ich alle Briefe und Karten, die ich von ihr erhielt, ungelesen vernichtet habe. Für mich war unsere Beziehung zu Ende und nichts sollte mich mehr an sie erinnern.

„Was ist nach meiner Abreise passiert?", will ich wissen.

„Meine Mutter hatte von mir verlangt, das Kind abzutreiben. Ich wollte es behalten und bin nach Berlin zu meiner Tante gezogen. In der Charité ist unsere Tochter zur Welt gekommen."

„Was sagen deine Eltern, dass du ein Kind hast?"

„Jetzt, wo die Kleine da ist, will keiner sie missen. Sie sind wie vernarrt in sie."

„Wie kommst du mit dem Geld aus?"

„Ich habe zu arbeiten begonnen und meine Tante passt auf das Kind auf. Große Sprünge kann ich nicht machen, es reicht zum Überleben. Erzähle du, wie es dir erging! Einiges habe ich von deiner Mutter erfahren."

Was soll ich ihr sagen und was weiß sie?

Ich bleibe bei der ungeschminkten Wahrheit.

„Auf der Baustelle habe ich eine Chinesin kennengelernt und mich in sie verliebt. Wir wollten heiraten. Ihre Familie hat sie gezwungen, einen anderen Mann zu nehmen. Mich hat das aus der Bahn geworfen und ich begann zu trinken. Daraufhin musste ich die Baustelle verlassen und wurde gekündigt. Seitdem bin ich arbeitslos."

„Hast du die Chinesin geliebt?"

„Ja!"

Ich setze mich zu Karin auf die Bettkante. Sie nimmt meine Hand.

„Ich kann dich verstehen, wie dir zumute ist! Für mich bist du meine große Liebe. Ich habe es erst erkannt, als du weg warst. Das Kind von dir hat mir Mut und Kraft zum Leben gegeben. Ich beneide die Chinesin, die dein Herz gewonnen hat."

„Ich hasse sie, weil sie mir nichts von ihrer Heirat gesagt hatte und wünsche, dass sie ebenso leidet wie ich."

„Wenn sie dich geliebt hat, tut sie es. Es ist sonderbar, wie die Schicksalsfäden gesponnen werden und sich manche Kreise schließen. Könntest du dir vorstellen, dass wir beide eine Chance haben, miteinander von vorn zu beginnen?"

Das ist eine schwer zu beantwortende Frage. Wie soll unsere neue Beziehung aussehen?

Werden wir, wie früher, zueinander finden und kann ich die Kränkung vergessen? Karin scheint mich zu lieben, wie sie sagt. Was ist mit mir?

Ich weiß, dass Liebe nicht für eine Ehe ausreicht. Das Alltagsleben verlangt mehr. Ich habe meine eigenen Vorstellungen von einer Familie. Kinder möchte ich haben, für die ich sorgen kann und eine verständnisvolle Frau.

Das Angebot von Karin ist fair.

Ein Kind habe ich. Das ist ein guter Anfang.

Karin wartet auf eine Antwort.

„Soll das ein Heiratsantrag sein?", frage ich sie.

„Du hattest mir vor zwei Jahren einen gemacht. Jetzt bin ich an der Reihe."

„Geben wir uns eine neue Chance!", antworte ich lächelnd und nehme Karin in die Arme.

Worterklärungen

Wort	*Erklärung*
Aodili	chin. Bezeichnung für Österreich
Beisl, Beisel	Gasthaus (öst.)
Blackbox	geschlossenes System ohne Kenntnis des inneren Aufbaus
Bummerl	Person, die den „Schwarzen Peter" hat
Buschenschank	Lokal, in dem der eigene Wein ausgeschenkt wird (Heuriger, öst.)
Check-In-Schalter	Abfertigungsschalter
deppert	dumm, blöd
Dorotheum	Auktionshaus in Wien
Experts	ausländische Spezialisten auf der Baustelle
Faschiertes Laiberl	Frikadelle, Bulette (öst.)
Ganbei	chinesischer Trinkspruch („Prost!", trockenes Glas, „Auf Ex!")
Germknödel	Hefeklöße
Göffel	Gabel und Löffel in einem
gustieren	betrachten, kosten (öst.)
Häferl	große Tasse (öst.)
Handibussi	Handkuss auf Distanz
heimelig	behaglich, wohnlich
Heuriger	Weinlokal, Buschenschank (öst.)
Hippe	Haumesser mit sichelförmig geschwungener Klinge
lasziv	obszön, frivol
Leck	Loch in einem Produkt
Leiberl	T-Shirt, Unterhemd (öst.)
Manner-Schnitten	Wiener Waffeln mit Füllung (Neapolitaner-Schnitten)
Obizahrer	Nichtstuer, Faulenzer (öst.)
Renminbi	chinesische Währung
Sackerl	Plastik-Beutel, -Tüte
Sandler	Obdachloser (öst.)
Schlagobers-haube	Sahnehäubchen
Schlamassel	schwierige Situation
Sparringspartner	Trainingspartner
Stiegen	Stufen, Treppe
Strategeme	manipulative Aktionen, Überlistungstechniken

Strip	Entkleidungsszene
Watsche	Ohrfeige (öst.)
Workaholiker	arbeitssüchtiger Mensch
Yuan	Einheit der chin. Währung des Renminbi, 1 Yuan = 10 Jiao = 100 Fen
Zickenkrieg	Streit zwischen Mädchen oder Frauen
Zweigelt	öst. Rotweinsorte

Personen und Orte

Name	*Zuordnung*
Burli	alter Chinese, Schüler von Dr. Langnase
Dr. Langnase	Jakob Rosenfeld, jüdischer Arzt aus Wien (1903-1952)
Ella	Model in Hangzhou, Studentin
Feng	chin. Tischtennisspieler auf der Baustelle in Hongping
Gabi	Freundin von Karin und Martin
Heinz Schulze	China-Projektleiter von Hongping der Firma NILE
Hongping	abgewandelter Name des Ortes der Baustelle in der chin. Provinz Zhejiang
Jian	Ort im Kreis Anji in der Provinz Zhejiang, China
Jin	Jinjin, Freundin von Meiling aus Shanghai
Karin	Freundin von Peter (* 1979 in Wien)
Lars	norweg. Gesamtbauleiter auf der Baustelle
Lily	Model in Hangzhou, Studentin
Madame Hu	Chefin der chin. Abt. für Ausländerbetreuung im Camp
Martin	langjähriger Freund von Peter in Wien
Meiling	Technikerin des Kunden und Geliebte von Peter (* 1974 in Shanghai)
NILE	Wiener Firma, in der Peter angestellt ist
Oskar Bayer	Bauleiter in Hongping von der Firma NILE
Peter Pichler	Protagonist, Konstrukteur (* 1972 in Wien)
Rabe, John	Siemenschef in Nanjing (1882-1950)
Su	älteste Schwester von Meiling
Susi	Nachbarfreundschaft von Peter als Kind
Toni Schuster	Inbetriebsetzer von NILE

Die Handlungen in dem Roman sind größtenteils frei erfunden. Wo ein Bezug zur Realität besteht sind die Namen von Personen und kleinen Orten geändert.

Über den Autor

 Herbert Schida wurde 1946 in Neuroda (Thüringen) geboren. Er ist verheiratet und lebt mit seiner Familie in Wien.

Nach dem technischen Hochschulstudium (Elektrotechnik) arbeitete der Autor auf dem Gebiet der Supraleitung, Elektromaschinenbau, CAD, Identifikationssysteme und Kraftwerksbau.

Publikationen von Herbert Schida

* **Im Tal der weißen Pferde.** Ein historischer Roman aus dem Thüringer Königreich, Heinrich-Jung-Verlagsgesellschaft mbH, Zella-Mehlis 2009.
* **Das Blut der weißen Pferde.** Ein historischer Roman aus dem Thüringer Königreich, Heinrich-Jung-Verlagsgesellschaft mbH, Zella-Mehlis 2011.
* **Die Spur der weißen Pferde.** Ein historischer Roman aus dem Thüringer Königreich, Heinrich-Jung-Verlagsgesellschaft mbH, Zella-Mehlis 2012.
* **Der Pferdejunge.** Fantastische Geschichten aus Rodewin, Heinrich-Jung-Verlagsgesellschaft mbH, Zella-Mehlis 2016, Herausgeber: Heimatverein Neuroda e. V.
* **Bruder Reinhold und Graf Bertel.** Elgersburger Geschichten aus dem Mittelalter mit Bildern von Rosa Bauer, Verlag Kern GmbH, Ilmenau 2017.
* **Ein Ticket nach Shanghai.** Roman, Books on Demand GmbH, Norderstedt 2018.
* **Die Geliebte aus Shanghai.** Roman, Books on Demand GmbH, Norderstedt 2018.

Weitere Informationen finden Sie unter www.schida.net.

Romane aus der Zeit des Thüringer Königreichs

Das Blut der weißen Pferde
Historischer Roman

Heinrich-Jung-Verlagsgesellschaft mbH
Zella-Mehlis 2009

Die Thüringer hatten im Jahre 529 die Franken in der Nähe des heutigen Eisenach besiegt. So mancher Krieger wurde im Kampf verwundet oder getötet. In vielen Sippen lagen Freud und Leid eng beieinander. In Zukunft soll es zwischen dem Frankenreich und dem Thüringer Königreich ein Friedensbündnis geben. Geiseln werden ausgetauscht. Die Adelsfamilie Herwald ist um das Jahr 530 stark in die Geschicke des Thüringer Königreichs eingebunden.
Hartwig aus Rodewin, der zweite Sohn von Herwald, sehnt sich nach Elke, seiner zukünftigen Ehefrau. An ihrem Hochzeitstag erfahren beide, dass Hartwig Prinz Baldur in das Frankenland begleiten soll.

Die Spur der weißen Pferde
Historischer Roman

Heinrich-Jung-Verlagsgesellschaft mbH
Zella-Mehlis 2011

Große Teile des Thüringer Königreiches halten die Franken seit dem Jahr 531 besetzt. Nur noch zwischen Saale und Elbe regiert Herminafrid. In dieser Lage bieten die Franken dem Thüringer König an, dass er als Vasall den größten Teil seines Reiches zurückerhalten kann. Daraufhin reist der Thüringer König voller Hoffnungen zu Verhandlungen nach Zülpich.
In seinem Gefolge befindet sich Siegbert, der dritte und jüngste Sohn des im Jahre 529 bei Eisenach im Kampf gegen die Franken gefallenen Gaugrafen Herwald.
Was wird die Thüringer in Zülpich erwarten?

Im BoD Verlag erschienen

Ein Ticket nach Shanghai
Roman

BoD Verlag GmbH
Norderstedt 2018
260 Seiten

(Zeit der Handlung: Anfang bis Mitte 1999)

Peter ist ein junger Angestellter in einem international renommierten Unternehmen. Er erstellt als Konstrukteur Zeichnungen für ein Großprojekt in China.

Eines Tages lernt Peter Karin kennen und sie verlieben sich. Auf eigenen Wunsch erhält er die Chance nach China zu reisen und an der Realisierung des Projektes mitzuwirken.

Wie wird seine Freundin auf die lange Trennung reagieren?
Wird Karin ihn dorthin begleiten?